U0136914

詞與地方的抒情敘述
——以張炎、仇遠、趙孟頫、文徵明之詞爲探討核心

林佳蓉 著

臺灣 學生書局 印行

本書的出版感謝國科會 110 年度專書寫作計畫
學術補助獎勵
（計畫編號：MOST 110-2410-H-003-119-）

詞與地方的抒情敘述
——以張炎、仇遠、趙孟頫、文徵明之詞爲探討核心

目　次

第一章　緒　論

第一節　詞的抒情美學形式

　　「詞」是一種非常精細的文學體裁，透過音樂（詞牌）與文字的結合，將人之性情與意念予以表發。它與詩、曲同為韻文文體。但是與詩相較，其音樂性更強，「倚聲填詞」的詞，是文字與音樂兩種藝術的混合體。一闋詞，實際包含音樂、平仄譜（格律押韻）、文字（詞）三個部分。詞牌使用的宮調，因宮調調性對應而生的聲情不同，故不同宮調所寫之詞牌，其喜慍哀樂的聲情亦自然有別。[1]而詞牌的平仄格律與押韻，基本上也是依著詞樂旋律的高低起伏、緩急快慢的變化而有。龍榆生云：

　　　填詞既稱倚聲之學，不但它的度句長短，韻位疏密，必須

---

[1]　宮調與聲情的關係，據元・芝菴《唱論》說：「大凡聲音各應於律呂，分於六宮十一調，共計十七宮調。仙侶調唱清新綿邈，南呂宮唱感嘆悲傷，中呂宮唱高下閃賺，黃鐘宮唱富貴纏綿，正宮唱惆悵雄壯，道宮唱飄逸清幽，大石調唱風流醞藉，小石唱旖旎嫵媚，高平唱條暢滉漾，般涉唱拾掇坑塹，歇指唱急併虛歇，商角唱悲傷婉轉，雙調唱健捷激裊，商調唱悽愴怨慕，角調唱嗚咽悠揚，宮調唱典雅沉重，越調唱陶寫冷笑。」收於任中敏編：《新曲苑》（臺北：臺灣中華書局，1970 年《中華國學叢書》本），第 1 冊，第 1 種，頁 2-3。

與所用曲調（一般叫做詞牌）的節拍恰相適應，就是歌詞
所要表達的喜、怒、哀、樂，起伏變化的不同情感，也得
與每一曲調的聲情恰相諧會，這樣才能取得音樂與語言，
內容與形式的緊密結合，使聽者受其感染，獲致「能移我
情」的效果。[2]

自兩宋以後，雖然唐宋詞的大部分音樂已經亡佚，但明清學
人整理出的詞牌平仄譜，在平仄安排、押韻疏密、換韻與否、押
平聲韻或仄聲韻[3]⋯⋯的條件與要求中，仍保留音樂節拍、旋
律、複沓、休止等細緻要眇的痕跡。詞的音樂性、音樂美感雖因
樂譜的消失，無法完整還原當初可以演歌時期的音樂表現力，但
是語言的音響，句式的長短，韻位的疏密，五聲的安置等等，都
留下音樂「渲染力」的痕跡。這使得詞即使遺失了音樂，沒有了
音樂；或當文人填詞傾向表現言情或言志的文字意義，而非演歌
時聽與唱之音樂覺受與臨場表現，弱化詞的音樂成分時，它依舊
受詞源出於音樂藝術之一環的深切影響。因為詞發生初始是為樂
工歌伎的演唱而存在，所以文字的「表意功能」不是最重要的，
故而經常可見唐五代詞人作品，以同樣的詞牌填寫內容、文字相

---

[2]　龍楡生：《詞學十講》（北京：北京出版社，2005 年），第三講「選
　　調與選韻」，頁 24。詞須與所用曲調（詞牌）的聲情相諧，他舉例而
　　言，如詞牌〈六州歌頭〉：「只適宜於抒寫蒼涼激越的豪邁情感，如果
　　拿來填上纏綿哀婉、抒寫兒女柔情的歌詞，那就必然要導致『聲與意不
　　相諧的結果。』」頁 24。

[3]　仄聲押韻的詞牌，有時又須細分押仄聲的上聲韻、去聲韻，或是入聲獨
　　押。

似的詞句，即可理解，音樂、歌曲的旋律才是歌樓、酒肆、瓦舍
勾欄演歌時要表現的「主體」。因此，許多唐五代詞或《花間
集》裡的作品，可能缺乏文學意義的優秀表現力，內容也沒有高
遠的意境，但卻是「好聽」的歌詞，它依然受到群眾的歡迎，文
字意義或意境的缺失，可以在音樂中得到彌補。因為「當音樂是
強有力和自由的時候，它不僅能夠吞併或同化語言文字，甚至能
夠吞併劇情。」[4]所以，詞之押韻雖然比近體詩的押韻韻部分類
寬，[5]但是詞牌的平仄格律，卻是較嚴。詩只分平仄，詞的平聲
有時則須細分陰、陽；仄聲有時亦必須區別上、去、入，[6]這是
詞必須照顧到音樂性的表現的形式安排，此即如李清照〈詞論〉
所謂：「歌詞分五音，又分五聲，又分六律，又分清濁輕重。」
[7]李清照清楚指出詞與詩不同的特質，詞乃「別是一家」。仇遠
在〈玉田詞題辭〉裡更進一步發揮李清照之論說：「然詞尤難於

4　美·蘇珊·朗格（Susanne. K. Langer）著，劉大基等譯：《情感與形
　　式》（臺北：商鼎文化出版社，1991 年），頁 181。

5　宋代陳彭年、邱雍等奉命編纂的《大宋重修廣韻》將詩韻分為 206 韻。
　　13 世紀金人王文郁刊行《平水新刊韻略》則分為 106 韻，劉淵《壬子新
　　刊禮部韻略》分為 107 韻，二者統稱為「平水韻」，二書今已失傳，但
　　「平水韻」資料卻保存在清初編纂的《佩文詩韻》中，平水韻是金、元
　　以後詩人用韻的根據。而填詞用韻一般依據清代戈載的《詞林正韻》，
　　該書將詞韻分為 16 部，由此顯見詞韻分部是要比詩韻寬許多。

6　例如詞牌〈八聲甘州〉首句的「領字」，以用仄聲中的去聲為佳，因為
　　在音韻上具有提摯帶領整句詞，或後面數句詞，使之更加鋪揚聳動的音
　　樂效果。例如柳永〈八聲甘州〉首句：「對瀟瀟暮雨灑江天」的「對」
　　字，即是領字，用去聲字。

7　宋·李清照撰，王學初校注：《李清照集校注》（臺北：里仁書局，
　　1982 年），卷 3，頁 195。

詩，詞失腔猶詩落韻，詩不過四、五、七言而止，詞乃有四聲、五音、均拍重輕清濁之別。若言順律舛，律協言謬，俱非本色。」[8]

　　而詞與曲相較，結構、音律亦是有別。由於詞是「由樂以定詞，依曲以定體」，故體制有令、引、近、慢、序等等之分。當歌詞依樂譜填入以後，歌詞不再只是詩歌文字，就「歌曲」層面而言，它已類屬於音樂的範疇。雖說詞的音樂性和曲一樣，均具有音樂旋律的部分，負擔起音樂的美聽功能。但是，詞音旋律較為簡易，只是一支曲子、或雙調、或三疊、或四疊，短則十餘字，如〈十六字令〉；最長的〈鶯啼序〉也僅有二百四十字，無須龐大的音樂結構，就能將文字與音樂的藝術美感做出最完美的結合，便於小眾雅集中「淺斟低唱」。曲則有散曲、戲曲（雜劇、傳奇）[9]兩大類。散曲又分小令、散套（套曲）之別，字句可以隨意增損，或加上襯字，曲音繁複變化。而戲曲的音樂結構則更為龐大。散曲或劇曲，多期於在大庭廣眾的表演場域中「引吭高唱」。詞在文人加入創作以後，多抒情述懷之作，逐漸走向「雅化」；而曲基本上還是「托之優伶樂人，多傳神狀物之

8　宋・仇遠：〈玉田詞題辭〉，收於金啟華等編：《唐宋詞集序跋匯編》（臺北：臺灣商務印書館，1993 年），頁 306。李清照言詞分「五聲」，是指陰平、陽平、上、去、入聲；仇遠說詞有四聲，是合陰平、陽平，僅以「平聲」概稱之，加「上、去、入」，合為四聲。

9　「傳奇」原為唐代小說之名，後衍為明代戲曲之稱。「傳奇」之名的演變，參閱康韻梅：〈從唐小說「傳奇」到明戲曲「傳奇」──一個同名移轉文學史現象的觀照〉，《清華學報》第 50 卷第 4 期（2020 年 12 月），頁 657-695。

篇。」[10]故王易言：「詞意宜雅，曲則稍宜通俗。」[11]詞可深細地表現作者悲喜憂悒的情懷；曲則著重引發聽眾歡快怨怒的情緒與觀感，特別是雜劇戲曲，結構龐大，為揣摩劇中情節人物的演出，作者所寫之劇曲純為「代言體」之作。

　　由是，詞一方面有音樂的加持，可以發展音樂的「幻象」，它擁有某種情感基調的聯繫線索（由宮調、詞牌、韻部的選定而對應出的聲情而來），以此來激發聽者或讀者的想像力與情感。雖然所有的藝術都具有引發欣賞者情感的力量，但是「沒有任何一種藝術能像音樂這樣迅速和明顯」，「音樂幾乎每時每刻都能展示這種力量。」[12]這使得詞較詩在「抒情」的表現力與感染力上，在「感性」的表達能量上，更為深細或強大的原因。它使「音樂文學」抒情性的美聽展現，自《詩經》以降的流衍，發展出更為精美細緻的語言／文字音響，張炎《詞源》云：「簸弄風月，陶寫性情，詞婉於詩。蓋聲出鶯吭燕舌間，稍近乎情可也。」[13]簸弄風月，陶寫性情，詞所以婉於詩，乃因所創造的美感經驗，是必須從詞具有更強烈明顯的音樂性這個角度來詮釋與理解，可以說，詞將漢字形、音、義的「音」的美聽（美學）呈現，發揮表現到極致，詞可以如此動人，詞能成為宋代之「獨藝」，成為文學的「美典」，這是一個重要的理由。呂正惠云：

10　王易：《詞曲史》（南京：江蘇教育出版社，2005 年），頁 10。

11　王易：《詞曲史》，頁 10。

12　美・蘇珊・朗格（Susanne. K. Langer）著，劉大基等譯：《情感與形式》，頁 191。

13　宋・張炎：〈賦情〉，《詞源》，收於唐圭璋編：《詞話叢編》（臺北：新文豐出版公司，1988 年），第 1 冊，卷下，頁 263。

詞，也表現了中國抒情傳統的另一面貌。就某種意義而
言，詞甚至可以說是抒情精神最「純粹」的表現。詞的這
種「純粹」精神，可以從其形式的起源和本質上來說明。
基本上詩、詞的源頭都是「歌」（Song），但是詩詞最
大的區別是：詩在很早的時候就脫離「歌」而獨立，……
而詞，即使後來的形式更為複雜多變，精神仍屬於「歌」
的世界，……詞所以能始終保持「歌」的精神，最主要的
原因是：詞從來就沒有脫離音樂而獨立。[14]

詞能成為韻文文學，乃至於古典文學體裁範疇中之抒情精神的最
「純粹」表現，是因為音樂的伴隨，它加強讀者對抒情文字的深
層共鳴。

　　此外，詞這一種非常精細的文學體裁，另一個理解的角度也
是可以從與曲的比較反映而出，對比的焦點在漢字「意義」的表
現。當詞從民間的抒情歌謠，從「燕樂」摘取獨立而美聽的一段
樂曲，由文人填入文字成為詞曲之後，詞的質樸言語逐漸轉向
「雅化」。詞之雅化的特質表現在：第一、辭采、巧構形似的講
究，重視語言文辭耳目感官的美感（聽覺的美感，前文已詳
述）。第二、詞之字意講求蘊藉深永，追求語少意多，情意的餘
韻不盡。特別是音樂被詞人主動的忽略以後，造成音樂的重要性
逐漸撤退——例如蘇軾的曲子縛不住之詞；以及樂譜亡佚之後，
詞人填詞意在作詩（詞）而不在演唱，詞已經轉為趨向「文學」

---

[14]　呂正惠：〈中國文學形式與抒情傳統〉，《抒情傳統與政治現實》（臺
北：大安出版社，1989年），頁182-183。

的樣式，文字意義的講究，成為詞人追求的「主體」，文字傾向
精緻、典雅，在字意的表現力與層次上，可以呈現恁多情感、意
義的幽深皺褶與蜿蜒細節，一闋詞可用極其「工筆」的方式細膩
的鋪陳、勾勒，以敘述一事或一情，它走向「文人化」的文人世
界，而與曲分道揚鑣。

　　再進一步說，曲即使發展到文人加入創作的階段，文學性的
書寫大過表演性的性質時，它終究還是傾向通俗文學的道路。此
從閱讀元代前期散曲代表作家馬致遠的作品可知，例如他的〈四
塊玉‧恬退〉：

　　　　酒旋沽，魚新買，滿眼雲山畫圖開。清風明月還詩債，本
　　　　是個懶散人，又無甚經濟才，歸去來。[15]

或是閱讀後期曲壇巨擘，被劉熙載評為：「小令（曲）騷雅，不
落俳語」的張可久也是如此。以他備受稱許為文字「騷雅」之作
的〈折桂令‧九日〉為例：

　　　　對青山強整烏紗，歸雁橫秋，倦客思家。翠袖殷勤，金杯
　　　　錯落，玉手琵琶。人老去西風白髮，蝶愁來明日黃花。回
　　　　首天涯，一抹斜陽，數點寒鴉。[16]

15　元‧馬致遠：〈四塊玉‧恬退〉，收於徐徵等主編：《全元曲》（石家
　　莊：河北教育出版社，1998 年），第 3 卷，頁 1728。

16　元‧張可久：〈折桂令‧九日〉，收於徐徵等主編：《全元曲》，第
　　11 卷，頁 7748。

將這兩首元曲和南宋張炎（1248-1321？）〈解連環·孤雁〉一詞作比較，可以明顯看出，張炎之詞是把他對情、景、物的抒情經驗和敏感覺受凝定在一個特殊的興會時空範圍之內，深微的刻畫，細細的體會和品味，從而將之投射到「詞」這一個文字藝術媒介裡：

> 楚江空晚。悵離群萬里，恍然驚散。自顧影、欲下寒塘，正沙淨草枯，水平天遠。寫不成書，只寄得、相思一點。料因循誤了，殘氈擁雪，故人心眼。　　誰憐旅愁荏苒。謾長門夜悄，錦箏彈怨。想伴侶、猶宿蘆花，也曾念春前，去程應轉。暮雨相呼，怕蓦地、玉關重見。未羞他、雙燕歸來，畫簾半卷。[17]

這闋詠物詞的對象——孤雁，牠的面貌、神情、性格、飛翔的歷程，與詞人暗中貼合的精神意興，都能委婉細膩的勾勒出來，加之詞牌音律的加持，從而使「皎然在目的物境推向邈遠的情境、意境。」[18]「曲」則否，曲的字詞或字句的品味時間通常比較無法持久，它以較快的時間速度向欣賞者展開或傾瀉文字裡的情緒、情感、意義或描寫的畫面。無論是馬致遠的「酒旋沽，魚新買，滿眼雲山畫圖開。」還是張可久的「對春山強整烏紗，歸雁橫秋，倦客思家。」與張炎的「楚江空晚，悵離群萬里，恍然驚

---

[17]　宋·張炎著，黃畬校箋：〈解連環·孤雁〉，《山中白雲詞校箋》（杭州：浙江古籍出版社，1994年），頁67。

[18]　蕭馳：《中國詩歌美學》（北京：北京大學出版社，1986年），頁15。

散。」還是不同。曲、詞二者的不同，除了文字的音樂旋律在「閱讀過程」中時間的進行感受有快、慢之別以外；還在於「閱讀之後」文字引發的感受在時間中持續的短、長之別。顯然，閱讀張炎〈解連環〉在時間中停駐的情境與意境感受，要比馬致遠〈四塊玉〉、張可久〈折桂令〉一讀而明，一讀而盡，來得饒蘊餘味長久。曲向「俗」，詞向「雅」的界線，還是可以輕易區分出來，曲的「直白」指數，明顯高過詞；而詞的精細雅緻能量，則超越曲。

陳世驤曾言：「中國古代對文學創作的批評和對美學的關注完全拿抒情詩為主要對象。他們注意的是詩的音質，情感的流露，以及私下或公眾場合中的自我傾吐。」[19]就抒情詩而言，[20]詞在「詩的音質」、「情感的流露」、以及「自我的傾吐」這三個方面，在呈現「幽微細緻」的表現力上，都優於詩與曲。

由於詞是比詩、曲更能幽微深細的傳遞內在的情感與自我的傾吐，所以，歷經朝代更替，國變之痛，處於宋元之際的「遺民」詞人，如張炎、仇遠（1247-1328）、趙孟頫（1254-1322），選擇以詞抒情，是比以詩、曲韻文體裁來書寫銅駝荊棘之感，或易代之悲，來得更易呈現細膩委曲的情思，詞是帶著情感的「聲音」的連綿展現，因為它的音樂性，使詞裡的情感可以表現出非常精緻的樣貌。南宋尹覺〈題坦菴詞〉曾言：「詞，古詩流也，

---

[19] 陳世驤：〈中國的抒情傳統〉，《陳世驤文存》（臺北：志文出版社，1975年），頁35。

[20] 本文此處的「抒情『詩』」，指的是廣義的韻文體裁，含詩、詞、曲等。

吟詠情性，莫工於詞。」[21]葉嘉瑩對詞這種原來「聲出鶯吭燕舌間」之體裁，轉而宜於抒寫易代之悲的觀點有深細的剖析：

> 晚唐五代之際的戰亂流離，卻使得某些作者於無意間在其歌辭之詞的作品中，竟然流露了其潛意識中的某種憂危的情思，於是遂使得這些歌辭之詞，乃在表層所寫的美女與愛情的婉約柔靡的美感特質以外，更形成了一種含蘊深微足以引起讀者豐富之感發與聯想的深層的美感特質。……本來一般人之認為詞之但為豔科者，在經歷了慘痛的國變以後，乃發現了詞之參差委曲的形式，原來乃特別適合於表達一種憂危隱曲的難言的情思。於是自雲間派詞人以降，使用詞之體式以抒寫其易代之悲與身世之慨的作品。……這種由時代之憂患與詞人之憂思所結合而形成的詞之深層的美感特質，遂終於突破了詞之被人目為小道末技的局限，而拓廣和加深了詞之做為一種文學載體的意境和容量。於是詞在文學體式中的地位，在有清一代乃獲得大幅度的提昇。[22]

「詞之參差委曲的形式，原來乃特別適合於表達一種憂危隱曲的難言的情思。」詞之體式適宜寫易代之悲與身世之慨的作品，此

21　宋・尹覺：〈題坦庵詞〉，見鄧子勉編：《宋金元詞話全編》（南京：鳳凰出版社，2008 年），中冊，頁 951。

22　葉嘉瑩：《清詞名家論集・序言》，收於葉嘉瑩、陳邦炎撰：《清詞名家論集》（臺北：中央研究院中國文哲研究所籌備處，1996 年），頁9-11。

非明清之際，雲間派以降的詞人所獨有，這在南唐李煜的詞中已經透發出端倪，王國維說：「詞至李後主而眼界始大，感慨遂深，遂變伶工之詞而為士大夫之詞。」[23]也可以從這個角度來理解。因此，從張炎、仇遠、趙孟頫之詞，考察他們的遺民情懷，是比以詩或曲之韻文體裁來得別具意義。[24]

而文徵明（1470-1559）雖非遺民詞人，但他可以作為一個比較的對立面而存在，處於明代太平歲月的他，一樣生活於江浙區域，主要活動在故鄉長洲（明代屬蘇州府）地方，他的地方詞作與亡國之後頻繁在江南各地位移的張炎、長期隱居於錢塘（今杭州）的仇遠、多年離鄉任官於燕京的趙孟頫相較有何不同？[25]也就是說，文徵明詞放置在「地方色彩」（local color）的縱向

---

[23] 王國維：《人間詞話》，收於唐圭璋編：《詞話叢編》（臺北：新文豐出版公司，1988 年），第 5 冊，頁 4242。

[24] 張炎、仇遠無散曲之作。《全元曲》收趙孟頫曲作兩首：〈黃鐘・人月圓〉、〈仙呂・後庭花〉，參見徐徵等主編：《全元曲》，第 10 卷，頁 7314-7315。如〈仙呂・後庭花〉云：「清溪一葉舟，芙蓉兩岸秋。采菱誰家女？歌聲起暮鷗。亂雲愁，滿頭風雨，戴荷葉歸去休。」頁 7314-7315。但錢偉彊點校《趙孟頫集》（杭州：浙江古籍出版社，2012 年）則未見。文徵明有六套「套曲」，包括〈二犯桂枝香・四時閨思〉、〈山坡羊・題情〉、〈黃鶯兒套數・秋閨〉、〈步步嬌套數・閨思〉、〈啄木兒套數・缺題〉、〈八聲甘州套數・題花〉，共 40 支曲子，參見文徵明著，周道振輯校：《文徵明集》增訂本（上海：上海世紀出版公司／上海古籍出版社，2019 年），下冊，頁 1203-1215。如〈八聲甘州・題花〉云：「雕闌玉井，見千紅萬紫，各逞輕盈。春光佳麗，織就許多奇景。嬌姿帶笑情千種，弱質含羞意十分。合看來這風流，描畫難成。」頁 1212。

[25] 本文第四章將以趙孟頫、文徵明之詞做細緻的比較，第五章結論亦將做統整的說明。

歷史脈絡底下，有無可成為江浙地方「歲月靜好」時期的詞作代表？更大的考察視野來自詞史所謂「明詞中衰」的判語是否正確？這些都可具體而微地從文徵明這位大書畫家的詞作來進行探索。

明代江盈科在〈文翰林甫田詩引〉曾說：「太史之行誼，顧不加少陵、青蓮二公一等耶？而世不盡知。……若太史者，可謂以字與畫掩其詩，以詩掩其人矣。」[26]比江盈科時代稍早的俞憲也有相近的立論，他在〈《文翰詔集》識語〉云：「翁擅名藝苑，素稱多能。或曰：『字勝畫，畫勝詩。』或又曰：『人品勝詩、字、畫。』要之，行高於藝。」[27]二人的說法是文徵明的人品勝其詩、字、畫。若只從藝文作品的字畫與詩詞作比較，是字畫優於詩詞，字畫在詩詞之上？還是詩詞勝於字畫，詩詞為字畫之名所掩？何者為然？故而重新仔細看待文徵明的韻文之作，從文學史、詞學史發展的「真相」理解來說，亦有其必要。

此外，張炎、趙孟頫、文徵明皆善畫。[28]舒岳祥〈贈玉田序〉曾言張炎：「畫有趙子固瀟灑之意。」[29]文中的趙子固是趙孟堅，[30]為南宋末畫家，張炎畫風與其相近，且二人皆善繪水仙。張炎有多首題畫詞，所題皆是水仙圖卷，如〈浣溪沙·寫墨

26　明·江盈科：〈文翰林甫田詩引〉，收於文徵明著，周道振輯校：《文徵明集》增訂本，下冊，頁 1717。

27　明·俞憲：〈《文翰詔集》識語〉，收於文徵明著，周道振輯校：《文徵明集》增訂本，下冊，頁 1718。

28　仇遠善書法，畫名則未知。

29　宋·舒岳祥：〈贈玉田序〉，收於宋·張炎著，黃畬校箋：《山中白雲詞校箋》，頁 482。

30　趙孟堅（1199-1264），字子固，號蘭坡。

水仙二紙寄曾心傳，并題其上。〉〈清平樂・題墨仙〈雙清圖〉。〉[31]
〈浪淘沙・余畫墨水仙，并題其上。〉〈西江月・題墨水仙。〉〈浪淘
沙・作墨水仙，寄張伯雨。〉〈臨江仙・甲寅秋寓吳，作墨水仙，為處梅
吟邊清玩，時余年六十有七。看花霧中，不過戲縱筆墨，觀者出門一笑可
也。〉[32]由是可知張炎善畫水仙，亦頗有畫名。可惜其畫，今已
難覓。而趙孟頫、文徵明之畫，則早已名留丹青史頁。因其善
畫，並填詞，致使詞所書寫的地方除了具有「文字畫面」之外，
更具有「音畫」的特質，以繪畫技巧入詞的傾向，也時有表現。

　　本文：「詞與地方的抒情敘述」，即是著眼於張炎、仇遠、
趙孟頫、文徵明等人之詞對「江浙地方」所作的思考與描寫。前
此筆者出版的專書《杭州聲華──以張鎡家族、姜夔、周密之詞
為探討核心》，是以南宋張鎡家族、姜夔與周密書寫杭州為主要
研究對象，張鎡家族、姜夔與周密是南宋時期最貼近杭州地方文
學內核的詞人群，彼等以詞的文學形式凝視、詮釋其生命的流
動，表述個人與群體的情感生活，抒發自我與外物、外境交通下
的興會，形塑了南宋士大夫、文人理想的生活圖像。本文即是承
繼此一「詞與地方互涉關係」的議題而有，時間軸從原來書寫的
南宋時期，順著接續到南宋末、元朝，並延展至明代；地理空間
也由杭州擴展至蘇州（吳縣）、宜興、越州（紹興）、湖州（吳
興）等地，即今之江蘇、浙江兩省境內。本文希冀藉由上述議題
的探討，作為觀察南宋末、元、明江浙地方文學內涵的一個路
徑，彰顯其中的意義，建立文學與地方抒情敘述多麗動人的對話

---

[31]　〈雙清圖〉，畫的是水仙與梅花。

[32]　宋・張炎著，黃畬校箋：《山中白雲詞校箋》，頁 369、396、397、
　　398、412、434。

空間，以重繪十三世紀至十六世紀江浙地方豐富的人文圖景。

第二節　歷史流動中的詩意江南

　　江浙地方在宋、元、明時期已是重要的文化、經濟發展區域。「蘇、常、湖、秀，[33]膏腴千里」，這是北宋范仲淹對江浙太湖區域重要州郡的描繪。因其膏腴千里，故為「國之倉庾也」。[34]此倉庾之地，影響江浙人文歷史的形塑——逮及「南宋以後，衣冠人物，萃於東南。」[35]直到清代，江浙猶是「江南財賦之地」，[36]清康熙皇帝巡行江南時，寫下這樣的讚譽。乾隆皇帝繼曰：「三吳兩浙，人文所萃。」[37]到了民國，梁啟超則將江南核心區域「江浙」推向更高點，曰：「江浙固今世文明之中心點也。」[38]

　　中原人士經營江浙地方，始於周初太伯移民南來時期。[39]而

33　秀州，今浙江嘉興市。

34　宋・范仲淹：〈上呂相公并呈中丞諮目〉，《范文正公文集》（北京：中華書局，1985年），卷4，頁41。

35　羅時進：《地域・家族・文學——清代江南詩文研究》（上海：上海世紀出版公司／上海古籍出版社，2010年），頁26。

36　清・康熙二十三年（1684）十一月初四日巡行江南時所作〈諭江南大小諸臣〉。清・黃之雋等撰：《江南通志》（臺北：華文書局，1967年），卷首2之1，頁3（新編頁41）。

37　清・崑岡等修：《欽定大清會典則例》（臺北：臺灣商務印書館，1986年文淵閣《四庫全書》本），卷68，頁70。

38　梁啟超：《近代學風之地理分布》（臺北：臺灣中華書局，1956年），頁48。

39　詳見第三章第三節「吳地歷史的認同與融合」。

中原衣冠文物薈萃於江浙一帶，乃自東晉南渡以後，歷經南朝、隋、唐的經營，五代十國吳越、南唐的擘劃建設，直至南宋定都杭州，江浙區域的政治、經濟、文化與文明的重要地位達到一個歷史的高峰。1279 年宋元易代以後，江浙地方富饒的盛況仍然持續發展，此後中國文化地理的版塊已從黃河流域轉向長江下游，以及浙水東西兩岸，即環繞太湖流域一帶，以現今的江蘇、浙江為主要發展區域。

　　但是在說明江南區域，抑或是江浙——江蘇、浙江區域，在做區域界定的範疇時，勢必要關注到「歷時性」的考察，「因為在歷時性的考察中，很難找到穩定的區域邊界。」[40]因為地理空間的表述，可以分別從自然、行政、文化、或經濟區域來做劃分。通常自然區域的劃分，可以與行政、文化、經濟區域劃分相吻合，但有時亦不然。此外，歷代行政區域的邊界劃分也時有變動，由於本文涉及的朝代是南宋末年至明代中葉，討論的議題是詞與地方的互涉關係，故有必要對大範圍的江南、江浙，以及今日指稱的區域省分：浙江、江蘇等地，在南宋至明代的區域界定中先做一個基本的說明。

　　「江南」一詞早在《爾雅‧釋地第九》已出現：「江南曰楊州」。郭璞注「楊州」的範圍是：「自江南至海」。[41]約在秦、漢之際，典籍中已經廣泛使用「江南」一詞，但當時江南的地理

40　謝湜：《高鄉與低鄉──11-16 世紀江南區域歷史地理研究》（北京：三聯書店，2015 年），頁 2。

41　晉‧郭璞注，宋‧邢昺疏：《爾雅‧釋地第九》（臺北：藝文印書館《十三經注疏》本，1982 年），卷 7，頁 110。藝文印書館《十三經注疏》本的《爾雅‧釋地第九》「楊州」，他本或寫作「揚州」。

範圍，主要是指長江中游以南的地區，包括今日湖南全境和湖北南部一帶。[42]兩漢時期，江南主要就是指湖南、湖北地區。直至唐太宗貞觀元年（627）分全國為十道，設立江南道以後，江南的地理區域才是指「長江以南，自湖南西部迤東直至海濱，這是自秦漢以來最名副其實的江南地區。」[43]但因江南道範圍廣大，因此，唐玄宗開元二十一年（733）將江南道又分江南東道、江南西道與黔中道，諸縣皆在長江以南地區。唐代後期，江南西道又將西部設為湖南道，東部沿用原名設為江南西道。到達宋代，江南地理的核心範圍更逐漸移往江、浙一帶：「兩宋時期，鎮江以東的江蘇南部及浙江全境被劃為兩浙路，這是江南地區的核心，也是狹義的江南地區的範圍。」[44]而明清時期的江南地區，劉士林指出它的完整性範圍應是：

> 我認為明清經濟史上的江南地區，應包括明清的蘇、松、常、鎮、應天（江寧）、杭、嘉、湖八府及由蘇州府劃出的太倉州。這一地區亦稱長江三角洲或太湖流域，總面積大約 4.3 萬平方公里，在地理、水文、自然生態以及經濟聯繫等方面形成了一個整體，從而構成了一個比較完整的經濟區。這八府一州東臨大海，北瀕長江，南面是杭州灣

---

[42]　參閱周振鶴：〈釋江南〉，《中華文史論叢》（上海：上海古籍出版社，1992 年），第 49 輯，頁 141。

[43]　周振鶴：〈釋江南〉，《中華文史論叢》，第 49 輯，頁 143-144。譚其驤主編：《中國歷史地圖集》（上海：地圖出版社，1982 年），第 5 冊「隋唐五代十國時期」，頁 55-58。

[44]　周振鶴：〈釋江南〉，《中華文史論叢》，第 49 輯，頁 144-145。

和錢塘江，西面則是皖浙山地的邊緣。這個地域範圍，與
淩介禧所說的太湖水系範圍完全一致：「其南以浙江（錢
塘江）為界，北以揚子江為界。西南天目綿亙廣宣諸山為
界，東界大海。」江海山巒，構成了一條天然的界線，把這
八府一州與其毗鄰的江（即蘇北）、皖南、浙南、浙東各地
分開，這條界線內外的自然條件有明顯差異。其內土地平
衍而多河湖；其外則非是，或僅具其一而兩者不能得兼。[45]

一般詩詞裡的「江南」，多數指的就是長江以南，以及錢塘江以
北，「其內土地平衍而多河湖」的這個地區，以今日江蘇、浙江
為主要區域的範圍。

　　但必須說明的是，江蘇的揚州，雖位於長江北岸，但傳統詩
詞提到揚州，仍將之規劃到江南的範圍。如杜牧〈寄揚州韓綽判
官〉：「青山隱隱水迢迢，秋盡江南草未凋。二十四橋明月夜，玉
人何處教吹簫。」[46]清人費軒《夢香詞》〈江南好〉詞 100 首，
內容寫的均是揚州。詞作如〈江南好〉其五云：「揚州好，凭檻
喜雙蛾。小隊文魚圓似蛋，一缸新水翠於螺。上下躍清波。」[47]
　　長久以來，古典詩詞經常出現江南二字，這些詩詞逐漸為江

45　劉士林編著：〈江南軸心期〉，《江南文化的詩性闡釋》（上海：上海
　　音樂學院出版社，2013 年），頁 32。

46　唐·杜牧：〈寄揚州韓綽判官〉，參見清·彭定求等編：《全唐詩》
　　（臺北：宏業書局，1977 年），卷 523，頁 1497（總 5982）。

47　清·費軒（?-?）生平，《全清詞》云：「字執御，號成齋，四川成都
　　人。流寓揚州近三十年，返蜀前夕，作〈江南好〉百首以追記之。有
　　《夢香詞》。」南京大學《全清詞》編纂委員會：《全清詞·順康卷》
　　（北京：中華書局，2002 年），第 17 冊，頁 10102-10103。

南建構出如詩如畫的世界。江南的韻文文學書寫，今存最早的作品應是漢代民間歌謠〈江南可採蓮〉。[48]梁武帝蕭衍曾於天監十一年（512）冬，「改西曲製〈江南上雲樂〉14 曲，〈江南弄〉7 曲。」[49]到「郭茂倩《樂府詩集》收錄的江南歌曲，計有：〈江南可採蓮〉、〈江南思〉、〈江南曲〉、〈江南弄〉等。」[50]這些江南曲多來自民間，而自東晉大批人士南渡以後，江南則已逐漸進入士人的書寫視野。故而詩有〈江南春〉詩題，詞有〈憶江南〉、[51]〈江南春〉[52]等詞牌的出現。如白居易有名的〈憶江南〉3 首：

　　〈憶江南〉
　　江南好，風景舊曾諳。日出江花紅勝火，春來江水綠如

---

[48] 〈江南可採蓮〉最早著錄於梁·沈約《宋書·樂志下》：「凡樂章古詞，今之存者，並漢世街陌謠謳，〈江南可採蓮〉、〈烏生十五子〉、〈白頭吟〉之屬是也。」（臺北：鼎文書局，1983 年），卷 19，頁549。

[49] 宋·郭茂倩：《樂府詩集》（臺北：里仁書局，1980 年），卷 50，頁726。

[50] 廖美玉：〈唐代〈江南〉諸曲的轉化、記憶與書寫〉，《文與哲》，第19 期（2011 年 12 月），頁89。唐代樂府詩〈江南〉諸曲的相關研究，請參閱該文，頁87-116。

[51] 〈憶江南〉，又名〈謝秋娘〉、〈江南好〉、〈春去也〉、〈望江南〉、〈夢江南〉、〈夢江口〉、〈望江梅〉等等異名。參閱清·陳廷敬、王奕清等編：《康熙詞譜》（長沙：岳麓書社，2000 年），上冊，頁20。

[52] 〈江南春〉詞牌創自北宋寇準，詞曰：「波渺渺，柳依依。孤村芳草遠，斜日杏花飛。江南春盡離腸斷，蘋滿汀州人未歸。」參見唐圭璋編：《全宋詞》（北京：中華書局，1998 年），第 1 冊，頁4。

藍。能不憶江南。

江南憶，最憶是杭州。山寺月中尋桂子，郡亭枕上看潮頭。何日更重游。

江南憶，其次憶吳宮。吳酒一杯春竹葉，吳娃雙舞醉芙蓉。早晚復相逢。[53]

韋莊〈菩薩蠻〉也道出對江南無盡的思念：

〈菩薩蠻〉
人人盡說江南好，遊人只合江南老。春水碧於天，畫船聽雨眠。　爐邊人似月，皓腕凝霜雪。未老莫還鄉，還鄉須斷腸。[54]

「江南」已經由一個地理區域範圍，進而變為地理專有名詞，再轉喻為帶有文學與文化意涵的名稱指涉。於是，「江南」的文學想像，江南文學作品中所欲表徵的義意，因而變得豐富而多繁。由於「江南」這一地名，長期與「詩意」一詞有深厚的連結，故而「詩意江南」或稱「詩性江南」，便成為江南文化與其他區域分別的重要特質。江南地方總予人詩畫想像的美感意境，容易引發人產生柔和、感性、審美的抒情感受與震盪。劉士林說：

53　曾昭岷等編：《全唐五代詞》（北京：中華書局，1999 年），上冊，頁 72-73。
54　曾昭岷等編：《全唐五代詞》，上冊，頁 153。

　　　　構成江南文化的「詩眼」、使之與其他區域文化真正拉開
　　　　距離的,恰是在它的人文世界中有一種最大限度地超越了
　　　　文化實用主義的詩性氣質與審美風度。也正是在這樣詩性
　　　　與審美的環節上,江南文化才顯示出它對儒家人文觀念的
　　　　一種重要超越。[55]

江南文化形態不同於北方中原地區的文化型態。北方中原文化是
以實用理性為主體,劉士林認為:「北方話語的深層結構是政治
──倫理的,……北方話語的情感本體是一種倫理美學」,[56]強調
道德、倫理的價值取向。江南文化則是一種詩性文化,「江南話
語在審美氣質上更傾向於一種純粹美,……北方話語哺育了中國
民族的道德實踐能力,而從江南話語中則開闢出這個以實用著稱
於世的古老民族的審美精神之一脈。」[57]江南文化在價值追求
上,在文學語言的書寫上,傾向持守審美、感性光澤的維度。
　　詩意江南的區域特質,可說與其清麗柔美的自然環境,以及
豐饒富庶的物產和物質經濟密切相關。北宋書畫家米芾曾形容江
南的景致是:

　　　　峰巒出沒,雲霧顯晦,不裝巧趣,皆得天真。嵐色鬱蒼,

---

[55]　劉士林:〈江南詩性文化:內涵、方法與話語〉,《江海學刊》,2006
　　　年第 1 期,頁 51。
[56]　劉士林編著:〈欸乃一聲山水綠〉,《江南文化的詩性闡釋》,頁
　　　16。
[57]　劉士林編著:〈欸乃一聲山水綠〉,《江南文化的詩性闡釋》,頁
　　　17。

枝幹勁挺，咸有生意；溪橋漁浦，洲渚掩映，一片江南也。[58]

江南溪橋漁浦，洲渚掩映的秀麗，絕別於中原的大山險水，它不是冷峻而高聳的山景，也不是空曠遼闊而傾向略顯嚴肅的視野的一個切面。江南的山水自然，無疑多是帶著令人感到可以施施而行，漫漫而遊的適意抒情，地理環境呼喚著一種輕柔的情緒，行走到江南的溪邊小徑，可以停下腳步，抬頭遠望飛翔在風中的燕雀輕姿，或聆聽駐憩在柳枝上的黃鸝鳥叫，這樣的畫面，在書寫江南的詩詞或描繪的圖畫中，是太為人們所熟知的景象了。

自唐以後，江南已是一個令士大夫嚮往的佳美之地。明代沈爐說：「士大夫仕於朝與游宦於其地者，率目之為樂土。」[59]這裡滋養、製造出來的物產與物質，如米糧、絲竹、茶葉、蓴鱸、刺繡、陶瓷、紙硯……，也無不敷染柔美雅致的美感色彩，因此華夏的人口，始自周初開始南移，大量流動於東晉南渡以後，逐漸從北方中原遷徙到長江中下游廣袤的南方，[60]到南方的「江南」，再叢聚到江南的核心江、浙地區。於是蘇州、無錫、常州、南京、揚州、杭州、湖州、嘉興，[61]還有上海等城市，以及各城城內、城外的諸家園林，在工商經濟「現代化」大舉入侵這

---

[58]　宋‧米芾：《畫史》（北京：中華書局，1985 年），頁 15。

[59]　明‧沈爐：〈別郡公唐岩先生序〉，《石聯遺稿》，明萬曆九年（1581）嘉善沈氏家刊本，卷 4，頁 8。

[60]　南方，泛指整個長江以南地區。

[61]　蘇州、無錫、常州、南京、揚州，今屬江蘇省；杭州、湖州、嘉興，今屬浙江省。

些城市之前，這些典型的江南城市總是瀰漫濃厚的詩意性的審美
趣味。

　　因其山水自然秀美，風光明媚，歷代詩人詞家記述江南之
作，不勝枚舉。縱觀歷代的詩詞別集，江南一詞，出現的頻率與
次數繁多，《全唐詩》詩句出現「江南」的字詞共有 774 次。[62]
而在詩中描寫江南之景，但是詩句並未出現「江南」二字者，更
不知凡幾。如唐初詩人李嶠〈和杜學士江南初霽羈懷〉、劉希夷
〈江南曲〉八首其二、與晚唐杜牧〈江南春絕句〉之作：

　　　　李嶠〈和杜學士江南初霽羈懷〉
　　　　大江開宿雨，征櫂下春流。霧卷晴山出，風恬晚浪收。岸

---

[62] 本文所言《全唐詩》「江南」二字出現 774 次，是依據王兆鵬教授團隊
建構的「知識圖譜」網站統計之數據，該網站《全唐詩》乃根據乾隆三
十八年（1773）清高宗敕纂《御定全唐詩》，摛藻堂《欽定四庫全書薈
要》本製作，網址：https://cnkgraph.com/Book/Search?MetaDataKey=全
唐詩&ContentKey=江南，檢索日期：2023 年 5 月 21 日。《全唐詩》
「江南」二字出現的次數，各網站統計的數據相互不同，如北京大學製
作的「全唐詩分析系統」，《全唐詩》詩內容出現「江南」二字的次
數則是 540 次，網址：https://www.chinabooktrading.com/tang，檢索日
期：2023 年 5 月 22 日。「中國哲學書電子化計畫」網站，《全唐詩》
「江南」二字出現次數是 696 次，網址：https://ctext.org/quantangshi/zh?
searchu=江南，檢索日期：2023 年 5 月 30 日。「搜韻」網站，《全唐
詩》出現「江南」二字次數是 656 次，網址：https://sou-yun.cn/QueryPo
em.aspx，檢索日期：2023 年 5 月 30 日。（「搜韻」網站，2014 年由廣
州搜韻文化公司成立。曾於 2017 年，基於王兆鵬教授團隊研究的數
據，研發推出「唐宋文學編年地圖」的應用。也在 2017 年與中華詩詞
研究院合作，推出「絲路詩路文學地圖」的應用。）除「知識圖譜」網
站清楚說明依據的版本之外，其餘未標註所用的版本。

花明水樹，川鳥亂沙洲。羈眺傷千里，勞歌動四愁。

劉希夷〈江南曲〉八首其二
豔唱潮初落，江花露未晞。春洲驚翡翠，朱服弄芳菲。畫舫煙中淺，青陽日際微。錦帆衝浪濕，羅袖拂行衣。含情罷所採，相歡惜流暉。

杜牧〈江南春絕句〉
千里鶯啼綠映紅，水村山郭酒旗風。南朝四百八十寺，多少樓臺煙雨中。

《全宋詩》詩句出現「江南」的字詞共有2552次。[63]其中蘇軾有多首詩作歌詠江南，例如〈和文與可洋川園池〉三十首其六〈荻蒲〉，與其二十五〈寒蘆港〉：

〈荻蒲〉
雨折霜乾不耐秋，白花黃葉使人愁。月明小艇湖邊宿，便

---

[63] 本文《全宋詩》詩句出現「江南」次數 2552 次的數據，是根據北京大學製作「全宋詩分析系統」所作統計，網址：https://www.chinabooktrading.com/song，檢索日期：2023 年 5 月 22 日。而「中國哲學書電子化計畫」網站，出現的資料是《宋詩鈔》，而非《全宋詩》，其中《宋詩鈔》出現「江南」二字次數是 213 次，網址：https://ctext.org/=江南，檢索日期：2023 年 5 月 30 日。「搜韻」網站，《全宋詩》出現「江南」二字次數是 2522 次，網址：https://sou-yun.cn/QueryPoem.aspx，檢索日期：2023 年 5 月 21 日。

是江南鸚鵡洲。

〈寒蘆港〉
溶溶晴港漾春暉，蘆筍生時柳絮飛。還有江南風物否，桃
花流水鱨魚肥。[64]

《全宋詞》出現「江南」的字詞共有 787 次，[65]但詞裡未言江
南，而實寫江南之景者也多過此數。兩宋鍾愛江南，書寫江南的
詞人為數眾多。本文論述的詞人：張炎、仇遠、趙孟頫、文徵明
的江南詞，詳細內容陳述於第二章至第四章，此處僅列出詞作中
有出現「江南」二字者。

　　張炎詞依黃畬《山中白雲詞校箋》統計，出現「江南」字詞
者（包含序文）共有 18 次，[66]詞作如：

　　〈瑣窗寒‧旅窗孤寂，雨意垂垂，買舟西渡未能也。賦此為錢塘故
　　人韓竹間問。〉
　　亂雨敲春，深煙帶晚，水窗慵凭。空簾漫卷，數日更無花

---

[64] 宋‧蘇軾：〈荻蒲〉、〈寒蘆港〉，參見北京大學古文獻研究所編：
《全宋詩‧蘇軾》（北京：北京大學出版社，1993 年），第 14 冊，卷
797，頁 9223、9225。

[65] 北京大學未製作「全宋詞分析系統」。而「中國哲學書電子化計畫」網
站，《全宋詞》出現「江南」二字次數是 460 次，網址：https://ctext.or
g/quantangshi/zh，檢索日期：2022 年 12 月 12 日。本文《全宋詞》詞句
出現「江南」次數 787 次的數據，是根據「搜韻」網站所統計，網址：
https://sou-yun.cn/QueryPoem.aspx，檢索日期：2023 年 5 月 21 日。

[66] 根據《山中白雲詞箋》統計，「江南」二字共出現 18 次。

影。怕依然、舊時燕歸，定應未識江南冷。最憐他、樹底
蔫紅，不語背人吹盡。　　清潤。通幽徑。待移燈翦韭，
試香溫鼎。分明醉裡，過了幾番風信。想竹間、高閣半
閑，小車未來猶自等。傍新晴、隔柳呼船，待教潮信穩。
（頁 51）

張炎因亡國覆家之後（詳第二章），詞裡的情緒表達充滿傷感，
但放開他傷感的情緒，單看詞裡的景致描寫，雨中的江南是「亂
雨敲春，深煙帶晚，水窗慵憑。」一片水煙迷離惝恍。而新晴時
分，則是小徑清潤通幽，隔柳呼船漫遊，清美寧靜之境，透過他
的筆端呼之而出。

　　仇遠詞依劉初棠校點《無絃琴譜》，並參閱唐圭璋編《全宋
詞》中的《仇遠詞》統計，詞中的「江南」共出現 14 次，以
〈阮郎歸〉為例：

〈阮郎歸〉
桃花坊陌散香紅。捎鞭驟玉驄。官河柳帶結春風。高樓小
燕空。　　山晻靄，草蒙茸。江南春正濃。王孫家在畫橋
東。相尋無路通。（頁 8/3395）[67]

柳綠桃紅，燕飛草茸，山色靉靆，畫橋春濃，這些都是江南典型

---

[67]　本文仇遠詞皆引自劉初棠校點：《無絃琴譜》（上海：上海古籍出版
社，1986 年），參以唐圭璋編：《全宋詞》中的《仇遠詞》（北京：
中華書局，1998 年），均於詞後標註二書頁碼（前為劉本，後為唐
本），不再另作註解。

的畫面，這些視覺景象，詞人均以秀雅清麗的文筆描繪之，使之構成和諧的整體，從而使讀者可以從自然空間連結到感官與精神的世界，使人們的心靈獲得某一種淨化與提升。

趙孟頫詞依錢偉彊點校《趙孟頫集》所收之作統計，詞中的「江南」只出現 1 次，但這並不代表趙孟頫書寫江南之作極少，他的詞作雖未書江南二字，而實寫江南的作品其實也多。出現江南二字之詞是〈蝶戀花〉這首：

> 儂是江南游冶子。烏帽青鞋，行樂東風裡。落盡楊花春滿地。萋萋芳草愁千里。　　扶上蘭舟人欲醉。日暮青山，相映雙蛾翠。萬頃湖光歌扇底。一聲催下相思淚。[68]

楊花春滿，芳草萋萋，這也是江南典型之景。詞人並未努力地美化它，而是自然而然書寫路間的景象，當詞人存在於「江南空間」的幽美勝境時，由地景引發的歡快情緒，也油然而生。

文徵明詞依周道振輯校《文徵明集》增訂本、饒宗頤等編《全明詞・文徵明詞》，以及周明初、葉曄主編《全明詞補編》收錄的詞作統計，詞中的「江南」出現 3 次，用〈江南春〉詞牌有 3 闋。詞作如〈風入松〉：

> 江南二月晝初長。草綠淡煙光。相期野寺探春去，殘梅

68　唐圭璋編：《全金元詞》（北京：中華書局，2000 年），頁 804。本文趙孟頫詞皆引自該書，均於詞後標註頁碼，不再另作註解。

在、過臘猶芳。春意已調鶯舌，柳絲漸染鵝黃。[69]

「暮春三月，江南草長，雜花生樹，群鶯亂飛。」這是南朝齊、梁時期丘遲〈與陳伯之書〉筆下三月江南的名句，其辭采逸麗，歷來為人稱頌。文徵明〈風入松〉筆下的二月江南，景致與丘遲所言近似，但卻多幾分初春的淡嫩新柔。

　　從漢代樂府詩〈江南可採蓮〉，到杜牧的〈江南春絕句〉；從白居易的〈憶江南〉到文徵明的〈江南春〉詞，這一長串「詩史」的文學書寫、記憶與傳播，使江南這一自然的地理空間，除了展現它天然之美的獨特性以外，因歷代一批批詩人詞家加入寫作，經由長期的抒情與經驗的涉入，致使江南的人文底蘊不斷增深加厚，而轉為充滿詩意性的文學空間，成為詩意地理的文學代名詞。江南，已成為文人心靈裡的一個精神家園。

　　比「江南」範圍更為具體的地理行政區域是「江浙」。

　　本文所謂「江浙地方」的範圍，在宋代納入「兩浙路」（「兩浙東路」與「兩浙西路」）和小部分「江南東路」北部。在元代是指「江浙行省」轄境，元代的「江浙行省」區域包括現今的江蘇省南部、安徽省南部、浙江省全境、小部分江西省地區、和福建地區。[70]明代則屬於「南直隸」與「江浙」兩大區域

69　饒宗頤等編《全明詞》（北京：中華書局，2004 年），頁 501。本文文徵明詞主要皆引自此書與明‧文徵明著，周道振輯校：《文徵明集》增訂本，均於詞後標註引用書之頁碼，不再另作註解。

70　譚其驤主編：《中國歷史地圖集》，第 6 冊「宋遼金時期」，頁 24-25；第 7 冊「元明時期」，頁 27-28。元代的「江浙行省」包括「宋時

之中。本文所欲探討的作家之主要活動州縣如：蘇州（吳縣）、宜興、杭州、越州（紹興）、湖州（吳興）等地均在江浙一帶，即是「狹義」的江南區域。

「江浙地方」在宋、元、明時期，一直是文學與文化高度發展的區域。依據王兆鵬《唐宋詞史的還原與建構》之宋詞「作者隊伍的地域分布」表統計，兩宋詞人籍貫屬今之「浙江省」者，達 200 人，為各省之冠。曾大興根據譚正璧編的《中國文學家大辭典》統計，籍貫屬於浙江的重要作家，在宋遼金時期有 209 人；屬於江蘇的作家有 87 人。元代籍貫屬於浙江的重要作家，有 149 人；屬於江蘇的作家有 57 人。明代籍貫屬於浙江的重要作家，有 318 人；屬於江蘇的作家有 329 人。「江浙地方」的作家人數總和在宋、元、明三朝皆位居各省前茅，此一區域的作家實具學術研究的重要性。

第三節　研究的文本與依據

從詞學歷史的發展來看，學者多認為：詞肇始於李唐，興起於五代，繁盛於兩宋，衰敝於元、明，清代復振，再創興盛榮景。本文研究的詞人，關於各家詞集版本與研究文獻資料最豐富的是張炎，其次是仇遠，趙孟頫又次之，最少的是文徵明。此與清人詞話、詞學史和一般學界認為宋代、清代是詞學的兩座高峰期，元、明兩朝則是詞之衰微期的認知相符合。特別是明代，多

的江南東路、兩浙路和福建路。」參見曾大興：《中國歷代文學家之地理分布》（漢口：湖北教育出版社，1995 年），頁 279。

數論者認為詞學榛蕪於明，或熄於明。清代吳衡照《蓮子居詞話》云：「金元工於小令套數而詞亡。論詞於明，並不逮金元，遑言兩宋哉。蓋明詞無專門名家，……宜乎詞之不振也。」[71]陳廷焯《白雨齋詞話》亦云：「詞興於唐，盛於宋，衰於元，亡於明，而再振於我國初，大暢厥旨於乾嘉以還也。」[72]吳梅《詞學通論》說：「論詞至明代，可謂中衰之期。」[73]王煜〈清十一家詞鈔序〉言：「詞至兩宋而後，衰於元，敝於明，至清而復振。」[74]

確實，元、明詞難與兩宋詞的華茂多麗並駕齊驅，也無法與之後的清詞，甚至是民國詞相抗衡。[75]但是包根弟云：「自詞學之發展觀點而言，金、元、明三代詞學正是使兩宋詞學得以延續之重要時期，更是令清詞得以興盛之萌芽園地。」[76]亦誠如趙尊

---

[71] 清·吳衡照：《蓮子居詞話》，收於唐圭璋編：《詞話叢編》，第 3 冊，卷 3，頁 2461。

[72] 清·陳廷焯：《白雨齋詞話》，收於唐圭璋編：《詞話叢編》，第 4 冊，卷 1，頁 3775。

[73] 吳梅：《詞學通論》（上海：復旦大學出版社，2005 年），頁 107。

[74] 王煜：〈清十一家詞鈔序〉，《清十一家詞鈔》（南京：正中書局，1936 年），頁 1。

[75] 中國大陸學者以 1912 年－1949 年之詞作統稱為「民國詞」。曹辛華編纂：《全民國詞》（杭州：浙江古籍出版社，2018 年），第 1 輯共 15 冊，即是收錄 1912-1949 年間 220 餘位詞人，28000 餘首的詞作。相關資料可參閱曹辛華：《民國詞史考論》（北京：人民出版社，2017 年）；曹辛華：〈論民國舊體文學大系的編纂與意義〉，《江西師範大學學報》，第 49 卷第 5 期（2016 年 9 月），頁 15-22 等。

[76] 包根弟：〈金、元、明詞學研究現況及未來走向〉，《中國文哲研究通訊》，第 4 卷第 2 期，頁 23。

嶽所言：「有明以三百年之享國，作者實繁有徒，必以衰歇為言，未免淪於武斷。」[77]孫克強也說：「作為詞學史上的一環，明代上承宋元，下啟清代，自有其歷史地位。對於明代詞學的考察不僅有環補詞學史的意義，而且對認識號稱『中興』的清代詞學亦有不可或缺的作用。」[78]詞史的演進，無法跳空元、明兩朝，而直接嫁接清詞。元、明詞人的詞作，以及各家詞話的評點賞析，尤其是明人對詞譜、詞韻的整理編纂之功，更是值得肯定。元、明詞人詞作與詞話，是胝勉維繫詞史於不絕之一環。[79]故而，本文選取探討趙孟頫、文徵明的江浙書寫，也是在詞史發展這一脈絡底下所做的思考，南宋之後的元、明文人，是如何描繪南方？心繫江南？記述江浙這一片秀潤廣袤的地方？從二人的詞作亦可窺見一班。

---

[77] 趙尊嶽：《惜陰堂滙刻明詞記略》《明詞滙刊》附錄一（上海：上海古籍出版社，1992 年），頁 5。

[78] 孫克強：〈明代詞學思想論略〉，《河南大學學報》，2004 年第 1 期，頁 59。

[79] 元詞研究概況可參閱趙維江：《金元詞論稿》（北京：中國社會科學出版社，2000 年）；陶然：《金元詞通論》（上海：上海古籍出版社，2001 年）；丁放：《金元詞學研究》（北京：中國社會科學出版社，2002 年）；劉靜、劉磊：《金元詞研究史稿》（濟南：齊魯書社，2006 年）等。明詞研究概況可參閱朱惠國、劉明玉：《明清詞研究史稿》（濟南：齊魯書社，2006 年），此書對明代至二十一世紀初的明詞研究做了全面的梳理。岳淑珍：《明代詞學批評史》（北京：社會科學文獻出版社，2014 年），該書頁 6-11 介紹多部 1980 年以後出版的詞學史、明代詞論的著作。張仲謀：《明詞史》（修訂本）（北京：人民文學出版社，2015 年）等。學界對元詞、明詞的重視與研究已呈現逐漸增多之勢。

　　此外，值得注意的是，張炎家族是南宋一支影響政壇、文壇甚巨的氏族。從南渡的第一代名將張俊開始，張家在杭州立下百年不衰的基業，直至南宋覆亡為止，張家的富貴鼎盛才為之消歇。仇遠雖非隆盛世家之裔，卻在文壇聲譽崇高。而趙孟頫、文徵明是元、明兩朝的書畫大家，各代表江南的兩大文化家族。但是張炎《山中白雲詞》探討的人多，仇遠之詞次之，趙孟頫、文徵明二人的詞作卻鮮少有人論及。本文意欲觀察作為書畫大家的趙、文二人對江浙地方，特別是對故鄉書寫的面貌，與宋末元初的張炎、仇遠相較，是否真存在「詞藝」、「詞品」之文字藝術性與內涵的差異？是否可以印證詞史發展所言「盛於宋，衰微於元、明」的普遍認知？若非如此，趙、文二人地方書寫的詞作，有何特出之處？再者，張炎、仇遠、趙孟頫，皆經歷跨越朝代變易的洗禮，經過為生存或仕宦的多次遷移，文徵明則否，處於太平之世，並長時間居於故鄉的他，關於江南、江浙書寫的面貌，是否與地方有更深的連結？而四人除了仇遠之外，皆是江浙地方的文化大家族，他們又是如何形塑江浙地方的文化發展？影響為何？凡此等等都是本文所欲揭示的差異面向與意義探索。

　　分析張炎、仇遠、趙孟頫、文徵明詞作之前，在此先略述各家詞作版本，以及本文所依據的文本。張炎等四家詞的文本，分別陳述如下：

一、張炎詞的文本與依據

　　張炎詞集名《山中白雲詞》，或稱《玉田詞》、《玉田集》、《張叔夏詞集》。最早的版本是元鈔本《玉田詞》，此從鄭思肖〈玉田詞題辭〉、仇遠〈玉田詞題辭〉、鄧牧〈山中白雲

詞序〉，以及舒岳祥〈玉田詞序〉的序文可知。[80]張炎詞的元代鈔本已佚，吳則虞〈玉田詞版本述略〉云：

> 元鈔本《玉田詞》今不得見，輔之《詞旨》故在焉。《詞旨》所引樂笑翁警句，文字次序，與四印本多闇合，而與龔本不同。龔本出於明鈔，而四印本猶存元鈔之舊。玉田之詞此為最早之本。[81]

張炎詞的元鈔本雖不得見，但部分文字次序還保留在元代陸輔之《詞旨》〈樂笑翁警句〉裡，共有 13 則。[82]

　　而今本《山中白雲詞》源出自元末明初陶宗儀手鈔本。饒宗頤《詞籍考》云：「清初錢庸亭藏《山中白雲》凡 296 首，乃成化間井時轉錄陶南村手鈔本，朱竹垞釐為 8 卷，龔翔麟與李符校刻於康熙間。」[83]鄧紅梅、侯方元《南宋詞研究史稿》亦云：

> 今本《山中白雲詞》源出陶宗儀鈔本，……清初朱彝尊錄自錢庸亭，分為 8 卷，康熙中錢塘龔翔麟刊之。雍正四年（1726），上海曹炳曾重刻。乾隆十八年（1757），江昱

80　參閱金啟華等編：《唐宋詞集序跋匯編》，頁 306-307。鄧紅梅、侯方元：《南宋詞研究史稿》（濟南：齊魯書社，2006 年），頁 14。

81　吳則虞：〈玉田詞版本述略〉，《山中白雲詞》（北京：中華書局，1983 年），頁 212。

82　元·陸輔之：〈樂笑翁警句〉，《詞旨》，收於唐圭璋編：《詞話叢編》，第 1 冊，頁 334-336。

83　饒宗頤：《詞籍考》（北京：中華書局，1992 年），頁 254。

　　取作疏證。《彊村叢書》所收，即江昱《山中白雲詞疏
　　證》本。[84]

　　所以，朱祖謀《彊村叢書》收錄的《山中白雲詞》，即是江昱
《山中白雲詞疏證》本；而江本來自曹炳曾刻本；曹刻本則來自
龔翔麟刊印朱彝尊釐分的 8 卷本；而朱本是源自錢庸亭收藏，轉
錄自陶宗儀手鈔本。陶本原不分卷，無目錄。
　　此外，又有明代吳訥《唐宋名賢百家詞》輯入的《玉田集》
2 卷本，存詞 153 首。清代王鵬運編刻《四印齋所刻詞》總集裡
的《雙白詞》，[85]是依《山中白雲詞》2 卷本，另再廣蒐張炎詞
作《補錄》2 卷，《續補》1 卷，共得張炎詞 296 首。
　　由於張炎是宋末元初詞壇大家，尤其清代浙西詞派朱彝尊等
極力推崇姜夔、張炎之詞，對清詞的發展造成極大的影響，故清
代以後已有多本張炎詞的校正箋注本刊印，如：

1965 年，臺北：臺灣中華書局出版清代江昱疏證《山中白雲詞
　　疏證》。
1983 年，北京：中華書局出版吳則虞校輯《山中白雲詞》。
1972 年，臺北：臺灣師範大學國文研究所李周龍撰《山中白雲
　　詞校訂箋注》碩士論文。

---

[84]　鄧紅梅、侯方元：《南宋詞研究史稿》，頁 14。又，該段引文「《山
　　中白雲詞疏證》本」，原作「《山中白雲疏證》本」，應漏一「詞」
　　字，故改之。
[85]　《雙白詞》，南宋姜夔、張炎詞集。姜夔，號白石道人，有《白石道人
　　歌曲》、《白石詞》；張炎有《山中白雲詞》，故稱《雙白詞》。

1973 年，新北：輔仁大學中文研究所朱靜如撰《山中白雲詞箋
　　注》碩士論文。

1988 年，上海：上海古籍出版社出版袁真校點《山中白雲
　　詞》。

1994 年，杭州：浙江古籍出版社出版黃畬校箋《山中白雲詞校
　　箋》。

2001 年，瀋陽：遼寧教育出版社出版葛渭君、王曉紅輯校《山
　　中白雲詞》。[86]

2019 年，北京：中華書局出版孫虹、譚學純箋證《山中白雲詞
　　箋證》。

其中浙江古籍出版社刊印黃畬的《山中白雲詞校箋》8 卷，共收
錄詞作 302 首，此是以「清龔翔麟刻本為底本，並參合現存其他
各本整理而成之作，含校勘、別本、注釋與箋評，卷末並附年
譜、朋輩贈什、序跋題詞、總評、版本考、雜錄六項資料」，[87]
資料蒐羅宏富，是本文主要的依據文本，唯用簡體字排版，於閱
讀古典文學作品而言，稍有不便。

　　而北京中華書局出版孫虹、譚學純的《山中白雲詞箋證》，
分上、下兩冊，收詞 305 首，前有薛瑞生序文；其次是《山中白
雲詞箋證》8 卷；後有《山中白雲詞箋證補遺》、《山中白雲詞
箋證續補遺》、玉田詞總評、附錄含有（一）存目詞、（二）題

---

[86]　以上詳細資料請參閱拙著：《杭州聲華——以張鎡家族、姜夔、周密之
　　　詞為探討核心》（臺北：臺灣學生書局，2011 年），頁 49-50。

[87]　參閱拙著：《杭州聲華——以張鎡家族、姜夔、周密之詞為探討核
　　　心》，頁 49。

識撰述、序跋校錄及論詞絕句、（三）張炎詞編年一覽表、
（四）引用書目。比較黃畬校箋《山中白雲詞校箋》與孫虹、譚
學純箋證《山中白雲詞箋證》二書發現，孫虹、譚學純箋證本 8
卷詞作與《補遺》6 首詞作，編排之詞牌次序、篇數完全相同，
所增者是多了《山中白雲詞箋證續補遺》中的〈洞仙歌‧清香萬
斛〉、〈減字木蘭花‧年年秋到〉、〈減字木蘭花‧晚涼如水〉3
首，[88]故有 305 首。

　　薛瑞生對《山中白雲詞箋證》一書的評價曰：

> 予觀是編，知其秉承樸學實證之風，以匯校、匯注、匯
> 考、匯評為矩矱，以求是為準繩，校以鑒真，箋以逆志，
> 考以論世。……又結合了張炎特殊身世與所著詞學專論
> 《詞源》的核心範疇，利用史料外證與詞作內證，全面推
> 新了張炎生平事蹟。[89]

所謂「全面推新了張炎生平事蹟」，主要是指孫虹、譚學純的
《山中白雲詞箋證》考證張炎有兩次北游的觀點：一次是在德祐
元年（1275）為政治避難而初次北游；第二次是在至元二十七年
（1290）因被迫參加寫《藏經》而北游元朝大都。至元二十七年
張炎被迫寫經而北游論點，學界普遍也是持此看法。但該書另指
出張炎在德祐元年也曾北游，此說確實一新學界對張炎北游之事

88　宋‧張炎撰，孫虹、譚學純箋證：《山中白雲詞箋證》（北京：中華書
　　局，2019 年），下冊，頁 773-776。

89　薛瑞生：〈山中白雲詞箋證‧序〉，宋‧張炎撰，孫虹、譚學純箋證：
　　《山中白雲詞箋證》，上冊，頁 1-3。

的認知。孫、譚之文以舒岳祥〈山中白雲詞序〉、張炎〈水龍吟・袁竹初之北，賦此以寄。〉[90]〈高陽臺・慶樂園，即韓平原南園。戊寅歲過之，僅存丹桂百餘株，有碑記在荊榛中，故末有「亦有今之視昔」之感，復嘆葛嶺賈相之故廬也。〉與《延祐四明志》等為佐證的資料，[91]證明張炎也曾在德祐元年北游。孫、譚之文以舒岳祥〈山中白雲詞序〉云：「宋南渡勳王之裔子玉田張君，自社稷變置，凌煙廢墮，落魄縱飲，北游燕薊。……一日，思江南菰米蓴絲，慨然樸被而歸，不入古杭，扁舟浙水東西，為漫浪游。」[92]這段話來說明張炎曾在德祐二年（1276）[93]或景炎二年（1277）曾北游大都的說法，證據比較薄弱。因為舒岳祥〈山中白雲詞序〉這段話只說明張炎曾北游燕薊而已，而難以說明張炎一定是在德祐二年（1276）祖父張濡遭磔殺，社稷變置之後，就北游燕薊避禍。時間順序是社稷變置在前，北游燕薊在後是事實，但岳舒祥並未明言張炎何年北游燕薊。但是張炎〈水龍吟・袁竹初之北，賦此以寄。〉一詞有：「笑我曾游萬里。甚匆匆、便成歸計。」數句，在該詞的「考辨」中，孫虹、譚學純云：「據《延祐四明志》卷5，知袁洪（字季源，號竹初）曾於至元十五年戊寅（祥興元年，1278）北行。玉田北游已成歸計，故應在戊寅年之前曾北

---

[90] 孫虹、譚學純《山中白雲詞箋證》〈水龍吟・袁竹初之北，賦此以寄。〉一詞，黃畬校箋《山中白雲詞校箋》作〈水龍吟・寄袁竹初〉。

[91] 相關考證資料參閱孫虹、譚學純：《山中白雲詞箋證》，〈前言〉頁2-3，頁146、149、297-299。

[92] 宋・舒岳祥〈山中白雲詞序〉，黃畬校箋《山中白雲詞校箋》本作〈贈玉田序〉，參見宋・張炎著，黃畬校箋：《山中白雲詞校箋・朋簪贈什》，頁482。

[93] 宋恭宗德祐二年（1276）五月，宋端宗改元「景炎」。

游，此年秋季歸來後，曾游四明。」則是一個重要的證據，依此證據來推估，張炎應在德祐二年（1276）或景炎二年（1277）曾北游大都。

除孫虹、譚學純的《山中白雲詞箋證》有豐富的校記、注釋、集評、考辨之資料可供參閱外，江昱《山中白雲詞疏證》等其他的《山中白雲詞》校箋注本，亦可做為本文研究的參考。

《山中白雲詞》的版本流傳，從元至清，再到民國，幾經手鈔、刊印、重刻，見證文人詞家對張炎詞的鍾愛，與詞學一脈香火的代代薪傳。[94]

二、仇遠詞的文本與依據

仇遠詞集名《無絃琴譜》。仇遠詞不見載於《元史》藝文志或元代其他載籍，失墜甚久。最早的版本是道光9年（1829）孫爾準從《永樂大典》與他書輯錄而得者，孫爾準〈無弦琴譜序〉云：

> 曩在史館，繙《永樂大典》，見有《無弦琴譜》，不著撰人名字，讀其詞，清麗和雅，與玉田、中仙、草窗相鼓吹，證以《絕妙好詞》、《花草粹編》所載，及貞居蛻巖和作，知為仇仁近詞。仁近名遠，一字仁父，自號山村民。……《無弦琴譜》名不經見，而數百年後出之，於棄擲銷蝕之餘，獨完無缺，光景如新，尤足為藝林瑰寶。爾

---

[94] 張炎詞版本的流傳與資料，可參閱王兆鵬《詞學史料學》第五章「詞集研究的史料之三：別集」關於「張炎《山中白雲詞》」的陳述。王兆鵬：《詞學史料學》（北京：中華書局，2009年），頁235-238。

> 準錄藏篋衍，未嘗示人。今年夏，馮雲伯太史聞而索觀，
> 因與陸萊莊司馬校正屬補，喜識真有人而賞心不孤也。[95]

與他共同校正《無弦琴譜》的馮登府於〈無絃琴譜跋〉亦云：

> 仁父家餘杭谿上之仇山，……其詞，清微要渺，與玉田、
> 草窗為近，流傳絕少，周密《絕妙好詞》，朱彝尊《詞
> 綜》僅錄 2 首。查為仁、厲鶚從《樂府補遺》采〈齊天
> 樂〉1 首，《花草粹編》采〈瑤華慢〉1 首，《補詞綜》
> 僅載入〈生查子〉1 首，此外諸家都未收錄。亦不見於宋
> 元藝文補志，蓋《無絃琴》絕響久矣。金匱尚書孫先生襄
> 於纂修史館時，從《永樂大典》錄得此譜，不著撰人姓
> 氏，證以觀月詠雪之作，知為山村作。久廢篋衍，道光己
> 丑長夏，命為復校，爰補〈蟬詞〉1 闋，及伯雨、仲舉和
> 作附焉。析為 2 卷，使六百餘年遺編墜簡，重見於世，非
> 藝林勝事與？[96]

從孫、馮二人的序跋可知，仇遠詞從元朝至清代道光以前，無人
重視，詞作幾乎淹沒於歷史之中，幸得孫爾準、馮登府賞心校
讎，始得重見於世。作品在作者完成之後，若後世無人珍惜賞
閱，任其荒蕪散佚，是文學、也是文化上的損失。仇遠在南宋末
咸淳年間～至元初時期，文名已聞於當時的文壇，特別是在杭

95　金啟華等編：《唐宋詞集序跋匯編》，頁 302。

96　金啟華等編：《唐宋詞集序跋匯編》，頁 302-303。

州，他是餘杭地方文學的重要人物，但若無孫爾準、馮登府那樣
傾心於他清麗和雅、清微要眇的詞作，[97]費心校勘、刻印、流
布，重令仇遠詞「復出」再現，那麼曾因仇遠而產生、發展的
「文學現象」，已然不復為後人所記憶；他的作品，也將永遠沉
寂在《永樂大典》之中，被劃歸為作者佚名的範疇。賞識、知音
讀者之重要，此一案例是一明證。

　　關於仇遠《無絃琴譜》的版本有：

1829 年，清道光九年孫爾準之《無絃琴譜》2 卷刻本，詞作 119
　　首。
1886 年，清光緒十二年《西泠詞萃》刻本之《無絃琴譜》2 卷，
　　依據孫爾準刻本刊印，詞作 119 首。
1917 年，歸安朱孝臧從姚文田邃雅堂處所得《無絃琴譜》舊抄
　　本，並參校孫爾準刻本，於 1917 年初刻《無絃琴譜》2 卷，
　　詞作 119 首，收於《彊村叢書》。本文參閱朱孝臧《彊村叢
　　書》中的《無弦琴譜》刻本，為民國十一年（1922）版本。
1965 年，北京：中華書局刊印唐圭璋編《全宋詞・仇遠詞》。
　　唐圭璋《全宋詞》將《彊村叢書》刊本之《無絃琴譜》119
　　首悉以錄入，並據宋末詞人陳述可所編《樂府補題》，又再
　　輯入 1 首〈齊天樂・蟬〉，共有詞作 120 首。本文參考之唐
　　圭璋編《全宋詞・仇遠詞》為北京：中華書局，1998 年重
　　刊之版本。

---

[97]　「清微要眇」的「眇」，馮登府〈無絃琴譜跋〉原文作「渺」，「眇」
　　通「渺」。

1986 年，上海：上海古籍出版社刊印劉初棠校點之《無絃琴
　　譜》，此本乃「以《彊村叢書》為底本，校以道光九年本、
　　光緒十二年《西泠詞萃》本及《全宋詞》，並參校《絕妙好
　　詞》、《樂府補題》、《詞綜》、《詞律》。」[98]所校甚精
　　詳，錄詞 120 首。

1989 年，臺北：新文豐出版公司刊印《叢書集成續編》之《無
　　絃琴譜》，詞作 119 首。

2002 年，《續修四庫全書》據南京圖書館藏清道光九年
　　（1829）孫爾準刻本影印《無絃琴譜》2 卷，詞作 119 首。
　　上海：上海古籍出版社刊印之《續修四庫全書》本。

2012 年，杭州：浙江大學出版社刊印張慧禾校點《仇遠集》，
　　收錄《金淵集》、《山村遺集》、《無絃琴譜》等仇遠創作的
　　詩、詞、小說和雜著。其中《無絃琴譜》2 卷，此本以朱孝
　　臧《彊村叢書》之《無絃琴譜》為底本作點校，錄詞 120 首。

　　本文引用仇遠的詞作，以仇遠撰，劉初棠校點《無絃琴譜》
120 首為依據；唐圭璋編《全宋詞》中的《仇遠詞》本為輔。仇
遠詞目前僅有點校本，尚未有箋注本刊行。

三、趙孟頫詞的文本與依據

　　趙孟頫博學多藝，著述繁多，可惜大部分作品已經亡佚。他
生前已裒集自己的詩文，稱之為《松雪齋詩文集》，並請詩人戴
表元為之作序。戴表元云：

98　宋・仇遠撰，劉初棠校點：《無絃琴譜》，頁 3。

吳興趙子昂與余交十五年，凡五見，每見必以詩文相振
激。子昂才極高，氣極爽，余跂之不能及，然而未嘗不為
余盡也。最後又見於杭，始大出其平生之作曰《松雪齋詩
文集》者若干卷，屬余評之。……余評子昂古賦，凌歷頓
迅，在楚、漢之間；古詩沈涵鮑、謝；自餘諸作，猶傲睨
高適、李翱云。子昂自知之，以為如何？大德戊戌仲春既
望，剡源戴表元敘。[99]

戴表元對趙孟頫之詩、賦等推崇至高。該序寫於大德戊戌年，即
元成宗大德二年（1298）。但此集並未刊行，文稿由趙孟頫次子
趙雍收存、類編。至元五年（1339）沈璜才為之鋟板刊印，[100]
沈璜云：

松雪翁詞翰妙天下，片言隻字，人則傳玩。公薨幾二十年
矣，而平生所為詩文，猶未鋟板。今從公子仲穆求假全
集，與友原誠鄭君再加校正，……合為一十二卷，亟鋟諸
梓，識者得共觀焉。至元後己卯良月十日，花溪沈璜伯玉
書。[101]

至元己卯是元順宗至元五年（1339），《松雪齋文集》才刊印流
布，此為最早之版本。而趙孟頫詞作附於《松雪齋詩文集》之
後，後人或另將其詞編次付梓，名曰《松雪齋詞》。關於《松雪

---

[99] 元・趙孟頫著，錢偉彊點校：《趙孟頫集》，頁 1。

[100] 元・沈璜（?-?），字伯玉，精工書法。

[101] 元・趙孟頫著，錢偉彊點校：《趙孟頫集》，頁 514。

齋詞》、《松雪齋文集》，或稱《松雪齋詩文集》的版本述之如下：[102]

1339 年，元至元五年沈璜刻本《松雪齋文集》10 卷，《外集》1
　　卷。
1339 年，元至元五年沈璜刻本《松雪齋文集》12 卷，《外集》1
　　卷。錢偉彊認為該本：「《讀書敏求記》著錄，稱至元後己
　　卯，沈璜校正，何貞立輯。未見，據著錄、編者、時間皆同
　　上本，疑即上本，12 卷為 10 卷著錄之誤。」[103]
1341 年，元至正元年虞氏務本堂刻本《趙子昂詩集》7 卷。
明初刻本，《松雪齋文集》10 卷，《外集》1 卷，此為沈璜刻本
　　的翻刻本。明代至清代諸多刻本，多翻刻或重印自沈璜刻本
　　《松雪齋文集》10 卷，《外集》1 卷本這個系統。
1939 年，《松雪齋詞》，上海：商務印書館印行。
1986 年，《四庫全書》本，據元代至元五年沈璜刻本所錄，
　　《松雪齋集》10 卷，《外集》1 卷。臺北：臺灣商務印書館
　　刊印之《四庫全書》本。
2000 年，唐圭璋編《全金元詞・趙孟頫詞》，北京：中華書局
　　印行。
2012 年，錢偉彊點校《趙孟頫集》，杭州：浙江古籍出版社印
　　行。

---

[102] 關於《松雪齋詞》、《松雪齋文集》、或《松雪齋詩文集》版本的詳細
　　資料可參閱錢偉彊點校：《趙孟頫集》，頁 4-7。
[103] 元・趙孟頫著，錢偉彊點校：《趙孟頫集》，頁 4。

　　本文趙孟頫詞（或稱《松雪齋詞》）依據的版本有唐圭璋編《全金元詞》本收錄的 36 闋詞作，[104]以及錢偉彊點校《趙孟頫集》收錄的 33 闋詞作。錢偉彊點校《趙孟頫集》是根據元代沈璟刻本《松雪齋文集》、《外集》，明代江元禧刻本《松雪齋集》，至清代清德堂刻本《趙文敏公松雪齋全集》、《外集》、《續集》……等 13 種版本加以整理校對而成。核對《全金元詞》所收趙孟頫詞，與錢偉彊點校《趙孟頫集》所收趙孟頫詞二版本，去其重者，與刪除唐圭璋認為〈後庭花‧清溪一葉舟〉乃是曲調，非詞調 1 首，共得趙孟頫詞 36 首。趙孟頫詞目前也尚未有箋注本刊行。錢偉彊點校的《趙孟頫集》，應是目前學界研究趙孟頫生平、學術、思想、文學、藝術最重要的參考文本。

四、文徵明詞的文本與依據

　　文徵明詩、詞、文的創作，散佚者頗多，乃因：「太史之字與畫，無論真鼎，即其廝養贗為者，人爭重值購之。海內好事家無太史之字與畫以為缺典。」[105]《明史‧文徵明傳》亦云：「四方乞詩文書畫者，皆踵於道，而富貴人不易得片楮。」[106]他在世時，聲名已卓顯，其字與畫人爭相重價購之，收藏保存於私人之手者多。故其孫文元發欲為他蒐羅詩文手稿雕版付厥時，

---

[104] 唐圭璋編：《全金元詞》，錄詞 37 首，但〈蘇武慢‧雲淡風輕〉一闋，唐圭璋已證非趙孟頫作，故只有 36 首詞作。

[105] 明‧江盈科：〈文翰林甫田詩引〉，收於明‧文徵明著，周道振輯校：《文徵明集》增訂本，頁 1716。

[106] 清‧張廷玉等撰：《明史‧文徵明傳》（北京：中華書局，1974年），卷 287，頁 7362。

仍有遺珠之嘆。〈文翰林甫田詩選跋〉云：

> 先待詔詩凡三付剞氏矣，顧尚以搜羅未盡，不能無遺珠之
> 歎。蓋當時稿本，皆公手書，故多為人持去，所存不得什
> 一。後藏和州府君所，迤又逸去大半。今則所鋟梓者，僅
> 什一中之什一耳。姪龍有志蒐輯，顧方業公車，未暇也。
> 間從人間覓得逸詩若干首，又舊梓未能精繕，因取原三刻
> 并今所得者，送周公瑕氏，俾之訂選，復莊刻焉。公瑕
> 云：「太史詩，即一字一句，皆入風雅，信自一代大
> 家。」[107]

　　文徵明的詩文集，明清人刊刻的版本多種，民國之後亦有若
干版本刊印，各本之間的卷數、題名、字句、文辭等，互有出
入，詞作多附於詩文之後。茲將較重要的版本述之如下：

1512 年以後，《甫田集》4 卷本。傳聞此本是依據文徵明手書本
　　所刻，詩作 671 首，附錄 9 首，起於明弘治三年（1490），迄
　　於正德七年（1512），文徵明二十一歲至四十三歲時作品，
　　故應是正德七年以後刻本。是文徵明詩集之最早版本。[108]
1543 年，《甫田詩》，明代王廷曾於癸卯年有其親錄的手抄本
　　流傳。

---

[107] 明・文元發：〈文翰林甫田詩選跋〉，收於明・文徵明著，周道振輯
　　校：《文徵明集》增訂本，頁 1717。
[108] 詳細資料參閱明・文徵明著，周道振輯校：《文徵明集》增訂本，頁
　　1。

1559 年之前，明嘉靖年間（1522-1566）刊印《甫田集》35 卷本。
　　詩 15 卷，502 首，文 20 卷，附錄 1 卷。此本前有文徵明〈自
　　敘〉一文，因此推估刊印時間是文徵明在世之時。此本明清
　　時期翻刻版本多種，1937 年收入《叢書集成初編》。

1911 年，《甫田集》，上海：千頃堂書莊／曾文學社書莊。

1987 年，周道振輯校，《文徵明集》，上海：上海古籍出版
　　社。收詞 52 首。

2004 年，《文徵明詞》，收錄於饒宗頤等編，《全明詞》，北
　　京：中華書局出版。收詞 46 首。

2007 年，《文徵明詞》，收錄於周明初、葉曄主編，《全明詞
　　補編》，杭州：浙江大學出版社。收詞 2 首。

2019 年，周道振輯校，《文徵明集》增訂本，上海：上海世紀
　　出版公司／上海古籍出版社出版，收詞 58 首。

　　周道振輯校的《文徵明集》增訂本，是目前文徵明詩文輯錄
最為詳備者。該書收錄文氏詩文 35 卷，其中分詩 15 卷，詩 1271
首；詞 9 首；文 20 卷，163 篇。[109]又有《補輯》32 卷、《續輯》
分上下 2 卷，以及書後附錄 5 種，含（一）序跋題記，（二）傳
記誌文，（三）年表，（四）交遊酬贈，（五）評論、詩詞話
等。除了第 15 卷收詞 9 首之外，《補輯》第 17 卷收詞 43 首，
《續輯》卷上收詞 6 首，三者相加，共收詞作 58 首。[110]但是周
道振在《文徵明集》〈前言〉裡，對《補輯》所收詞作 43 首真

---

[109] 明・文徵明著，周道振輯校：《文徵明集》增訂本，頁 3。

[110] 明・文徵明著，周道振輯校：《文徵明集》增訂本，頁 432-436、1189-
　　　1202、1599-1602。

偽問題有特別的說明：

> 未刊刻之集外詩文，彙錄為補輯。所見傳世之文稿，有
> 上海圖書館藏文稿七冊；詩稿有上海圖書館藏詩稿殘冊
> 一冊，上海藝苑真賞社印《詩稿》一冊，北京圖書館藏
> 文嘉鈔本《甫田集》殘本十卷（簡稱「鈔本」），益以
> 單篇之墨蹟、印本以及前人著錄所載，合為三十二卷。其
> 中詩十六卷，共收各體詩一千四百一十九首，聯句二首。
> 詞一卷，四十三首。曲一卷，六套。小簡一卷，二百零五
> 通。文十三卷，二百五十三篇。其中書畫題跋，除前人著
> 錄外，大率出于目見，亦有為舍姪邦任所見各地博物館藏
> 品，代為抄錄。耳目所圍，搜羅必多未備。且原件真偽參
> 雜，遽難別白，或所錄實為他人舊作，尚俟考訂，聊供參
> 閱。[111]

由於其中書畫題跋的原件「真偽參雜，遽難別白，或所錄實為他
人舊作，尚俟考訂」，故只作為參閱版本。

　　因此，本文研究文徵明詞所依據的版本以饒宗頤等編《全明
詞・文徵明詞》46 首，以及周明初、葉曄主編《全明詞補編》
補收入 2 首詞作為主；而以周道振輯校的《文徵明集》增訂本收
錄的 58 闋詞作為輔。文徵明詞目前也尚未有箋注本刊行。

　　以上著作，均具研究參考之價值。本文欲對張炎、仇遠、趙
孟頫、文徵明等人書寫江浙地方詞作，進行深刻的分析與探索，

111　明・文徵明著，周道振輯校：《文徵明集》增訂本，頁 4。

期盼本文可重繪張炎、仇遠、趙孟頫、文徵明詞中地域空間的流動路徑，江浙地方的人文圖景，詞人流寓異鄉與其家園鄉里之間產生的離合關係與抒情美學，張炎、仇遠、趙孟頫、文徵明對江浙地方文學產生的影響，以及鑾析張炎、仇遠、趙孟頫三位詞人詞作中一種因易代國變而泛漾出的內省與內斂氛圍，作為南宋晚期至明代中葉江浙詞學研究的基石，勾勒出江南文人地方書寫的輪廓與時代的文學面貌。

此外，關於張炎、仇遠、趙孟頫、文徵明江浙書寫之詞的研究範疇，本文乃是一一檢別選擇詞中或詞序出現江浙地方之地名者為主；而未書地名，但可確知是書寫江浙地區者為輔，詳細的資料將分別呈現在本書各章之中。

第四節　研究方法與步驟

一、研究方法

本文的研究對象，是以張炎、仇遠、趙孟頫、文徵明的詞作書寫江浙地方意識、地方抒情的敘述與地景為主要的研究分析內容。而研究方法，除卻對研究資料進行全面基礎的歸納整理與分析之外，將以：

1、以知人論世之法、歷史研究法，勾勒詞人與時代歷史的關係。

2、採以量化統計法歸納分析每位詞人書寫的地方詞作。

3、以「人文地理學」的知識與相關理論，詮釋詞作的內涵及其意義。

　　就第一點而言，由於作品是歷史整體的一部分，所以必須將作品置於歷史的脈絡與語境中去認識作品本身的意義，故而對張炎、仇遠、趙孟頫、文徵明詞作進行理解的時候，將輔以年譜家書、傳記誌文、朋輩贈什、序跋題辭、注疏考證等相關史料，作為理解詞作的外證；並以詞作、詞序本身的內證，為每一首詞作的內容進行解析，以進入詞人的心靈世界，逐漸由點到線，由線到面，再從各個面向構築起立體的、多維的詞人與詞作總體面貌，為宋元鼎革之際幾位具指標意義的文人：張炎、仇遠、趙孟頫，呈現他們群像深淺不一的流轉圖、隱逸圖、或仕宦之圖，並以明代中葉的文徵明作為「現世安穩」的對比，從而使他們在順境或逆境中生存與生命的意義，以及他們的精神現象，在這些詞作裡能更清晰的被召喚出來。

　　以元世祖至元二十七年（1290）秋，張炎曾北游燕地，赴元大都寫金字藏經一事為例。張炎〈臺城路〉詞序云：「庚寅秋九月之北，遇汪菊坡，一見若驚。相對如夢，回憶舊游，已十八年矣，因賦此詞。」又〈甘州〉詞序亦云：「庚寅歲，沈堯道同余北歸，各處杭越。逾歲，堯道來問寂寞。語笑數日，又復別去，賦此曲并寄趙學舟。」可知北游時間是在至元二十七年庚寅歲秋。除了張炎詞序可證北游時間之外，朋輩的序跋題識等相關文字也可互相參證。北游同行的曾遇〈宋僧溫日觀畫蒲萄〉云：「至元庚寅，以寫經之役自杭起驛入京。」也可證知張炎北游時間確實是在至元二十七年。詳細論述參閱本文第二章。

　　就第二點而言，由於傳統的詞話評點，以及過去多數的詞學研究，「主要偏重於定性分析，以品鑑、描述為主，甚至帶有很普

遍的直觀感悟的色彩，缺少數量的概念和定量分析的意識。」[112]
若能以更客觀的數據資料作為論述的依據，那麼對詞人與詞作，
特別是在詞人的歷史定位、詞人的影響力、詞作在其當代或後世
傳播的普及率、題材類別數量的統計以作為理解詞家寫作喜好傾
向與特徵等等，都可以因為對文本有全面的檢索，以及有明確的
統計數字做支撐，而讓論述的觀點更具有說服力，而且可將統計
的資料製作成表格，方便於檢閱。

　　例如文徵明詞在《全明詞》中有 46 首，《全明詞補編》有
2 首，共 48 首。1987 年上海古籍出版社出版周道振輯校的《文
徵明集》，收詞 52 首。本文所依據 2019 年上海世紀出版公司／
上海古籍出版社出版，同樣是周道振輯校的《文徵明集》增訂本
則有 58 首。

　　從量化分析得知，文徵明書寫江南的詞作，《全明詞》裡有
21 首；1987 年版的《文徵明集》，有江南詞 23 首；2019 年版的
《文徵明集》增訂本，有江南詞 27 首。文徵明江南詞在《全明
詞・文徵明詞》裡所佔的比例是 46%；在 1987 年版的《文徵明
集》裡所佔的比例是 44%；在 2019 年版的《文徵明集》增訂本
裡所佔的比例是 47%。從這個結果得知，無論哪一個版本，文徵
明對江南書寫的詞作篇幅都高達四成以上，顯示出他對江南、對
故鄉的鍾愛。江南，或再縮小地方範圍，他的故鄉長洲，這片地
理空間是他生活的中心，他來回的路徑，經常不出這個區域範
圍，這當然與他長期隱居故鄉長洲有關。

---

[112] 劉尊明、王兆鵬：《唐宋詞的定量分析》（北京：北京大學出版社，
　　2012 年），頁 2。

　　另外從量化核對比較，可考察得知《文徵明集》增訂本較
1987 年版《文徵明集》江南詞多出來的 6 首是：〈風入松・石湖
閒泛〉、〈風入松・簡錢孔周〉、〈風入松・病中有懷王君祿之，填此
奉寄，時戊子歲六月八日也。……〉、〈滿庭芳・初夏賞牡丹〉、〈水
龍吟・秋闈〉、〈沁園春〉（富春山下）。[113]而其中的〈風入
松・石湖閒泛〉、〈風入松・簡錢孔周〉、〈水龍吟・秋闈〉、
〈沁園春〉（富春山下）這 4 首已收入《全明詞》，但是文字與
《全明詞》所收錄者略有小異。

　　以上這些都是量化分析所得的客觀而具體的數據結果。

　　就第三點而言，華裔地理學者段義孚分析，地方不是客觀的
空間，它是從「自由」的空間，經由個體（或稱「主體」）的
「停頓」而轉變為有「範圍」的地方；經由人（主體）充滿意義
的經驗或動人、特殊事件的涉入，而構成對該地的關懷，並賦予
空間「地方感」，以此建立對該地的認同與依歸。而「地方特
性」也是經由人的創造活動，人與地方長期的交互作用而產生。
他著重個體對地方的感知體驗，透過視覺、聽覺、嗅覺、觸覺
等，以及多種感知混合作用的「通感」經驗，以理解豐富的現實
世界，從而形成對該地的認知，進而使該地成為感覺價值的中
心。除藉由感知體驗空間的方式，他也強調應透過知識，區隔
「自然空間」、「感知空間」與「概念空間」的差異，以建立起
概念上的、非僅是感知性的地方意義。正是這些層次，讓人對地
方產生基本的理解與關懷，段氏以此建構其人本主義地理學的基

---

[113] 明・文徵明著，周道振輯校：《文徵明集》增訂本，卷 15，頁 434、
　　 436；《補輯》，卷 17，頁 1196、1200、1201、1202。

本觀點。本文將藉由其理論分析張炎、仇遠、趙孟頫、文徵明作品中的地景、地方感、與地方文學的相關論題，使文本的場域空間不再僅是作者活動歷程的布景，而是有關乎作者生命與生存之密切連結的意義。[114]

　　例如張炎詞中關乎家園意識的表發，時常用聽覺的感知經驗表現他所在之地的情感意向，而形成獨特的「地方感」。詞中聲音的書寫成為表記一個地方的重要感知經驗，聲音與地方產生密切的關連性，使地方從「自然的空間」，透過聲音，例如杜鵑啼聲的觸動，與發懷鄉情感的「涉入」，而形成一個具有情感經驗的「地方」。此時，詞人所在的地方（異鄉）不再令詞人感到完全失去意義，透過杜鵑啼聲而連結到另一個地方——遠方的故鄉，而產生詞人的存在感受與意義，從而使詞人領略生存的價值，想望有一天他會回到他熟悉而親切的故鄉。於是，這個地方（異鄉）已轉向成為「感知的空間」。而地方因某些道路、文字指標的標記，因詞的書寫，使其「人文意義」也於焉產生。

　　而「概念空間」與「感知空間」不同，它是抽離情感，是藉由長期經驗累積而成的知識，或藉由計算、規劃等而完成地點的整體空間關係。例如地理知識中所界定的空間，手繪的地圖等，都屬於「概念空間」。而賦予某一特殊概念的公共空間，例如具有神聖概念的建築或地標的周圍，也可視為屬於「概念空間」。例如趙孟頫〈月中仙・應制〉：「春滿皇州，見祥烟擁日，初照龍樓。」[115]其中的「皇州」「龍樓」，指的就是帝都、帝王的

---

[114] 參閱美・段義孚（Tuan Yi-fu）著，潘桂成譯：《經驗透視中的空間與地方》（臺北：國立編譯館，1997年），頁8-13、130。

[115] 元・趙孟頫著，錢偉彊點校：《趙孟頫集》，頁273。

宮闕，是象徵政治權力的概念空間。

　　猶須說明的是，筆者只是參酌若干人文地理學的理論以分析文本，將人文空間的知識，融合運用寫入文中。筆者希冀藉由此一方法的分析，以理解宋、元、明文人生命與地方交互呼應的內涵與情感，撿擇其中含藏的人文意蘊，以詮釋此一時期文學（詞）中的地方。但是方法只是提供一個觀看、分析的路徑，為了探索文本更多層次、或更具深意的內涵而使用，而非以人文地理學的方法論作為分析的主要介面來進行文本的討論。

二、研究步驟

　　本文共分五章。

　　第一章緒論，含四節內容，包括：「詞的抒情美學形式」、「歷史流動中的詩意江南」、「研究的文本與依據」、「研究的方法與步驟」。

　　第二章探討「張炎詞中地域的轉移及其家園意識」。主要以張炎《山中白雲詞》書寫關於地域空間的詞作作為研究對象，分析地域空間轉換的外在經歷過程，對其內在生命產生的影響，特別是「家園意識」在詞作中所凸顯的意義。張炎是宋元之際的遺民詞人，在歷經時代裂變，家族毀滅之後，藉由「詞」此一體裁的書寫，以逆轉現實的困境，維繫生命存在的意義。本章從「世居／棲居／閒居之地的空間對照與家園」，「傾聽與家園意識」，與「陶淵明式的家園圖象」等方面，探討張炎詞中的家園意識，以及呈現自我存在的方式，以深入張炎詞作的核心，試圖剝開其漂泊江湖，最後回歸家園的心路歷程，重構出張炎詞作地域流動的圖景，彰顯其中的內涵，並揭示文學與地方多樣的對話

空間。

　　第三章探討「仇遠詞中的江浙情懷及其遺民心態」。仇遠是宋元之際文壇具有重要性指標意義的人物，本章以仇遠詞中關於「江浙地方」的書寫作為分析對象，從其詞作考察他對江浙地方的書寫觀點與內容，並分成三小節探討。第一節「西湖故里的長看與回望」；第二節「江南意義的遞嬗與轉變」；第三節「吳地歷史的認同與融合」，從此三個面向進行剖析，以理解仇遠生命與地方交互呼應的內涵與思維。

　　第四章分析「趙孟頫、文徵明詞中的江南書寫」。趙孟頫與文徵明是元、明時期的書畫大家，文徵明又深受趙孟頫影響，都是江南人士，故將二人的詞作做一比較。本文特別關注到趙孟頫是處於宋元易代之際的詞人，而文徵明則是居於現世安穩時期的詞人，他們的詞反映了他們的時代背景，也透露了身世際遇的情緒。本章先論其詞之個別特色，再比較其異同。趙孟頫詞江南書寫的內容，在於呈現故家／京城的對照、山水隱逸的空間、歷史文化的空間。而文徵明詞其江南書寫的內容，在於呈現家屋的水木清暉、故鄉長洲的勝境、隱逸鄉野的自在。二者詞作抒寫江南的異同，可從詞情內容進行分析，趙詞仍保留「幽約怨悱不能自言之情」，文徵明詞則多洋溢愉悅清瑩的內涵；而趙、文兩人雖都以「漁父」作為隱者的化身，但是趙孟頫終究徘徊於仕、隱之間，文徵明則隱逸恆在其生活之中，以其未深涉官場之故。再者，從語言形式討論，趙、文兩人均喜用〈漁父詞〉書寫江南，但是趙孟頫擅長以「靜的戲劇」抒情，採二元對立方式呈現；以情為主，以景為輔。文徵明則充滿率真喜樂，詞情統一；或以情懷，或以山水自然為之，善用近景、中景、遠景的層次書寫，注

意光影的變化，近似工筆畫。趙孟頫與文徵明各為元、明時期的書畫大家，但從二人的詞作分析，文徵明運用畫境或繪畫技巧入詞的成分，顯然較趙孟頫詞來得濃重。

第五章為結論。

附錄部分，收入一篇分析張炎詞作的論文：〈論張炎詞從憂傷到恬靜的轉化〉。該文原題為〈論張炎詞中的憂傷與恬靜〉，2013 年 10 月 26 日初次發表於華梵大學中國文學系主辦的第十二屆「生命實踐學術研討會」，其後經過修訂，更名為〈論張炎詞從憂傷到恬靜的轉化〉，刊載於 2014 年第 4 期（總第 44 期）中國大陸《長江學術》期刊，頁 51-59。初稿完成至今已將近十年，因此篇內容與本書的論題部分相關，故收錄於此。

第二章　張炎詞中地域的轉移
及其家園意識

　　張炎，是宋朝南渡勳王之裔子，宋末元初詞家之巨擘。字叔夏，號玉田，晚號樂笑翁。先祖居陝西鳳翔，六世祖張俊始遷居臨安（杭州）。生於宋理宗淳祐八年（1248），卒於元仁宗延祐四年（1317）以後，年約七十餘歲。[1]張炎早年家世顯赫，是一貴游少年，擅長倚聲填詞，精通音樂、書畫。入元以後，家產遭籍沒，生活貧困落拓，至以賣卜維生。晚年與陸行直往來密切，有多首詞作贈之。[2]著有《山中白雲詞》8卷，詞論專著《詞源》2卷。

　　舒岳祥〈贈玉田序〉云：「玉田張君，……詩有姜堯章深婉之風，詞有周清真雅麗之思，畫有趙子固瀟灑之意，未脫承平公子故態，笑語歌哭，騷姿雅骨，不以夷險變遷也。」[3]《四庫全書總目》稱其：「所作往往蒼涼激楚，即景抒情，備寫其身世盛

1　參閱楊海明：《張炎詞研究・年表》（濟南：齊魯書社，1989 年），頁 255。

2　參閱宋・張炎撰，孫虹、譚學純箋證：〈前言〉，《山中白雲詞箋證》，上冊，頁 6。

3　宋・舒岳祥：〈贈玉田序〉，收於宋・張炎著，黃畬校箋：《山中白雲詞校箋・朋輩贈什》，頁 482。

衰之感，非徒以翦紅刻翠為工。至其研究聲律，尤得神解，以之接武姜夔，居然後勁。宋元之間，亦可謂江東獨秀矣。」[4]江昱〈山中白雲詞疏證序〉亦云：

> 詞自白石後，惟玉田不愧大宗，而用意之密，適肖題分，尤稱極旨。率爾讀之，雖擊節嘆賞，而作者苦心或未出也。夫集中之題但云某人某地。讀者亦僅就其詞臆為人如是地如是，是人與地因詞而見，而不知詞實有以確洽其人與地，何嘗目炫珊瑚木難而不能名耶？其或實有所指而本題未能注明，則又往往忽略，甚且以為寬泛之語，而曾不經意可勝三嘆。[5]

　　宋元時代變易之際，張炎備寫其身世盛衰之感的作品，極具有指標性的意義；在「聲律」的研究上，接續姜夔的成就，而更趨嚴密。清代的浙派詞人，即以姜夔、張炎之詞為範式，而有「家白石而戶玉田」之論。

　　「家園意識」是張炎《山中白雲詞》中一再複現的主題，也是文學史上一個極為重要的「母題」。「『家園』意指這樣一個空間，它賦予人一個處所，人唯有在其中，才能有『在家』之

4　清・永瑢等撰：《四庫全書總目》（北京：中華書局，2003 年），下冊，卷 199，頁 1822。

5　清・江昱：〈山中白雲詞疏證序〉，收於宋・張炎著，黃畬校箋：《山中白雲詞校箋・序跋題辭》，頁 493。

感，因而才能在其命運的本己要素中存在。」[6]而所謂「家園意識」，乃是作者在作品中呈現出對家園「有意識」的熱切關注，與對此一生命與心靈棲息之地深懷眷戀的表達。關於思家或懷鄉題材的書寫，在中西方的文學作品中早已出現，如《詩經》的〈河廣〉、〈陟岵〉、〈采薇〉諸篇，杜甫的〈月夜憶舍弟〉、〈恨別〉詩作，與《荷馬史詩》中的〈奧德修記〉等者是。本章：「張炎詞中地域的轉移及其家園意識」，乃著眼於張炎詞中「家園意識」凸顯的意義，以及因地域轉移而產生對家園的不同思考。

　　就呈顯「家園意識」的詞作來說，由於張炎是杭州錢塘人，故其書寫懷鄉的作品，通常也就會涉及到對「家」的思考，並有對「家」的熱切關注──即家園意識注入其中。故其懷鄉詞，從廣義往下延伸的層面來看，也可歸入本文探討的範疇。不過，因為杭州是南宋的首都（官方文獻稱為「行在」），在南宋具有特殊的歷史地位，宋亡之後，南宋遺民詞人時將杭州轉喻為具有國族意義的內涵，因此「思鄉」──「思杭」之作，往上延伸其意義，也包含了「思國」的成分。這是張炎，以及南宋杭州遺民詞人，書寫懷鄉題材時，經常容易出現的「跨界」現象，也就是說，書寫杭州，等於包含了「思家」、「思鄉」與「思國」三個層面。如圖所示：

---

[6]　參閱德‧馬丁‧海德格爾（Martin Heidegger）著，孫周興譯：《荷爾德林詩的闡釋》（北京：商務印書館，2000 年），頁 15。

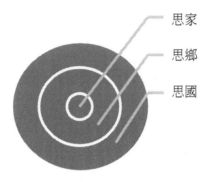

思家

思鄉

思國

　　因此，為避免探討「家園意識」的議題滑出界外太遠，本文盡量採取狹義的詞例作為引證，即以明顯言及「家」者為主要討論文本。當然，張炎的詞作亦有將「思家」、「思鄉」、與「思國」三種情懷容納於一詞者，此也會是本文選取的詞例。但詞作若泛寫思鄉詠杭之作，而未明顯觸及家園意識者，則多去之而不論。

　　本文擬從「世居／棲居／閒居之地的空間對照與家園」，「傾聽與家園意識」，以及「陶淵明式的家園圖象」等方面，探討張炎詞中的家園意識在地域轉移的流動過程中所呈顯的意義，以及其呈現自我存在的方式。

第一節　世居／棲居／閒居之地的空間對照與家園

一、世居的家園：南湖園林

　　張炎出身貴家朱邸，六世祖張俊為南渡名將，後封循王。張家自張俊之後即世居杭州（臨安）。張炎自幼生長的家園──南

湖園林，為曾祖張鎡所建，是當時杭州的名園，耐得翁《都城紀勝》、吳自牧《夢梁錄》、周密《武林舊事》[7]與《齊東野語》等書均有記載。《齊東野語》云，太保周益公秉鈞造訪張府玉照堂賞梅時曾作詩曰：「一棹徑穿花十里，滿城無此好風光。」[8]可見此園之麗冠甲杭州。更重要的是，南湖園林是曾祖輩張鎡、張鑑，以及父親張樞，交遊四方文友雅集燕遊的活動中心。自孝宗淳熙十四年（1187）始，[9]杭州地方的文學盛宴與文化活動就長期結集在張家，南宋杭州重要的文學圈——西湖吟社，即以南湖園林「湖山繪幅樓」作為社會吟詠聚集的主要場所。但是宋恭帝德祐二年（1276），元兵攻陷杭州以後，南湖園林曾經衍繹的富貴風流，繁華盛事，頓時戛然而止。張炎家族的歷史在 1276 年，他二十九歲時，全部幡然改寫。前此，這座興建長達十四年，以東寺、西宅、南湖、北園四大區域廣佈的 46 景，並同亦菴、約齋、眾妙峰山等 44 景，共達 90 處勝景的南湖園林，是張家富麗廣闊的「世居之地」，是仙都，是天堂；後此，它成為異

7　宋・耐得翁《都城紀勝・園苑》記載之「張府北園」，與吳自牧《夢梁錄・園圃》卷 19 所言之「張氏北園」，皆指南湖園林北區的勝景，包括：群仙繪幅樓、桂隱、清夏堂、玉照堂等二十二處勝景，統稱為「北園」。又，張鎡〈約齋桂隱百課〉一文對此名園亦有詳細記述，張鎡文附於周密《武林舊事》卷 10。三則資料見於《東京夢華錄——外四種》（臺北：大立出版社，1980 年），頁 99、295、516-519。

8　宋・周密：《齊東野語・玉照堂梅品》（北京：中華書局，1997年），卷 15，頁 274。

9　據張鎡〈約齋桂隱百課〉一文所言，南湖園林雲集嘉賓的桂隱堂命名於淳熙丁末（1187 年），故張家文人的雅集活動至晚始於該年。周密：《武林舊事》，收於《東京夢華錄——外四種》，卷 10，頁 516。

代元將廉希賢之子的家產山水，一處張炎永遠失去的夢土。[10]

　　張炎《山中白雲詞》存詞 8 卷，黃畬校箋的《山中白雲詞校箋》本，收詞 302 首（孫虹、譚學純的《山中白雲詞箋證》，收詞 305 首，詳前文第一章第三節）。在他三百餘首的詞作裡，對故家的描寫與記述，主要是夾敘在入元以後，居杭或離杭的憶舊作品之中，如：

> 亂紅飛已無多，豔遊終是如今少。一番雨過，一番春減，催人漸老。倚檻調鶯，捲簾收燕，**故園**空杳。奈關愁不住，悠悠萬里，渾恰似、天涯草。（〈水龍吟〉）

> **舊家**池沼。尋芳處，從教飛燕頻繞。一灣柳護水房春，看鏡鸞窺曉。（〈鬭嬋娟〉）

> 望花外，小橋流水，門巷悄悄，玉簫聲絕。鶴去臺空，珮環何處弄明月。（〈長亭怨‧舊居有感〉）

> 穿花省路，傍竹尋鄰，如何**故隱**都荒。問取堤邊，因甚減卻垂楊。（〈聲聲慢〉）

> 萬里舟車，十年書劍，此意青天識。泛然身世，**故家休**

---

[10]　南湖園林興建的始末，與張炎家族興衰的歷史，詳見拙著：《杭州聲華——以張鎡家族、姜夔、周密之詞為探討核心》，第三章「張鎡家族之詞與杭州」，頁 93-185。

問清白。（〈壺中天〉）[11]

南湖園林在杭州是一富麗顯赫的名園，也是他自幼生長親愛的家園。但在他記述舊家的作品中，呈顯出幾個特殊的寫作現象：

1、　張炎對故家空間的描寫，不是著墨於園林建築之亭、臺、樓、閣的空間結構，或山石水景與建物之間的形製佈局，而是從場所連結的周邊自然景物，截取環境中的一小片景致，如柳下芳鄰、悄悄門巷，或湖邊鷗鷺、沙汀煙雨等進行描寫，但不做詳細的鋪述。

2、　當他指涉世居之地南湖園林的時候，是以故園、故里、舊家、舊居、故隱、[12]故家、家、杜曲門荒、玉老田荒等 9 個泛稱詞彙稱謂之，而不用「南湖園林」專名。他用「故園」等泛稱的詞彙，在《山中白雲詞》中共出現 15 次。[13]

3、　凡涉及「世居之地」的詞作，對舊家場景的描寫，雖是淡淡稀疏幾筆，但卻是情懷深重。《四庫全書總目》評曰：「所

---

[11]　宋・張炎著，黃畬校箋：《山中白雲詞箋》，頁 80、130、180、202、389。本章張炎詞皆引自該書，均於詞後標註頁碼，不再另作註解。

[12]　「故隱」一詞，從〈聲聲慢〉這闋詞作上下文的文意來看，應亦指張炎的故家。

[13]　其中有三次應須刪除，即〈風入松・題蔣道祿溪山堂〉所寫的「舊家」，頁 353；〈高陽臺・慶樂園……〉所寫的「故園」，頁 173；與〈暗香・送杜景齋歸永嘉〉所寫的「舊園」，頁 229。此三者均非指張家故園。

作往往蒼涼激楚，即景抒情，備寫其身世盛衰之感。」[14]在
張炎強烈情感意向的投射之下，「家」成為情感的中心，生
存的中心，對比遷移過程中其他的棲居之地，「舊家」——
「南湖園林」的「焦點性格」甚為鮮明。

但是當張炎書寫友人的園林亭堂時，則時常直書其「專名」，而
非以「泛稱」稱謂之。茲以描寫陸垕在江陰的別墅「秀野園」，
與高似孫在越中的「東墅園」為例：

　　〈壺中天‧賦秀野園清暉堂〉
　　穿幽透密，傍園林宴樂，清時鐘鼓。簾隔波紋分畫影，融得
　　一壺春聚。篆徑通花，花多迷徑，難省來時路。緩尋深靜，
　　野雲松下無數。　　空翠暗濕荷衣，夷猶舒嘯，日涉成佳
　　趣。香雪因風晴更落，知是山中何樹。響石橫琴，懸崖擁
　　檻，待月慵歸去。忽然詩思，水田飛下白鷺。（頁 225）

　　〈掃花游‧賦高疏寮東墅園〉
　　煙霞萬壑，記曲徑幽尋，霽痕初曉。綠窗窈窕。看隨花瞥
　　石，就泉通沼。幾日不來，一片蒼雲未掃。自長嘯。悵喬
　　木荒涼，都是殘照。　　碧天秋浩渺。聽盧籟泠泠，飛下
　　孤峭。山空翠老。步仙風，怕有采芝人到。野色閉門，芳
　　草不除更好。境深悄。比斜川，又清多少。（頁 33）

〈壺中天〉云：「簾隔波紋分畫影，融得一壺春聚。」這是張炎

---

[14]　清‧永瑢等撰：《四庫全書總目》，下冊，卷 199，頁 1822。

對秀野園清暉堂極其靈透細緻的觀察；而「篆徑通花」、[15]「響石橫琴」，則是詩意優雅的園林設計，生活美學實踐的描繪。另在〈掃花游〉可以看到幽靜的「曲徑」、窈窕的「綠窗」、花林下的、「甃石」、「泉沼」，依循張炎的文字，依約可勾勒出「東墅園」清美深悄的庭園輪廓。

另如〈三姝媚〉寫傅巖起在燕京的「清晏堂」；〈甘州〉題趙葯牖山居（未詳何處）的「見天地心」、「怡顏」、「小柴桑」亭名；〈江神子〉記孫凝在四明的「四雲庵」；〈西河〉敘史允叟的「依綠莊」園林；〈壺中天〉述友人「養拙園」；〈壺中天〉書陸垕在江陰「秀野園」的「清暉堂」……等等，他記載友人園林建物或建築群體之專名的詞作頗多，共有 19 首。[16]從這一長串的園林或建物名單可以看出，張炎對友人家園的書寫，均是正面如實的記載，這與其敘述南湖園林持以完全相反的表述方式之因何在？張炎何以好於大量書寫朋輩府第的園林？或可從以

15　「篆徑」，指「苔徑繚繞如篆字，故云篆徑。」宋・張炎著，黃畬校箋：《山中白雲詞箋》，卷 4，頁 226。

16　宋・張炎著，黃畬校箋：《山中白雲詞箋》，頁 26、61、95、138、223、225。此外尚有〈一萼紅〉頌讚束季在蘇州的「博山園」；〈霜葉飛〉描繪吳立齋在澄江的「南塘」、「不礙雲山」亭；〈聲聲慢〉言寫韓鑄的「雨水居」；〈壺中天〉歌詠周靜在杭州的「鏡園池」；以及〈臺城路〉的「章靜山別業」，〈玉漏遲〉的「無盡上人山樓（福泉庵）」，〈真珠簾〉的「近雅軒」，〈小重山〉的「雲屋」，〈木蘭花慢〉的「丹谷園」，〈風入松〉的「溪山堂」，〈南歌子〉的「燕喜亭」，〈祝英臺近〉的「自得齋」，共 19 首。宋・張炎著，黃畬校箋：《山中白雲詞箋》，頁 231、232、283、287-288、112、133、189、208、219、424、447、452。此中友人之名與地名可考者，則存錄；反之，則闕如。

下幾個方面推測之:

1、 南宋的園林建築,特別是「家產山水」的設置,是當時貴府富家流風之所好,故江南各地私家園林眾多,尤以杭州為天下之冠。張炎之詞乃是反映當時社會的「實況」之作。

2、 張炎對宋元之際的「園林」,別有一番獨愛與關注,故施筆墨書寫,並將它載錄於詞中。

3、 往深一層看,這類園林詞作的書寫,反應詞人內在的況味:應是一種補償的替代心理作用。藉由游賞他人的園林以回味、重溫他曾為貴游公子的生活。儘管這一穿幽尋徑,園林宴享的時光,不過是一份短暫的擁有。

4、 宋代園林藝術的豐沛文化,已然浸潤在張炎及其朋輩的身上。張炎曾是貴家公子,園林是他從小親近成長的環境,當有機會徜徉於友人雅致富麗的園林時,他便如魚之歸澤,鳥之還林,得以舒張自由。故張炎反覆書寫友人的園林,除了是排遣失去南湖故園的遺憾之外,其實也標誌出園林文化已然內化到他生命之中,成為生活的刻痕。因從其吟詠的作品內容,可以窺見南宋文人高雅的生活藝術品味與深厚的人文素養。

張炎描寫友人園林的詞作與其書寫世居之地「南湖園林」的空間,恰成一個鮮明的對比。張炎因家族遭遇時代巨大的政治災難,[17]故有意淡化世居之地在杭州的顯赫地位,而不多施筆墨書

---

17 宋恭帝德祐二年(1276),元兵攻陷杭州,祖父張濡遭元人磔殺而死,

寫，也不提及南湖園林的「專名」，因為「若是直書『南湖』專名，就必須裸裎家族的悲劇，而這恐怕也會挑起政治敏感的神經。」[18]因故家已無法回歸，僅能徘徊其外，遠望其概；反觀友人的園林則得以置身其中，賞玩流連，作內部構築的細緻描繪。對於友人的園林，可以放意書寫的心理，可視為是從政治桎梏中得到一種暫時性的解放。顯見他對園林名稱的書寫並非無心記述，南湖園林各處稱名全然未見的原因，是他有意識的抹去，由此亦可見元人對他家族進行殘酷的政治清算，在他生命中烙印下何等巨大的陰影與創傷。

二、異鄉的棲居與客遊之地

(一) 北行大都

　　張炎於杭州為元兵攻陷之後，愴然離開家園。依照孫虹、譚學純《山中白雲詞箋證》考證，張炎曾在德祐二年（1276）或景炎二年（1277），因避難短暫北游大都，其後漂泊江南各地。[19]從二十九歲到四十二歲期間，他在杭州、山陰（今紹興）等地往復游移。直至元世祖至元二十七年（1290）四十三歲，再次北行大都（今北京，舊時或稱燕京）繕寫金字藏經，才又短暫離開江南舊地。但是隔年（1291）春日他便慨然南歸。

其父張樞下落不明，府中女眷入宮為奴，所有家貲籍沒。後二年（1278）六世祖張俊之墳也遭盜掘。

[18]　拙著：《杭州聲華——以張鎡家族、姜夔、周密之詞為探討核心》，頁182。

[19]　參閱第一章第三節「一、張炎詞的文本與依據」。

　　《山中白雲詞》提及北游之行的作品有 11 首，[20]此 11 首詞
序是了解張炎此次入京見聞感懷的重要依據：

　　〈憶舊游‧大都長春宮，即舊之太極宮也。〉

　　〈淒涼犯‧北游道中寄懷〉

　　〈壺中天‧夜渡古黃河，與沈堯道、曾子敬同賦〉

　　〈聲聲慢‧都下與沈堯道同賦〉

　　〈慶春宮‧都下寒食，游人甚盛，水邊花外，多麗環集，各以柳圈
　　袚禊而去，亦京洛舊事也。〉

　　〈國香‧沈梅嬌，杭妓也，忽於京都見之。把酒相勞苦，猶能歌周
　　清真〈意難忘〉、〈臺城路〉二曲，因囑余記其事。詞成以羅帕書
　　之。〉

　　〈臺城路‧庚辰秋九月之北，遇汪菊坡，一見若驚。相對如夢，回
　　憶舊遊，已十八年矣，因賦此詞。〉

　　〈三姝媚‧海雲寺千葉杏二株，奇麗可觀，江南所無。越一日，過

---

[20] 但若加入孫虹、譚學純依據《延祐四明志》卷 5 所作的考證，張炎〈水
龍吟‧袁竹初之北，賦此以寄。〉一詞有：「笑我曾游萬里。甚匆匆、
便成歸計。」涉及北游之語，則應有 12 首。

傳嚴起清晏堂，見古瓶中數枝，云自海雲來，名芙蓉杏。因愛玩不
去，嚴起索賦此曲。〉

〈甘州・庚寅歲，沈堯道同余北歸，各處杭越。逾歲，堯道來問寂
寞。語笑數日，又復別去，賦此曲并寄趙學舟。〉

〈疏影・余於辛卯歲北歸，與西湖諸友夜酌，因有感於舊游，寄周
草窗。〉

〈長亭怨・歲庚寅，會吳菊泉於燕薊。越八年，再會於甬東。未幾
別去，將復之北，遂作此曲。〉[21]

　　馮沅君〈張玉田年譜〉於陳述張炎北游之詞時，僅列〈憶舊
游〉等 8 首為「在燕」之作，[22]而非作於燕，卻與北游有關的
〈淒涼犯〉、〈疏影〉與〈長亭怨〉3 詞卻未收入。然此三首作
品均與北游有關，故本文仍將它們納入討論。從這 11 首作品可
以勾勒出張炎北游京都的概括輪廓：

1、　由〈臺城路〉與〈壺中天〉二詞可知，他與沈欽（字堯
　　　道）、曾遇（字子敬、又字心傳）於庚寅（至元二十七年，
　　　1290）同渡黃河北上大都。

---

[21]　宋・張炎著，黃畬校箋：《山中白雲詞箋》，卷 1，頁 8、11、12、
　　　15、18、21、23、26、28、46；卷 2，頁 134。

[22]　馮沅君：〈張玉田年譜〉，《馮沅君古典文學論文集》（濟南：山東人
　　　民出版社，1980 年），頁 443-445。

2、　自〈臺城路〉、〈長亭怨〉、〈國香〉三詞知他於庚寅秋九月遇江南故友汪菊坡，同年會吳菊泉於燕薊；另有一舊識杭妓沈梅嬌，亦於京都期間見之。

3、　從〈慶春宮〉、〈國香〉、〈三姝媚〉三詞猶見張炎曾為貴游公子的生活側影：一寫都下寒食節多麗環集之事；一記其在海雲寺與傅巖起清晏堂賞芙蓉杏之趣；一書與沈梅嬌款語深期之情。

4、　〈疏影〉一詞知其於辛卯歲春（至元二十八年，1291）南歸。

關於張炎庚寅（至元二十七年，1290）北游大都的原因，各家見解分歧，或言求職，或云遊歷，或指尋妻，或說繕寫金字藏經。[23]本文認為寫經是北行初始的政治因素，但其內心不無懷有冀圖求進之意。張炎詞文雖未明言北游真正原因，但從與之同行大都的曾遇在〈宋僧溫日觀畫蒲萄〉的題識，則可做如是的推論，其云：「至元庚寅，以寫經之役自杭起驛入京。……（溫日觀）以

23　言求職之說者，如胡雲翼：《宋詞選》（北京：中華書局，1962年），頁 445；夏承燾：《夏承燾集・瞿髯論詞絕句・張炎二》（杭州：浙江古籍出版社，1997 年），頁 567。言遊歷者，如馬興榮：〈試論張炎的北行及其《詞源》、詞作〉，《楚雄師專學報》（社會科學版）1991 年第 4 期，頁 20。指尋妻是張炎北游的真正動機者，如郭鋒：〈從張炎北游論其遺民心態〉，《南京師大學報》（社會科學版）2006年第 3 期（2006 年 5 月），頁 135。言被迫寫經者，如楊海明：《張炎詞研究》，頁 32-39；繆鉞：〈論張炎詞〉，見繆鉞、葉嘉瑩：《靈谿詞說》（臺北：正中書局，1993 年），頁 565。

遇將有行役，引墨作蒲萄二紙。」[24]可證北行是為寫經留燕。好友戴表元在〈送張叔夏西遊序〉亦云：「玉田張叔夏……垂及將仕，喪其行資，則既牢落偃蹇。嘗以藝北游，不遇失意，企企南歸，愈不遇。」[25]所謂「以藝北游」，應即是曾遇所言「以寫經之役自杭起驛入京」一事。

此外，亦可從「內證」──以詞證詞，從此 11 篇詞作文句流露的情感氛圍，與盤旋迂迴的暗示性寫作筆法，窺測其複雜的內在情懷。即首先應是迫於政治壓力而北上大都寫經，因以其祖父張濡曾殺元使，其後張家被抄沒的遺民身分，若無朝廷徵招，北上大都任職實屬不可能。但再進一步細索其潛藏在詞中的文意，也不無懷抱希冀，寄望藉此一行，或可有施展之意。試觀〈淒涼犯〉、〈慶春宮〉、〈臺城路〉云：

> 誰念而今老，懶賦〈長楊〉，倦懷休說。空憐斷梗，夢依依、歲華輕別。待擊歌壺，怕如意、和冰凍折。且行行、平沙萬里儘是月。（頁 11）

> 旅懷無限，忍不住、低低問春。梨花落盡，一點新愁，曾到西泠。（頁 18）

24　元・曾遇：〈宋僧温日觀畫葡萄〉，清・張照、梁詩正等撰：《石渠寶笈》（臺北：臺灣商務印書館，1985 年，文淵閣《四庫全書》本），第 825 冊，卷 32，頁 326。

25　元・戴表元：〈送張叔夏西遊序〉，《剡源戴先生文集》（臺北：臺灣商務印書館，1979 年，《四部叢刊》正編本），卷 13，頁 116-117。

> 十年前事翻疑夢，重逢可憐俱老。水國春空，山城歲晚，
> 無語相看一笑。荷衣換了。任京洛塵沙，冷凝風帽。見說
> 吟情，近來不到謝池草。（頁 23）

〈淒涼犯〉詞裡的〈長楊〉，是指揚雄的〈長楊賦〉，此賦原欲諷刺漢帝狩獵擾民之作，後卻成為歌頌之文。張炎反用其意，意謂對元廷此番徵招寫經一事，心懷淡漠，無意美刺。「待擊歌壺，怕如意、和冰凍折」，言赴都寫經任職乃如晉朝王敦「擊歌壺」，詠「老驥伏櫪」的況味，似也希望在仕途上藉此機會一試其可能性；但內心又深懷不確定的憂恐，故勉強「且行行」北上赴職。而〈慶春宮〉云：「一點新愁，曾到西泠」，更透發心繫家園故國的悲慨。「西泠」在杭州西湖畔孤山路，[26]藉「西泠」、「西湖」地景喻指家鄉故國，是張炎詞中經常使用的借代手法。[27]到元都寫經的同時，並未忘記故園與故國，以及他遺民的身分，「夷夏」之辨的意識仍縈繞在他的內心。〈臺城路〉：「任京洛塵沙，冷凝風帽。見說吟情，近來不到謝池草。」是化用陸機〈為顧彥先贈婦〉詩：「京洛多風塵，素衣化為緇」之意，言旅寓京中，多風霜濁塵，久居之恐素衣（喻潔白之身心）為其染污，這是厭倦元京政治塵埃的壓抑之音。張炎內心一方面微懷能有「老驥伏櫪」的機會；但現實卻是「京洛塵沙，冷凝風帽」，多風沙又冷凝的政治環境，難以久居；且元廷籍沒張家，

---

[26]　西泠，指西泠橋，又名西陵橋、西林橋、西村。宋‧周密：《武林舊事‧湖山勝概》，卷 5，頁 422。

[27]　參閱拙著《杭州聲華》第三章第四節「歡苦鎔鑄的張炎」，與附錄表二「張炎《山中白雲詞》書寫杭州詞表」。

張炎與之畢竟有過殘酷的深仇，故於隔年春日即歸江南。在這些
詞作，均有一種深沉悠遠的感傷，與複雜矛盾的心思，隱伏交織
掩映於文字之下。劉明玉亦云：

> 張炎是帶著複雜矛盾的心情北上的，雖然直接的行為表現
> 是給元政府寫金字藏經，但結合著他詞中的思想傾向，那
> 麼此行有求官的目的也是順理成章的事了。但最終他並沒
> 有做官。……
>
> 在「出」與「處」之間，其心態是隨著環境和認識的改變
> 而漸變的。……看他一些回首北游的作品，功名之思和不
> 遇之情在一段時間內還時時閃現。[28]

「出處」選擇之不易，「夷夏」之辨的意識之煎熬，在張炎回首
北游的詞作裡，流露出他在現實層面生存的脆弱與難堪，但最終
他選擇回歸江南山林隱逸，保存了晚年的「志節」。

　　但值得吾人一窺其餘的是，在〈國香〉、〈三姝媚〉、〈慶
春宮〉這 3 首詞作裡，竟可見到張炎在京期間的風雅情事，張炎
猶帶貴游公子享樂之餘習。特別是〈國香〉一詞，結語處猶記沈
梅嬌「無端動人處，過了黃昏，猶道休歸。」（頁 21）這般綺
旎眷戀之語。俞陛雲言：「『黃昏』二句，有樓上三更，不如休
去之意。觀『拜月』二句，其人當頗風雅，想見翠袖支頤，紅牙
按拍，宜玉田眷戀也。」[29]張炎有充滿「盛衰身世之感」，「黍

28　劉明玉：〈張炎北游、南歸問題的再認識〉，《南陽師範學院學報》
　　（社會科學版）第 5 卷第 5 期（2006 年 5 月），頁 49-50。
29　俞陛雲：《唐宋詞選釋》（臺北：廣文書局，1970 年），頁 258。

離之哀」的作品；但在另一精神面，猶未脫落貴家綺筵公子的生活習氣，對過往的情事、生活品味猶生眷戀。此可從文化浸染深厚的正面角度來看，張炎家族在文學、藝術上的傳承涵養源遠流長，張炎的人文素養是累積數代方有的鑑賞品味與文化能量。從觀海雲寺千葉杏，言其「奇麗可觀，江南所無」之語，可知所觀花物無數，方可下此斷言。因江南地方遼闊，杏花品種眾多，對此若莫嫻熟，何能出此一語？舒岳祥〈贈玉田序〉云：「詞有周清真雅麗之思，畫有趙子固瀟灑之意，未脫承平公子故態，笑語歌哭，騷姿雅骨，不以夷險變遷也。」[30]張炎即使身處燕薊，仍未脫「承平公子故態」，正可反見家族風雅文化的濡染甚深，故而心靈猶可偶然溢出夷險之外。

（二）漂游江南

　　回到南方的張炎，未即返回故鄉杭城，而是再度浪遊各地。他曾設卜肆於鄞縣（今浙江寧波），[31]漂流的區域基本上是以故鄉杭州為軸心，其樓居、客遊之地往東到過山陰、寧波、鄞縣、寧海、天台，往北曾到吳江、蘇州、江陰，往西則到宜興、溧陽，其間雖幾有次往返杭州短暫居留，卻未真正安住下來。在五十三歲（1300）那年，曾回到杭州作過稍久的停留，並初步編纂了自己的詞集，然僅一年，則又踏上旅途，流寓他鄉。其間到過吳地（今蘇州）、溧陽、江陰、宜興等地。張炎入元以後的生

30　宋・張炎著，黃畬校箋：《山中白雲詞箋・朋輩贈什》，頁482。

31　元・袁桷〈贈張玉田〉詩下云：「玉田為循王五世孫（應為六世孫），時來鄞設卜肆。」見清・江昱疏證：《山中白雲詞疏證・附錄》（臺北：臺灣中華書局，1965年，《四部備要》本），頁3。

涯，是「客游無方，三十年矣。」[32]其目的不外是「辛苦移家聊處靜」，[33]與為經濟生活奔波。直至六十餘歲才又回到杭州，寓居於錢塘（張炎書寫地方或場所的詞作，可編年者請參見文後附表）。

　　張炎幾近三十年的時間，在今之江、浙各地流轉遷移，他曾旅歷過的地方，含地名、山名、水名等，多記述在他的詞作之中。龔翔麟〈山中白雲詞序〉云：「今讀詞集，觀其紀地紀時，而出處歲月，宛然在目。」[34]有些作品還詳加描述所到之處的地理景觀，特別是〈甘州・俯長江〉、〈瑤臺聚八仙・屋上青山〉、〈壺中天・長流萬里〉、〈臺城路・翠屏缺處添奇觀〉4闋「山水詞」，以幾近工筆的方式，描寫江陰縣澄江畔的「陸起潛皆山樓四景」。茲以第一首為例：

> 〈甘州・雲林遠市，君山下枕江流，為群山冠冕。塔院居乎絕頂，舊有浮遠堂，今廢。〉
> 俯長江、不占洞庭波，山拔地形高。對扶疏古木，浮圖倒影，勢壓雄濤。門掩翠微僧院，應有月明敲。物換堂安在，斷碣閒拋。　　不識廬山真面，是誰將此屋，突兀林坳。上層臺回首，萬境入詩豪。響天心、數聲長嘯，任清風、吹頂髮蕭騷。憑闌久，青琴何處，獨立瓊瑤。（頁

32　元・陸文圭：〈詞源跋〉，見《詞源・附後跋》（臺北：新文豐出版公司，1988 年，《詞話叢編》本），第 1 冊，卷下，頁 269。

33　語出〈漁家傲〉詞，頁 393。

34　清・龔翔麟：〈山中白雲詞序〉，引自金啟華等編：《唐宋詞集序跋匯編》，頁 309。

302-303）

此詞的詞序與上闋之文，可以說是用客觀的角度，寫實的筆法，把皆山樓的第一景做了明確的次第描繪。詞表現的對象，主要是描繪遊觀的地理景物，而「抒懷」則退居於陪襯的次階位置。這4闋以「詞」的形式，表現近似平鋪直述的「散文式」的地景描述，是張炎詞作中值得注意的作品。張炎這類「地景書寫」的詞作，一方面可成為提供後人理解宋元時期江南地理風貌的參考文獻；另一方面也可看出，張炎在異地空間轉移的過程中，在異鄉遊覽的旅途裡，有時也能讓他「短暫」走出家族悲劇陰影的籠罩，舒展豪邁的詩情，從而銷減他內在沉痛的創傷。

此外，在樓居異地所寫的詞作裡，有1闋〈月下笛〉也值得注意，詞序云：「孤游萬竹山中，閉門落葉，愁思黯然，因動〈黍離〉之感。時寓甬東積翠山舍。」（頁 85）序中他特別記述樓居場所的山舍之名，這是唯一一首提及客居之地的「居所專名」，而非地名。此處或許是一建築群落較為完整的處所，故有「積翠山舍」之名。

不過在《山中白雲詞》裡仍許多作品，對異鄉的樓居之地或客遊之地的地理風貌、特殊景觀，不做有次第、工筆式的寫實描繪，而是擷取幾個自然景觀或空間物象，如江浦、山林、野徑，小舟、明月、落日等作描寫，如果不憑藉詞序說明所在之地為何處，而單從詞文來看，實在無法區別詞中所寫的地方是山陰還是江陰？是羅江還是吳江？當人的視域流動，所觀的景象理應有所不同。但從這類詞作來看，並無法明顯區別其流寓之地的地理性差異。如寫於元世祖至元三十一年（1294）的〈西子妝慢〉：

白浪搖天，青陰漲地，一片野懷幽意。楊花點點是春心，替風前、萬花吹淚。遙岑寸碧。有誰識、朝來清氣。自沈吟、甚流光輕擲，繁華如此。　斜陽外。隱約孤村，隔塢閑門閉。漁舟何似莫歸來，想桃源、路通人世。危橋靜倚。千年事、都消一醉。漫依依，愁落鵑聲萬里。（頁115）

元成宗大德二年（1298）的〈瑣窗寒〉上片：

亂雨敲春，深煙帶晚，水窗慵憑。空簾漫卷，數日更無花影。怕依然、舊時燕歸，定應未識江南冷。最憐他、樹底薦紅，不語背人吹盡。（頁51）

〈西子妝慢〉寫客居羅江是「斜陽外，隱約孤村，隔塢閑門閉。」而〈瑣窗寒〉對棲居之地的描述是「亂雨敲春，深煙帶晚，水窗慵憑。」在多水的江南各地，何處無「水窗」？在鄉野，又多有「孤村」、「人家」之存在。如同寫於大德二年（1298）的〈玲瓏四犯〉亦然：「流水人家，乍過了斜陽，一片蒼樹。怕聽秋聲，卻是舊愁來處。因甚尚客殊鄉，自笑我、被誰留住。」（頁140）故從其詞可以發現另外一個的現象：即當地理景觀不是他視覺的焦點時，其著意的重點乃在自然景觀或空間物象所興發的感受，彼時，書寫的重心在「人」，「人」之情感的抒發，詞中的山川花木，地理景觀，不過是引發、表發他內在情感心緒的媒介，是情感賴以依附的對象。因此，這類詞作的山水景物，均只是附著感慨的「嗟流景」（〈梅子黃時雨〉）罷

了，[35]其所揭示的僅是流動於一時一地之景；同時也顯示出他與樓居、客遊之地較無法產生深刻的聯繫關係與認同情感。

　　就其詞文顯示，此類作品流露出的主要情感趨向，就是思家，思念記憶中的家園。張炎雖然漂移在外長達三十年，但故家的召喚總遠遠大過異鄉的樓居之地，對他而言，異鄉的樓居場所，僅僅是暫時的「移動家園」，難以成為歷時長久的安住所在；他心理認定的「恆定家園」，依舊是南湖園林，那一個已經在現實上失去，卻在記憶中永恆的場域，才是魂牽夢繫之所在。正因為「意識」有一個牽繫的地點存在，心靈方能有趨向的標的，不至於完全失墜虛無，就這個意義來說，「故家」在心靈上的永恆存有便異常重要。如以下二詞所云：

〈月下笛〉
天涯倦旅。此時心事良苦。只愁重灑西州淚，問**杜曲、人家**在否？恐翠袖、正天寒，猶倚梅花那樹。（頁85）

〈木蘭花慢〉
甚書劍飄零，身猶是客，歲月頻過。西湖**故園**在否？怕東風、今日落梅多。抱瑟空行古道，盟鷗頓冷清波。（頁361）

寫於大德二年（1298）的〈月下笛〉云：「問杜曲、人家在

35　〈梅子黃時雨‧病後別羅江諸友〉上闋詞云：「流水孤村，愛塵事頓消，來訪深隱。向醉裡誰扶，滿身花影。鷗鷺驚看相比瘦，近來不是傷春病。嗟流景。竹外野橋，猶繫煙艇。」頁113。

否？」〈木蘭花慢〉曰：「歲月頻過，西湖故園在否？」[36]這樣的提問，盈溢著深切的眷愛、關心與認同，充滿欲與舊家對話與對晤的強烈渴望。龔翔麟曾云「其先雖出鳳翔，然居臨安久，故游天台、明州、山陰、平江、義興諸地，皆稱寓、稱客，而於吾杭必言歸，感嘆故園荒蕪之作，凡三四見。」[37]對棲居異地稱「寓」、稱「客」，表明他無法對該地產生歸屬與認同感；反之，稱「歸」，必蘊有歸屬與認同的情感存在。不過，龔翔麟稱其「感嘆故園荒蕪之作，凡三四見。」則非實際之數，《山中白雲詞》裡直書感嘆故園荒蕪之作，至少有十餘首。

三、晚年的閒居之地

張炎於晚年又回到杭州居住，六十八歲時曾寓居錢塘之學舍。張炎故人錢良祐於元仁宗延祐四年（1317）丁巳正月為《詞源》作跋云：「乙卯歲，余以公事留杭數月，而玉田張君來，寓錢塘縣之學舍。……玉田嘗賦〈臺城路・詠歸杭〉一詞。」[38]則知〈臺城路・詠歸杭〉為延祐二年（1315）張炎六十八歲時所作；而《詞源》則完成於延祐四年，張炎時年七十。張炎卒年最遲不過至治元年（1321），[39]年約七十餘歲。

36　〈木蘭花慢〉寫作時間未詳，但從「甚書劍飄零，身猶是客」之語，知其客居外地無疑。

37　清・龔翔麟：〈山中白雲詞序〉，引自金啟華等編：《唐宋詞集序跋匯編》，頁 309。龔翔麟為杭州人，故文中稱「吾杭」。

38　宋・錢良祐：《詞源・附後跋》（臺北：新文豐出版公司，1988 年，《詞話叢編》本），第 1 冊，卷下，頁 268。

39　楊海明：《張炎詞研究・張炎年表》，頁 255。

　　若單從〈臺城路・歸杭〉一詞來看，張炎直至晚年，似乎仍未完全放下家族悲劇的沉重負軛，詞云：

> 當年不信江湖老，如今歲華驚晚。路改家迷，花空蔭落，誰識重來劉阮。殊鄉頓遠。甚猶帶羈懷，雁淒蛩怨。夢裡忘歸，亂浦煙浪片帆轉。　　閉門休歎**故苑**。杖藜游冶處，蕭艾都遍。雨色雲西，晴光水北，一洗悠然心眼。行行漸懶。快料理幽尋，酒瓢詩卷。賴有湖邊，舊時鷗數點。（頁 450）

詞中「路改家迷，花空蔭落」的「家」，指的就是南湖園林。將近四十年的歲月過去了，回尋舊家的路徑已然改變，鄰里業已不識。彼時他的內心「猶帶羈懷」，耳中猶聞「雁淒蛩怨」，而言「休歎故苑」，可說是逃避痛苦的一種表達，宇文所安（Stephen Owen）云：

> 當我們說：「讓我們別再談它了」，並且試圖轉移話題時，我們所處的正是個令人痛苦的時刻，它說明了一個真情，標誌著我們的思維難以擺脫我們同意要忘掉的東西，而且現在比以前更難擺脫了。[40]

這闋詞之所以猶帶傷感的原因，主要是他再一次觸碰那片家園夢

---

[40]　美・宇文所安（Stephen Owen）：《追憶》（上海：上海古籍出版社，1990 年），頁 7。

土，也是悲劇發生的地方。不過詞之下片，態度則稍稍轉趨正面，改用一種較為積極的態度：「快料理幽尋，酒瓢詩卷」生活。

但是閱讀其他晚年的多數作品，如〈滿江紅・己酉春日〉、〈漁歌子〉10 首等，[41]則又不同，詞中可見他的心境已轉趨平靜與安適，悲劇的陰影多已然淡化。在〈南鄉子・竹居〉、〈青玉案・閒居〉等詞裡，更可見到重建後的素樸的家園，展現了它盎然的生機：

〈南鄉子・竹居〉
愛此碧相依。卜築西園隱逸時。三徑成陰門可款，幽棲。蒼雪紛紛冷不飛。　青眼舊心知。瘦節終看歲晚期。人在清風來往處，吟詩。更好梅花著一枝。（頁 375-376）

〈青玉案・閒居〉
萬紅梅裡幽深處。甚杖屨、來何暮。草帶湘香穿水樹。塵留不住。雲留卻住。壺內藏今古。　獨清懶入終南去。有忙事、修花譜。騎省不須重作賦。園中成趣。琴中得趣。酒醒聽風雨。（頁 448）

〈南鄉子〉「竹居」的卜築之地「西園」何在？依據張炎〈探芳信・西湖春感寄草窗〉一詞有「銷魂忍說銅駝事，不是因春瘦。向

---

[41]　〈滿江紅・己酉春日〉、〈漁歌子〉10 首雖非居杭詞，卻是寫於晚年。

西園，竹掃頹垣，蔓蘿荒甃。」（頁 163）句推知，「西園」應就在杭州。此時的西園竹屋已是「三徑成陰，蒼雪紛紛」，而非往日的「竹掃頹垣，蔓蘿荒甃」，張炎「以一個『愛』字直接而又鮮明地表達了對『竹居』的熱愛之情。」[42]而在〈青玉案〉這闋詞裡，也已見聞不到「雁凄蚕怨」的痛苦和悲劇劃過的痕跡。上闋於遊觀自然景物時，帶著美感的經驗，同時也從「塵留不住。雲留卻住。壺內藏今古」的感悟中，表徵出詞人自我的超越與轉化。這裡出現的自然顯示出較為清澈而透明，他可與竹梅、湘草、水樹、甚至是風雨，共享天地間那一片天然，一種平安滿足感達到了理想。此二詞均寫晚年居家生活的閒趣，此中陶淵明〈歸去來辭〉：「園日涉以成趣」、「樂琴書以消憂」所昭示的家園圖象與心靈意趣，成為他最終認同的依歸圖式（詳下文）。

另有一闋〈南鄉子〉，應也是他晚年之作。詞中書寫家園週遭清美的自然環境，清寧的家庭生活，與親情的溫馨美好：

> 野色一橋分。活水流雲直到門。落葉堆籬從不掃，開樽。醉裡教兒誦楚文。　　隔斷馬蹄痕。商鼎熏花獨自聞。吟思更添清絕處，黃昏。月白枝寒雪滿村。（頁 444）

此中，人與自然共和。以商鼎薰花，或偶在清絕的黃昏吟思賦詠，此般唯美的藝術生活仍維繫著。而「醉裡教兒誦楚文」的景

---

[42] 譚輝煌：〈論宋元之際風雅詞派的居所詞〉，《咸寧學院學報》第 27卷第 4 期（2007 年 8 月），頁 87。

象,則是張炎詞裡極少出現的親子畫面,「家園意識」的表述,在這闋詞裡有了另一番不同的恬美情懷展現。

第二節　傾聽與家園意識

聽覺是所有物質感官中最精細的一種。聽覺之於人(或生物)的重要意義,可從「生理心理學」的角度來看,邵郊編著《生理心理學》云:

> 聲音是許多動物生存適應的重要部分。聲音是一種強直性的刺激。眼睛閉起來可以不看東西。耳朵是閉不起來。我們無時無刻不受到聲音的刺激。……。聲波有繞射現象,不容易被完全擋住。我們可以從聲音中聽到四面八方的消息;被物體遮住而看不見的東西,可以聽到它們運動的聲音,這對於動物的生存自然十分重要。……
>
> 最不受地形和方向限制,又不需要依賴其他運動器官(例如,不必打手勢)才能發出,並可以在一段距離外互相聯絡的信號莫過於聲音。[43]

張炎詞中涉及家園意識的表發,值得重視的是,他時用聽覺的感知經驗,以傳遞他內心世界的情感意向,並賦予所思,或所在之地個人情感的色彩,形成他獨有之特殊經驗的地方感,從而也顯

---

[43]　邵郊編著:《生理心理學》(臺北:五南圖書出版公司,1993 年),頁 212。

示出他與地方：家園或異鄉的相互關係。

　　前文提及，華裔地理學者段義孚在其《經驗透視中的空間與地方》曾強調，「地方不是客觀的空間，它是從『自由』的空間，經由個體（或稱『主體』）的『停頓』而轉變為有『範圍』的地方，……並賦予空間『地方感』，以此建立對該地的認同與依歸。……他著重個體對地方的感知體驗，透過視覺、聽覺、嗅覺、觸覺等，以及多種感知混合作用的『通感』經驗，以理解豐富的現實世界，從而形成對該地的認知。」[44]

　　在眼、耳、鼻、舌、身五官感知外物形成的色、聲、香、味、觸五種感官經驗中，聲波是屬於最精細的物質波，故最易打動人心。如音樂搖蕩人之性情遠勝於視覺的圖畫、影片或雕塑，一支影片拍攝再好，若無聲音、音樂搭配，則其藝術的成效，觀者的感動程度必然減少許多。[45]

　　以同為遺民詞人的周密、王沂孫做比較，以聽覺的感知經驗作為寫作的題材元素者，就不如張炎多。周密詞，依據唐圭璋編《全宋詞》之版本，錄詞 154 首，「聽」字出現 15 次，「聞」字 5 次，佔其詞作數之比例為 12.98%。王沂孫詞，也是依據唐圭璋編《全宋詞》之版本，錄詞 64 首，「聽」字出現 9 次，「聞」字 1 次，佔其詞作數之比例為 15.62%。而以黃畬校箋的

---

[44]　美・段義孚（Tuan Yi-fu）著，潘桂成譯：《經驗透視中的空間與地方》，頁 8-13、130。

[45]　由於張炎精通詞樂，擅於審音度律，所著《詞源》上卷均討論宮調律呂的問題。因此張炎對樂理特別重視專精，對聲音的鑑別感受應也是特別敏銳，此或許是他的詞作文字講求音律協和之外，在題材的選取上，也多傾注於聲音、聽覺元素的擷取。

《山中白雲詞校箋》本分析，張炎 302 首詞作裡，「聽」字出現 61 次，「聞」字 7 次，佔其詞作數之比例為 22.52%。以孫虹、譚學純的《山中白雲詞箋證》本，收詞 305 首分析，比例則為 21.97%。

再進一層分析，在其聽覺感發經驗的書寫中，擷取聲音的元素以表述他的家園意識者，張炎亦多過周密與王沂孫。張炎詞中所聞聲類繁多，包含有秋聲（秋籟）、水聲（泉聲）、風聲、雨聲、語聲、讀書聲、嘯聲、歌聲、曲聲、琴聲、笛聲、琵琶聲、鶯聲、雁聲，別又有鐵馬聲、柔櫓聲、賣餳聲和山鬼聲，共 18 種。顯見空間中的聲音極易為他敏感的心靈所捕捉，其詞將各種聲音與書寫地方做結合，如：

〈法曲獻仙音‧席上聽琵琶有感〉
語聲軟。且休彈、玉關愁怨。怕喚起西湖，那時春感。楊柳古灣頭，記小憐、隔水曾見。聽到無聲，謾贏得、情緒難剪。把一襟心事，散入落梅千點。（頁 126）

〈玲瓏四犯‧杭友促歸，調此寄意。〉
怕聽秋聲，卻是舊愁來處。因甚尚客殊鄉，自笑我、被誰留住。（頁 140）

〈聲聲慢‧題吳夢窗遺筆〉
獨憐水樓賦筆，有斜陽、還怕登臨。愁未了，聽殘鶯、啼過柳陰。（頁 166）

「琵琶聲」易喚起他春遊故鄉西湖的記憶；秋來的「秋聲」提醒他尚在異鄉滯留，未歸家園；而登水樓，聽「殘鶯」，更令他銷魂難忍，巨大感受存在的痛苦。聲音是他「覺識」地方與自我存在感的重要元素。而萬籟之中，以聽聞「雨聲」與「杜鵑啼聲」，反應命運折磨過重的憂鬱，不堪現實摧折的苦澀（從貴游公子，流落至賣卜為生）者為最多。

張炎詞中的「雨」字共出現 96 次，多藉雨聲、雨景寫其「蕭瑟流落之情」，如〈瑣窗寒‧旅窗孤寂，雨意垂垂，買舟西渡未能也。賦此為錢塘故人韓竹閒問〉：「亂雨敲春，深煙帶晚，水窗慵憑。空簾漫卷，數日更無花影。怕依然、舊時燕歸，定應未識江南冷。最憐他、樹底蔫紅，不語背人吹盡。」（頁 51）；或僅是單純的描景，如〈臺城路〉寫章靜山別業：「一窗煙雨不除草。移家靜藏深窈。」（頁 112）。[46]詞中因雨興懷，因聞雨聲而思念「家園」之作者，以〈月下笛〉這首最具代表：

> 〈月下笛‧孤游萬竹山中，閉門落葉，愁思黯然，因動黍離之感。時寓甬東積翠山舍。〉
>
> 萬里孤雲，清遊漸遠，故人何處？寒窗夢裡，猶記經行舊時路。連昌約略無多柳，第一是、難聽夜雨。謾驚回淒悄，相看燭影，擁衾誰語。　　張緒。歸何暮。半零落、依依斷橋鷗鷺。天涯倦旅。此時心事良苦。只愁重灑西州淚，問杜曲、人家在否？恐翠袖、正天寒，猶倚梅花那

樹。（頁85）

此中的「猶記經行舊時路」，「問杜曲、人家在否？」皆可喻指家園。在萬里孤雲，清遊漸遠的萬竹山中，「第一是、難聽夜雨」——最不堪於異地聽聞夜雨蕭蕭，愁苦的心事，思家的情懷，總容易被連綿的雨聲勾攬而起。雨，隔絕了外在的世界，從而將人帶入更深的孤寂之中。因此，「家」成為所有醒覺意識無比清晰的歸趨點。

雨聲之外，詞作中以聽聞「杜鵑聲」覺識地方與自我感的存在者為次多，共出現 14 次。張炎時將思家意識與杜鵑啼聲做一勾連，其間多暗將他歸心的愁楚與亡國之痛分付其中。因為杜鵑「不如歸去」的鳴聲，是他內在渴望之外顯的替代。而不得返家的現實困境，使得鵑聲在他聽來只是無盡的幽咽悽楚，是他忍受生命磨難的痛苦之音。考察張炎的詞作，以「杜鵑」或「鵑」字出現者共 12 次，以「杜宇」出現者 2 次，而〈臺城路〉：「待醉也慵聽，勸歸啼鳥」的「鳥」也是杜鵑，三者相加共 15 次。但其中有 1 次與思歸家園無關，[47]扣除此闋，與思家有關者共有 14 次。再以此與周密、王沂孫之詞做一比較，周密書寫聽聞杜鵑（含單一「鵑」字與「杜宇」）的詞作共 7 次，有 6 次是寫惜

---

[47] 「杜鵑」又稱「杜宇」、「子規」、「子歸」、「望帝」、「鶗鴃」、「布穀」等。《山中白雲詞》有以「杜宇」稱「杜鵑」者，而未見以「子規」、「子歸」、「望帝」、「鶗鴃」、「布穀」稱呼之。故計算之數據以出現「杜鵑」、「鵑」、「杜宇」者為統計之依據。又，《山中白雲詞》裡言及杜鵑，卻與思家無關的詞作是〈西江月・墨水仙〉一詞。

春或珍惜青春之意，僅 1 首〈拜星月慢〉：「一夜落月啼鵑，喚四橋吟纜。」[48]與思家有關，但卻是描寫思婦盼望遊子歸家之作。而王沂孫的詞作裡，杜鵑僅出現 1 次，即〈水龍吟·牡丹〉：「怕洛中、春色怱怱，又入杜鵑聲裡。」[49]亦是表徵惜春之意。周、王二人之詞均不若張炎將杜鵑的啼聲緊緊扣在思家的主題之上，如：

> 故鄉幾回飛夢，江雨夜涼船。縱忘卻歸期，千山未必無**杜鵑**。（〈憶舊游〉，頁 53）

> 遮莫重來，不如休去，怎堪懷抱。那知又、五柳門荒，曾聽得、鵑啼了。（〈梅子黃時雨〉，頁 80）

> 誰引。斜川歸興。便啼鵑縱少，無奈時聽。（〈梅子黃時雨〉，頁 113）

> 快料理歸程，再盟鷗鷺。只恐空山，近來無**杜宇**。（〈臺城路〉，頁 176）

這幾闋詞的思家之情，可以做一次第排列，即從「五柳門荒，曾聽得、鵑啼了。」到「縱忘卻歸期，千山未必無杜鵑。」再到

「便啼鵑縱少，無奈時聽。」最後到「只恐空山，近來無杜
宇。」其中思家之情的呈顯，是一詞比一詞更為深刻。特別是第
四首，表現的情懷極為淒婉，他深恐若無杜鵑啼聲的催促提醒，
將會忘卻歸家的意念。這當然是正言若反的敘寫方式，然而由此
正可證明其思家之情之深重，濃郁的家園意識在此表露無遺。雖
說聽聞杜鵑啼聲而與思歸之情的表現方式，在傳統的文學作品中
早已有之，但同一作家少如張炎如此繁複的書寫使用，顯示張炎
家園意識的表發在「鵑聲」這裡，隱臥了最深摯的意義。

　　劉小楓詮釋海德格爾「築居・棲居・思」一文曾云：「實際
上傾聽比看更關切人的存在的意義。只有通過傾聽，……才能使
人接近那在人的本質上喜歡人、關切人的東西。」「使自己的內
心蘊有神性的尺度，從而使人生在世富有內在的依持和歸向。」
[50]這是對傾聽超驗的、神性的物（道）之解釋。但未嘗不可將它
轉移到「傾聽」在張炎詞中之意義的闡釋。因聽之必要，杜鵑之
必要，是形成他超克現實漂泊、空乏與寂寥之生命旅途中的深刻
「神性」之物，通過傾聽，從而使他的「存在」保持在「思家」
這一精神意義上得以具體，使他接近那在人的本質上關切人的親
愛感，讓他的心靈不致喪失，不致虛無──因「家」的召喚永遠
存在。

---

[50] 劉小楓：《詩化哲學》（上海：華東師範大學出版社，2007 年），頁
313、316。

第三節　陶淵明式的家園圖象

　　陶淵明為隱逸詩人之宗，其〈歸去來辭〉、〈桃花源記〉、與多首田園詩歌所昭示的意義，在東晉之後已成為中國傳統文學中重要的「語碼」和精神指標。但在張炎的詞作裡，除了承襲〈歸去來辭〉等詩文在傳統文學作品展現的「隱世價值」之外，更重要的是凸顯出它的「家園圖象」。他經常使用陶淵明詩文中的田園、桃源意象書寫家園，並以用典象徵的方式表述之。如果說「隱世」是展現生命形式的一種價值認取；那麼〈歸去來辭〉等揭示的家園圖象，是將這種價值認取置放在日常生活中的實踐。然而就前者（隱世）而言，張炎的認取並不十分明確，特別是晚年定居杭州之前，很長一段時間，他詞中所言欲隱或已隱的作品，其實是在各地漂泊。而且在這類云「隱」的詞作裡，還時常夾帶驚恐的心理創傷成分。1276 年那場殘酷的政治清算與家族毀滅的悲劇，以及整個元代社會對漢人的歧視，對南人的壓制，使其歸隱的情懷，與書寫歸隱的詞作，很難達到心境純然澄澈，語言沖淡無華而又生趣盎然，進而有超然物外，沖和澹遠的人生高度。

　　也就是說，陶淵明式的文學語碼，如「桃花源」、「斜川」、「三徑」等意象，並非全然指向歸隱美好的田園，詞中的語碼有不同的指涉涵意，主要可分兩類：一是對桃源夢土的懷疑；一是對桃源夢土的接受。

一、對桃源夢土的懷疑

　　自陶淵明建構桃源夢土以後，這一直是傳統文人冀望擁有的

理想家園。但在張炎的作品中，卻呈現不同的思考，他對桃源夢土之可往、可隱與美好存在懷疑。〈南樓令‧有懷西湖，且歎客游之漂泊〉是一首企望隱世卻又憂懷驚懼的典型作品：

> 湖上景消磨。飄零有夢過。問堤邊、春事如何。可是而今張緒老，見說道、柳無多。　　客裡醉時歌。尋思安樂窩。買扁舟、重緝漁蓑。欲趁桃花流水去，又卻怕、有風波。（頁363）

「買扁舟、重緝漁蓑。欲趁桃花流水去」，是濃縮轉用陶淵明〈桃花源記〉的敘述，希望求得一個理想的「歸隱夢土」。但是，隨趁眼前的桃花流水而去，真能為自己帶來安樂的居巢？「又卻怕、有風波」，張炎對於「桃花流水」指引的世界，竟是充滿不確定性的驚怕。對照李白〈山中問答〉：「桃花流水窅然去，別有天地非人間」的「桃花流水」，則顯得篤定清逸許多，李白從陶淵明處承繼「桃花流水」語碼所昭示的恬靜淡遠，超然離塵之「棲居」世界的美好，但這種境界在張炎約六十歲以前的詞作裡是難覓的。

以下詞作亦然：

> 重整舊漁蓑。江湖風雨多。好襟懷、近日消磨。**流水桃花隨處有**，終不似、隱煙蘿。……見說梅花都老盡，憑為問、是如何？（〈南樓令‧送黃一峰游靈隱〉，頁254）

> 當年燕子知何處？但苔深韋曲，草暗**斜川**。見說新愁，

如今也到鷗邊。（〈高陽臺・西湖春感〉，頁 4）

投老心情，未歸來何事，共成羈旅。布襪青鞋，休誤入、
桃源深處。（〈三姝媚・送舒亦山游越〉，頁 40）

傍花懶向小溪邊。空谷覆流泉。浮蹤自感今如此，已無
心、萬里行天。記得晉人歸去，御風飛過**斜川**。（〈風
入松・岫雲〉，頁 99）

〈南樓令・送黃一峰游靈隱〉一詞的思致與前首相近。「桃花流
水」這一陶淵明式的傳統「文學夢土」，是讓他冀隱卻又憂隱之
地，與「煙蘿」相比，「桃花流水」猶太亮敞了，莫若選擇一處
更加迷濛隱晦之處，做為「棲居」之地為佳。尤其是「休誤入、
桃源深處」一句，「桃源」竟有了完全逆反的意義，如一處危險
的禁地。俞陛雲云：「風塵澒洞，故應歸隱煙蘿，但一舸江湖，
尚愁風雨，須預整漁蓑，其情更苦。……問何以劫到梅花，則滔
滔濁世，更無招隱地矣。」[51]可謂析理入微。率土之濱，多已蒙
塵，何處是真正可以歸隱的棲遲之地？「草暗斜川」、「傍花懶
向小溪邊。……御風飛過斜川」，其間隱含的思緒也是黯然、淡
漠、曲折的複雜情懷，而非清明寧靜之境。在陶淵明處，人與自
然、與田園諧和的相融與對話，在張炎這裡，竟要保持一定的距
離，沒有欣悅的交融，沒有安然的自在，有的只是內心憂恐的喁
喁獨白。

---

[51] 俞陛雲：《唐宋詞選釋》，頁 255。

此外，陶淵明式的田園、桃源意象，也不是作為張炎「哲理思辨或徒供玩賞的對峙物」。[52]在陶淵明〈飲酒〉其五「結廬在人境」一詩裡，南山、山氣、飛鳥首先是作為一種「哲理思辨」的「對象」；進而是天地流衍之「道」（真意）的展現，「道」是透過「南山」顯現（「道」由「器」顯）；而後詩人因見南山而得與道相融相契，共同進入造化流行之中。此天地之大美如何能以有限的言語來表徵？故云「欲辨已忘言」，因一落「言詮」則「道斷」。再者，〈歸去來辭〉：「園日涉以成趣」，「策扶老以流憩」的田園，也是引發陶淵明盤桓遊觀，欣賞流連的「客體」。但無論是作為哲理思辨，還是遊觀遊賞的田園（客體），這兩點意涵在張炎六十歲以前的詞作裡依然也是薄弱稀少的。

二、對桃源夢土的接受

但是陶淵明式的文學家園：「桃花源」、「斜川」、「三徑」、「東籬」等意象構築的夢土，畢竟在傳統的文學系譜中擁有源遠流長的歷史「典範」意義。張炎在文學傳統的浸染之下，無可避免地也受到「陶式夢土」此一典範意義的浸染，故而，第一，在他另外一些詞作中，呈現接納「陶式夢土」的意象。第二，他用陶淵明，以及陶淵明〈歸去來辭〉、〈桃花源記〉等田園或桃源的意象，參差置放於字裡行間，多是傾向對「家園」一種「概括式」的描述，而非詳細的描繪。第三，詞作的「表象」雖有隱世之意，但詞文真正的重點是眷望擁有一個家園：

52　李澤厚：《美的歷程》（臺北：三民書局，1996年），頁105。

> 漁舟何似莫歸來，想桃源、路通人世。危樓靜倚。千年
> 事、都消一醉。謾依依，愁落鵑聲萬里。（〈西子妝
> 慢〉，頁 115）

> 舊隱新招，知住第幾層雲。疏籬尚存**晉菊**，想依然、認
> 得**淵明**。（〈聲聲慢·別四明諸友歸杭〉，頁 143）

〈聲聲慢〉裡：「舊隱新招，知住第幾層雲」，是襯寫；真正的
焦點在「疏籬尚存晉菊，想依然、認得淵明。」他以陶淵明自
比，用〈歸去來辭〉：「松菊猶存」之句意，怯怯然地存望尚有
一個家園等待他的歸來。

　　而將陶淵明式的隱逸生活與家園圖象二者做了完美的融合，
且詞情悠然恬靜者亦有，但在六十歲以前的作品甚少，其中以
〈木蘭花慢·丹谷園〉可為代表之作：

> 萬花深處隱，安一點、世塵無。步翠麓幽尋，白雲自在，
> 流水縈紆。攜歌緩游細賞，倩何人、重寫輞川圖。遲日香
> 生草木，淡風聲和琴書。　　安居。歌引巾車。童放鶴、
> 我知魚。看靜裡閑中，醒來醉後，樂意偏殊。**桃源**帶春
> 去遠，有園林、如此更何如？回首丹光滿谷，恍然卻是蓬
> 壺。（〈木蘭花慢·丹谷園〉，頁 219）

「丹谷園」，未詳位在何處。它幽翠無塵一如王維的輞川別業；
而當丹光滿谷之時，則又彷若蓬壺仙境。在此他既可「深隱」，
又可「安居」，生活自在閒靜。從這闋詞，恍然可以看見張炎六

十歲之前，頗為少有的平靜生活片段，與對「隱地」之處全然的悅納之情。

張炎六十歲以後，重又定居杭州，整個心境終於趨向淡泊安適，〈南鄉子・竹居〉一詞是晚期的代表作品：

> 愛此碧相依。卜築西園隱逸時。三徑成陰門可款，幽棲。蒼雪紛紛冷不飛。　　青眼舊心知。瘦節終看歲晚期。人在清風來往處，吟詩。更好梅花著一枝。（頁375-376）

此詞已在「晚年的閒居之地」一節約略做過說明。這裡要再強調的是，詞中書寫「隱」、「居」兩面，已然融合無間；人與自然、與地方又重啟諧和的對話與交流：有三徑可以微步，拂清風得以吟詩，折一枝梅花舒逸地斜簪在髮上、襟上。

不過，從上文所引的詞作可以探知，同是使用陶淵明詩文的意象，卻因地點、時間的不同，特別是張炎前、中、晚時期心境轉變的差異，而呈顯出分殊變化的發展脈絡。這些意象不是以「線性」的方式，「單一」的層次表徵其意義，而是辨證的接受或逆反的表達他心理的意識。

《山中白雲詞》裡使用陶淵明，以及陶淵明詩文之田園或桃源的意象十分頻繁，如：晉人、晉菊、晉水、東晉圖書、柴桑、陶詩、陶家、陶潛、桃源、斜川、三徑、結廬、菊等。其中「晉」字出現 14 次，而以「晉人」來代指陶淵明，進而是張炎

自己者共 8 次；[53]「桃源」出現 9 次；「斜川」5 次；「三徑」5 次；[54]「菊」字出現 15 次，但其中之人名（汪菊波、高菊墅、愛菊）、菊花名（鴛鴦菊）、節日名（菊日）需刪除，「其中 5 處可以明顯判斷其出自陶淵明〈飲酒詩二十首〉其五和〈歸去來辭〉。」[55]他以這些基本意象交錯組合，投射到空間之中，以三徑蒼竹、桃花流水、碧草斜川共構出陶淵明式的家園圖象，一個「概括式」的家園。

　　在以陶淵明式的家園圖象表徵思家的作品裡，另有一首〈新雁過妝樓・乙巳菊日寓溧陽，聞雁聲，因動脊令之感。〉值得注意，這是張炎三百餘首詞裡，唯一一首提到懷念「失散」兄弟之作：[56]

　　　　遍插茱萸。人何處、客裡頓懶攜壺。雁影涵秋，絕似暮雨相呼。料得曾留堤上月，舊家伴侶有書無？謾嗟吁。數聲怨抑，翻致無書。　　　誰識飄零萬里？更可憐倦翼，同此

53　張炎稱陶淵明時用「晉人」，並不只是指「陶淵明」而已，應還有朝代認同的意義在。陶淵明認同東晉而非劉宋，張炎處境與之相似，故張炎多以晉人、晉菊表徵之。

54　「三徑」出現 6 次，但應刪除〈甘州・餞草窗歸雲〉詞中的「三三徑」，此是指宋楊萬里的東園，園闢九徑，分植不同花木，名曰「三三徑」。宋・張炎著，黃畬校箋：《山中白雲詞箋》，頁 171。

55　參閱韓立平：〈論張炎對陶淵明之接受〉，《安徽師範大學學報》第 33 卷第 2 期（2005 年 3 月），頁 157。又，韓文云「菊」字出現 7 次為非，實為 15 次。

56　《山中白雲詞》另有一首〈踏莎行・跋伯時弟撫松寄傲詩集〉，是記與其弟伯時「重逢」之作：「水落槎枯，田荒玉碎。夜闌秉燭驚相對。故家文物已無傳，一燈卻照清江外。　　色展天機，光搖海貝。錦囊日月奚童背。重逢何處撫孤松，共吟風月西湖醉。」頁 425。

江湖。飲啄關心，知是近日何如？陶潛尚存菊徑，且休
羨、松風陶隱居。沙汀冷，揀寒枝、不似煙水黃蘆。（頁
349）

乙巳，乃元成宗大德九年（1305），張炎 58 歲，居於江蘇溧陽
縣。菊日重陽節，因動脊令之感，[57]懷念同是飄零江湖的手足。
詞裡以「陶潛尚存菊徑」的素樸家園，招喚兄弟歸來。「尚存菊
徑」的家園，是他歷經大劫之後追求的家園圖象。張炎此刻傾慕
的家園已非「陶隱居」式的家園。晉陶弘景自號「華陽陶隱
居」，曾築三層樓屋，「特愛松風，庭院皆植松，每聞其響，欣
然為樂。」[58]張炎舊家南湖園林的「北園」有22處地景，其中之
一的「蒼寒堂」，遍植青松二百株。[59]那片遼闊富麗的園林，已
是無可追回的夢土，不是劫後的張炎所能奢望者。詞末結句用蘇
軾〈卜算子〉「揀盡寒枝不肯棲，寂寞沙洲冷」之詞意，隱約帶
有不向新朝輸誠的筆思掩映其中。

---

57 此詞以「脊令之感」、「遍插茱萸」、「暮雨孤雁」言弟之情。《詩
　經·小雅·常棣》：「脊令在原，兄弟急難。」「脊令」，鳥名，同飛
　時則相呼應。又，崔塗〈孤雁〉詩：「暮雨相呼失，寒塘欲下遲。」
58 唐·李延壽：《南史·陶弘景傳》（北京：中華書局，1975 年），卷
　76，頁 1898。
59 宋·張鎡：〈約齋桂隱百課〉，收於周密：《武林舊事》，《東京夢華
　錄——外四種》，卷 10，頁 518。

第四節　小　結

　　家園，意指這樣一個空間，是人賴以生存的根基。當現實上有形的生活家園，為人所認同時，它就能成為精神的歸宿，靈魂的棲息之地，以維繫生命的穩定性。反之，當它不被認同，那僅能是客居的場所，難以成為精神的歸依所在。

　　由於張家在南宋杭州具有特殊顯赫的地位，加上宋元之際時代裂變的因素，使得張炎的一生經歷了三個階段的「家變」歷程。世居之地南湖園林，是他自幼生長的地方，蘊藏無窮的恬美經驗與生活興味，那是與他親密貼心的家園，整部《山中白雲詞》最重要的家園意識的表發，是縈繞在他對舊家的思念、窺望與探尋之上。

　　宋亡以後，他流落異鄉漂泊，時間儘管長達三十年，異鄉的棲居／客遊之地卻難以成為他安適的夢土。在這段漫長的流浪生涯中，「舊家」那一個「失落的家園」，成為他心靈重要的依歸所繫。可以說，張炎詞中的家園意識，多半源於家族蒙受巨大的災難，以及他長期流落異鄉的苦難而有，現實「苦難」強烈的棘刺，是他反覆書寫家園的主要推力，是他凝鑄家園意識的主因，因「人只有被迫離家流浪，漂泊異鄉，飽嚐浪子的艱辛和離家的苦澀，才能認識到自己的故鄉。」[60]還鄉的目的就是返家，強烈濃郁的家園意識，時時複現在他的作品之中，特別是聽聞夜雨蕭蕭和杜鵑的啼聲「不如歸去」，更是讓他愁思彌長，愁心彌苦，難以遣懷的觸媒。

60　劉小楓：《詩化哲學》，頁 127。

　　直到晚年，當悲劇已遠，鬢髮已蒼，他終於以陶淵明式的家園圖象和心靈安頓方式與「現實」達成和解，一個閒居的家，素樸的家重新建立，生命的存在感也因而轉趨澄瑩光明。

張炎地域書寫可編年詞作一覽表

年齡	時間	詞牌	詞題／詞序	首句
1 張炎出生	宋仁宗淳佑八年（1248）			
31	宋端宗景炎三年（1278）	〈高陽臺〉	**慶樂園**，即韓平原**南園**。戊寅歲過之，僅存丹桂百餘株，有碑記在荊榛中，故末有「亦猶今之視昔」之感，復嘆**葛嶺賈相之故廬**也。	接葉巢鶯
32	宋帝昺祥興二年（1279）	〈水龍吟〉	白蓮。（《樂府補題》唱和之一，作於「翠浮山房」。）	仙人掌上芙蓉
39	元世祖至元二十三年（1286）	〈一萼紅〉	*弁陽翁新居，堂名「志雅」，詞名《蘋洲漁笛譜》。（志雅堂在吳興）	製荷衣
41	元世祖至元二十五年（1288）	〈湘月〉	余載書往來**山陰**道中，每以事奪，不能盡興。戊子冬晚，與徐平野、王中仙曳舟溪上，天空水寒，古意蕭颯。中仙有詞雅麗，平野作「晉雪圖」，亦清逸可觀。	行行且止

			余述此調，蓋白石〈念奴嬌〉鬲指聲也。	
		〈聲聲慢〉	*西湖。一本題作「與王碧山泛舟鑑曲，王茢隱吹簫，余倚歌而和。天闊秋高，光景奇絕，與姜白石垂虹夜遊，同一清致也。」（楊海明認為此詞應作於41歲。）	晴光轉樹
43	元世祖至元二十七年（1290）	〈淒涼犯〉	北游道中寄懷。	蕭疏野柳嘶寒馬
		〈壺中天〉	夜渡古黃河，與沈堯道、曾子敬同賦。	揚舲萬里
		〈聲聲慢〉	都下與沈堯道同賦。	平沙催曉
		〈臺城路〉	庚寅秋九月之北，遇汪菊波，一見若驚，相對如夢。回憶舊遊，已十八年矣，因賦此詞。	十年前事翻疑夢
		〈長亭怨〉	歲庚寅，會吳菊泉於燕薊。越八年，再會於甬東。未幾別去，將復之北，遂作此曲。（此詞作於51歲，因記庚寅年事，故重出置此。）	記橫笛、玉關高處
		〈綺羅香〉	*紅葉。	候館深燈
		〈甘州〉	*題曾心傳藏溫日觀墨葡萄畫卷。	想不勞、添竹引龍鬚
44	元世祖至	〈憶舊游〉	大都長春宮，即舊之太	看方壺擁翠

	元二十八年(1291)		**極宮**也。	
		〈慶春宮〉	**都下**寒食，遊人甚盛，水邊花外，多麗環集，各以柳圈被禊而去，亦**京洛**舊事也。	波蕩蘭觴
		〈國香〉	沈梅嬌，**杭**妓也。忽於**京都**見之；把酒相勞苦，猶能歌周清真〈意難忘〉、〈臺城路〉二曲，因囑余記其事。詞成，以羅帕書之。	鶯柳煙堤
		〈三姝媚〉	**海雲寺**千葉杏二株，奇麗可觀，江南所無。越一日，過**傅巖起清晏堂**，見古瓶數枝，云自**海雲**來，名芙蓉杏，因愛玩不去，巖起索賦此曲。（海雲寺、清晏堂在大都燕京）	芙蓉城伴侶
		〈甘州〉	辛卯歲，沈堯道同余北歸，各處**杭**、**越**。逾歲，堯道來問寂寞。笑語數日，又復別去，賦此曲并寄趙學舟。（此詞作於45歲，因記辛卯年事，故重出置此。）	記玉關、踏雪事清游
		〈疏影〉	余於辛卯歲北歸，與**西湖**諸友酌，因有感於舊游，寄周草窗。	柳黃未結

		〈阮郎歸〉	有懷北游。（詞題寫「有懷北游」，或作於至元二十八年。）	鈿車驕馬錦相連
45	元世祖至元二十九年（1292）	〈甘州〉	辛卯歲，沈堯道同余北歸，各處杭、越。逾歲，堯道來問寂寞。笑語數日，又復別去，賦此曲并寄趙學舟。	記玉關、踏雪事清游
46	元世祖至元三十年（1293）	〈憶舊游〉	余離群索居，與趙元父一別四載。癸巳春於古杭見之，形容憔悴，故態頓消。以余之況味，又有甚於元父者，抑重余之惜。因賦此闋，且寄元父，當為余愀然而悲也。	歎江潭樹老
47	元世祖至元三十一年（1294）	〈西子妝慢〉	吳夢窗自製此曲，余喜其聲調妍雅，久欲述之而未能。甲午春寓羅江，與羅景良野游江上，綠陰芳草，景況離離，因填此解。惜舊譜零落，不能倚聲而歌也。	白浪搖天
		〈梅子黃時雨〉	*病後別羅江諸友。	流水孤村
50	元成宗大德元年（1297）	〈甘州〉	趙文叔與余賦別十年餘，余方東游，文叔北歸，況味俱寥落。更十年觀此曲，又當何如耶？	記當年、紫曲戲分花

		〈掃花游〉	***臺城**春飲，醉餘偶賦，不知詞之所以然。	嫩寒禁暖
51	元成宗大德二年（1298）	〈掃花游〉	賦**高疏寮東墅園**。（在越州）	煙霞萬壑
		〈臺城路〉	**杭**友抵**越**，過**鑒曲漁舍**會飲。	春風不暖垂楊樹
		〈渡江雲〉	**山陰**久客，一再逢春，回憶**西湖**，渺然愁思。	山空天入海
		〈瑣窗寒〉	旅窗孤寂，雨意垂垂。買舟西渡，未能也。賦此為**錢塘**故人韓竹閒問。	亂雨敲春
		〈鳳凰臺上憶吹簫〉	趙主簿，**姚江**人也。風流蘊藉，放情花柳，老之將至，況味凄然。以其號孤篷，囑余賦之。	水國浮家
		〈憶舊游〉	登**越州蓬萊閣**。	問蓬萊何處
		〈解連環〉	拜**陳西麓墓**。（在浙江鄞縣）	句章城郭
		〈月下笛〉	孤游**萬竹山**中，閑門落葉，愁思黯然。因動黍離之感。時寓**甬東積翠山舍**。	萬里孤雲
		〈長亭怨〉	歲庚寅，會吳菊泉於**燕薊**。越八年，再會於**甬東**。未幾別去，將復之北，遂作此曲。	記橫笛、玉關高處
		〈玲瓏四犯〉	**杭**友促歸，調此寄意。	流水人家

52	元成宗大德三年（1299）	〈聲聲慢〉	別**四明**諸友歸**杭**。	山風古道
		〈燭影搖紅〉	**西浙**冬春間游事之盛，惟**杭**為然。余冉冉老矣，始復歸**杭**，與二三友行歌雲舞繡中，亦清時之可樂，以詞寫之。	舟艤鷗波
		〈憶舊游〉	過**故園**有感。	記凝妝倚扇
		〈春從天上來〉	己亥春復回**西湖**，飲**靜傳董高士樓**，作此解，以寫我憂。	海上回槎
		〈探芳信〉	**西湖**春感，寄草窗。	坐清晝
		〈聲聲慢〉	己亥歲自**臺**回**杭**，雁旅數月，復起遠興，余冉冉老矣，誰能重寫舊游編否。	穿花省路
		〈甘州〉	題戚五雲「雲山圖」。（雲山，會稽五雲山）	過千巖萬壑古蓬萊
		〈探春慢〉	己亥客**閶閭**，歲晚江空，暖雨奪雪，篝燈顧影，依依可憐。作此曲寄戚五雲，書之，幾脫腕也。	列屋烘鑪
		〈聲聲慢〉	**西湖**。一本題作「與王碧山泛舟**鑑曲**，王戢隱吹簫，余倚歌而和。天闊秋高，光景奇絕，與姜白石**垂虹**夜遊，同一	晴光轉樹

			清致也。」（黃畬本認為此詞應作於52歲。）	
53	元成宗大德四年（1300）	〈臺城路〉	遊北山寺。（在寧波）	雲多不記山深淺
		〈清平樂〉	（楊海明據《珊瑚網・名畫題跋》載張炎有〈清平樂・候蟲淒斷〉一詞贈陸行直家姬卿卿。然今存《山中白雲詞》〈清平樂・候蟲淒斷〉詞，未有言贈卿卿者。或為張炎將此詞收入詞集時，更動數字所致。）[61]	候蟲淒斷（《珊瑚網・名畫題跋》卷32記載陸行直〈碧梧蒼石圖〉序中有「『候蟲淒斷，人語西風岸。月落沙平流水漫，驚見蘆花來雁。　可憐瘦損蘭成，多情因為卿卿。只有一枝梧葉，不知多少秋聲。』此友人張叔夏贈余之作也。」一段文字。）[62]
58	元成宗大德九年（1305）	〈夜飛鵲〉	大德乙巳中秋，會仇山村於溧陽。酒酣興逸，各隨所賦。余作此詞，為明月明年佳話云。	林霏散浮暝

---

[61] 同註39，頁253。

[62] 明・汪砢玉：《珊瑚網》（臺北：臺灣商務印書館，1983年，文淵閣《四庫全書》本），第818冊，卷32，頁30。

		〈新雁過妝樓〉	乙巳菊日寓溧陽，聞雁聲，因動脊令之感。	偏插茱萸
62	元武宗至大二年（1309）	〈甘州〉	雲林遠市。君山下枕江流，為群山冠冕，塔院居乎絕頂，舊有浮遠堂，今廢。（此詞與以下三闋均寫陸起潛皆山樓四景。黃畬本之編年以第四景「遙岑寸碧」作於至大二年，則第一～三景應也是作於該年。）	俯長江、不占洞庭波
		〈瑤臺聚八仙〉	千巖競秀。澄江之山，崒嵂清麗，奔馳相觸。自北而東，由東而南，笑人應接不暇，其秀氣之所鍾歟。	屋上青山
		〈壺中天〉	月湧大江。西有大江，遠隔淮甸，月白潮生，神爽為之飛越。	長流萬里
		〈臺城路〉	遙岑寸碧。澄江眾山外，無錫惠峰在其南，若地靈湧出，不偏不倚，處樓之正中，蒼翠橫陳，是斯樓之勝景也。	翠屏缺處添奇觀
		〈摸魚子〉	己酉重登陸起潛皆山樓，正對惠山。	步高寒、下觀浮遠
		〈滿江紅〉	己酉春日。	老子今年
63	元武宗至大三年（1310）	〈瑤臺聚八仙〉	*菊日寓義興，與王覺軒會飲，酒中書送白廷玉。	楚竹閑挑

		〈木蘭花慢〉	游天師張公洞。（在宜興）	風雷開萬象
		〈風入松〉	*與王彥常游會仙亭。（在宜興）	愛閒能有幾人來
		〈漁歌子〉	張志和與余同姓，而意趣亦不相遠。庚戌春，自陽羨放舟過罨畫溪，作〈漁歌子〉十解，述古調也。	□卯灣頭屋數間 □□□□□溪流 □□□□白雲多 □□□□半樹梅 □□□□□子同 □□□□□求魚 □□□□□濯塵纓 □□□□□浮家 □□□□孤村 □□□年酒半酣
		〈風入松〉	久別曾心傳，近會於竹林清話。歡未足而離歌發，情如之何？因作此解。時至大庚戌七月也。	滿頭風雪昔同游
64	元武宗至大四年（1311）	〈數花風〉	*別義興諸友。	好游人老
67	元仁宗延佑元年（1314）	〈臺城路〉	*餞干壽道應舉。	幾年槐市槐花冷
		〈臨江仙〉	甲寅秋寓吳，作墨水仙，為處梅吟邊清玩。時余年六十有七。看花霧中，不過戲縱筆墨，觀者出門一笑可也。	翽翽春冰出萬壑

68	元仁宗延佑二年（1315）	〈臺城路〉	歸**杭**。		當年不信江湖老
72 張炎卒（？）	元仁宗延佑七年（1320）				

說明：

1、此表以黃畬校箋《山中白雲詞箋》所書之編年為主，另參以楊海明先生《張炎詞研究》書後之「年表」。凡詞題或詞序前有「＊」符號者，為楊氏考證所得，而黃本所無者。而（）中的文字，為筆者加註之文。

2、凡詞題或詞序出現地名或場所之名者，均以粗體字表之。

第三章　仇遠詞中的江浙情懷 及其遺民心態

　　仇遠（1247-1328），[1]字仁近，又字仁父（或作仁甫），號山村，錢塘（今浙江杭州）人。宋度宗咸淳年間（1265-1274）與南宋遺民詩人白珽（1248-1328）同以詩並稱於兩浙，人稱「仇白」。仇遠在南宋末已負盛名，是文學家，亦是書法大家。入元以後，從至元十三年到大德五年（1276-1301）之間，長期過著隱居鄉野的生活，後迫於生計日趨困苦，終於在大德五年（1301）出任鎮江學正；大德九年（1305）任溧陽州儒學教授；[2]

---

[1]　仇遠生於 1247 年，學界多無疑義。但其卒年或云是 1326 年，如王兆鵬、劉尊明主編：《宋詞大辭典》（南京：鳳凰出版社，2003 年），頁 406 主之；或云在 1328 年 6 月以後。據程磊考證，元泰定帝泰定四年（1327）仇遠猶有〈莫景行詩引〉書法帖，該帖現藏北京故宮博物院，故其卒年應在 1328 年以後。參閱程磊：《遺民詩人仇遠心態研究》（武漢：華中科技大學中國古代文學碩士論文，2008 年），頁 7。本文從程氏之說。

[2]　或云是大德八年（1304）任溧陽州儒學教授，恐有誤。因張炎〈夜飛鵲〉序云：「大德乙巳中秋，會仇山村於溧陽。酒酣興逸，各隨所賦，余作此詞，為明月明年佳話云。」又張炎〈新雁過妝樓〉序云：「乙巳菊日寓溧陽。」乙巳年即元成宗大德九年。參閱宋・張炎著、黃畬校箋：《山中白雲詞箋》，頁 340、349。唐圭璋《全宋詞》，頁 3392；王兆鵬、劉尊明主編《宋詞大辭典》，頁 406，亦主大德九年為是。

最後以杭州路知事致仕，回歸鄉里。晚年隱居於杭州西湖畔，有仇山村園在杭城清波門外，[3]一生澹泊簡易。

宋濂《元史》之文苑傳與藝文志不載其傳，生平事蹟散見其他典籍。如方回《桐江續集》卷 34〈送仇仁近溧陽教序〉：「吾友山村居士仇君遠仁近，受溧陽州教，年五十八矣。」[4] 清‧柯劭忞《新元史‧文苑傳上》卷 237〈吾邱衍傳〉附有仇遠兩行餘之簡傳：「仇遠，字仁近，官溧陽州教授。好古博雅，楷書學歐陽率更，行書亦善。著有《山村集》、《批註唐百家詩選》。」[5]此外，蕭鵬〈〈周草窗年譜〉補辨〉[6]文中附有關於仇遠生年、與周密交游、以及參加《樂府補題》活動[7]之相關考辨

3　清‧徐逢吉輯、陳景鐘訂《清波小志》云：「山村仇先生遠，字仁近。宋咸淳時名士，宋亡，落魄江湖。博通經史，騰有詩聲，惜未見其集以行世也。至元中，薦為溧陽教諭、寶慶路教授，不赴，改為徵仕郎、杭州路總管府知事。就家錢唐，今西城腳下尚有遺址在焉。年八十卒，葬北山棲霞嶺。家蘋村宗伯有詩曰：『吟詩何處訪山村，催得籃輿出閘門。學士西橋煙水闊，半林殘日近黃昏。』」（上海：商務印書館，1936 年《叢書集成初編》本），卷上，頁 3。又，陳景鐘《清波小志補》：「仇山村園，出清波門僅數十武，逼近城垣，寬十餘畝，土人至今稱仇家園，悉成桑圃菜畦，而土獨宜莧。」（上海：商務印書館，1936 年，《叢書集成初編》本），頁 1。

4　元‧方回：〈送仇仁近溧陽州教序〉，《桐江續集》（臺北：臺灣商務印書館，1986 年，文淵閣《四庫全書》本），卷 34，頁 18。

5　清‧柯劭忞：〈吾邱衍傳〉，《新元史‧文苑傳上》（北京：中國書店出版社，1988 年），卷 237，頁 917。

6　蕭鵬：〈〈周草窗年譜〉補辨〉，《詞學》（上海：華東師範大學出版社，1986 年 10 月），第 5 輯，頁 61-74。

7　《樂府補題》活動起因於元僧楊璉真伽發掘宋陵，盜取寶物，棄其骸骨，唐珏、林景熙收拾諸帝遺骨，葬於蘭亭山下一事。相關考述亦可參

可參閱。

　　由於仇遠在宋元之際的文壇甚具影響力，故張雨、張翥、莫維賢諸賢皆入他的門下；往來交游的文人，也多是一時江南俊彥，形成重要之江南文人群體（參閱表一）。《四庫全書總目》〈金淵集〉提要云：「遠在宋末與白珽齊名，號曰仇白。厥後張翥、張羽以詩鳴於元代者，皆出其門。他所與唱和者，周密、趙孟頫、吾邱衍、鮮于樞、方回、黃溍、馬臻，皆一時名士。故其詩格高雅，往往頡頏古人，無宋末齷獷之習。」[8]早歲所刻集，方鳳、牟巘、戴表元皆為之作序；他又與戴表元、李彭老、張炎、陳恕可、唐珏等結社賦詞；曾為張炎的《山中白雲詞》作序；並參與周密等人邀集的《樂府補題》吟詠活動，以及吳渭主盟的「月泉吟社」[9]〈春日田園雜詩〉徵詩活動，和入元後的江南遺民文人廣泛聯繫，他與他周圍的友人匯聚出一個廣大的遺民文人群體。凡此種種，均可見出仇遠在宋元之際江浙文壇，及元代文學史上的重要地位，清‧胡薇元《歲寒居詞話》云：「元人詞，以仇山村仁近為最。」[10]

　　閱夏承燾〈樂府補題考〉，《唐宋詞人年譜》（杭州：浙江古籍出版社／浙江教育出版社，1997 年），頁 373-380。

[8]　清‧永瑢等撰：《四庫全書總目》，下冊，卷 166，頁 1428。

[9]　元世祖至元二十三年（1286）吳渭（字清翁，號潛齋，浦江人）邀方鳳、謝翱、吳思齊等人在婺州浦陽鎮創辦「月泉吟社」，並於次年舉辦以題為〈春日田園雜詩〉的徵詩活動，以喚起遺民詩人持守志節的意識。

[10]　清‧胡薇元：《歲寒居詞話》，收於唐圭璋編《詞話叢編》，第 5 冊，頁 4036。

表一：仇遠重要文友群

編號	人名	生卒年	簡介	籍里
1	李彭老	1265-1274 年前後在世	字商隱，號篔房，宋元之際詞人。	里居不詳
2	陳恕可	1274 年前後在世	字行之，自號宛委居士，宋元之際詩詞家。	越州（今浙江紹興）人
3	方回	1227-1305	字萬里，宋元之際詩人、詩論家。	徽州歙縣（今屬安徽）人，長期居於錢塘（今浙江杭州）。
4	牟巘	1227-1311	字獻甫，學者稱陵陽先生，宋元之際詩人。	井研（今屬四川）人，後徙居湖州（今屬浙江）。
5	周密	1232-1298	字公謹，號草窗，宋元之際詩詞家。	居吳興（今浙江湖州），後遷居杭州。
6	方鳳	1241-1322	字韶卿，宋元之際詩人，與吳渭等倡月泉吟社。	浦江後鄭村人（今浙江金華浦江縣）
7	戴表元	1244-1310	字帥初，一字曾伯，宋元之際詩人。	慶元奉化（今浙江寧波奉化區）人
8	鮮于樞	1246-1302	字伯機，元代書法家。	薊州（今河北天津薊縣）人，先後徙居揚州、杭州。
9	唐珏	1247-?	字玉潛，號菊山，宋元之際詞人。	會稽山陰（今浙江紹興）人
10	張炎	1248-1321?	字叔夏，號玉田，宋元之際詞人。	臨安（今浙江杭州）人
11	白珽	1248-1328	字廷玉，號湛淵、樓霞山人，宋元之際詩人。	錢塘（今浙江杭州）人

12	趙孟頫	1254-1322	字子昂，號松雪道人，宋元之際詩詞家、書畫家，趙宋宗室之後。	吳興（今浙江湖州）人
13	馬臻	1254-?	字志道，別號虛中，宋元之際畫家。	錢塘人
14	吾丘衍	1272-1311	字子行，號貞白，世稱貞白先生，宋元之際金石學家。	浙江開化縣人
15	張雨	1277-1350	字伯雨，號貞居，元代詩詞家、書畫家、道士。	錢塘人
16	黃溍	1277-1357	字晉卿，一字文潛，元代史官、詩詞家、書畫家，與虞集、揭傒斯、柳貫並稱「元儒四家」。	婺州義烏（今浙江義烏）人
17	張翥	1287-1368	字仲舉，元代詩詞家。	晉寧（今山西臨汾）人，居杭州
18	莫維賢	1302-1388 之前	又名昌，字景行，號隱君、廣莫子，元代詩人。	錢塘人

說明：本表人物朝代的劃分以 1276 年蒙軍攻陷臨安為界。生於 1276 年
　　　以前，年滿二十歲者，歸為宋元之際的人物；生於 1276 年以後
　　　者，歸為元代人物。

這張表格雖不能盡括仇遠之交游朋輩與門生，卻是代表與仇遠往
來的重要人士；同時也是宋末元初至元代中葉的文化精英，彼等
或為元代重要詩人、詞人，或為著名儒士、書畫家、金石家、史

官、道士⋯⋯，多數人籍里屬於今之浙江省內，少數人士籍里雖不在江浙地區，卻是長期居於江浙區域之揚州、湖州、與杭州，足堪證明：「三吳兩浙，人文所萃」，是「文明之中心點也」。而仇遠，是此一江南文人群體中的翹楚。

仇遠著有《金淵集》、《山村遺集》、《興觀集》、《稗史》、《式古堂書考》、《批註唐百家詩選》等，[11] 詞有《無弦琴譜》2 卷，刻於《彊村叢書》，唐圭璋編《全宋詞》悉以錄入詞作 119 首，並據陳述可所編《樂府補題》，又再輯入 1 首〈齊天樂・蟬〉，共有詞作 120 首。關於仇遠詞集的版本與流傳，詳見前文第一章第三節之二。

仇遠是浙江錢塘人，生長於浙江，並長期活動於浙江，與鄰近的江蘇地方。仇遠之詞的地域書寫涵蓋：浙江湖州（吳興）、杭州，江蘇蘇州（古稱「吳」）等地，這些地方均在元代「江浙行省」轄境；此外，所與往來的文人多為浙江人，或遷居浙江者。故從其詞作考察他對江浙地方的書寫觀點與內容，他與江浙文人往來的文學活動與形成的文化氛圍等，有一定的意義。此外，在探討「江浙地方」的議題時，除分析「地方」與詞人生活的關連之外，涉及的層面其實還涵蓋「家園」、「國族」兩個向下與向上的層面在詞中凸顯的意義。本文企圖對仇遠描繪江浙地方的詞作，做出歸納與整理；同時也將參考他的詩作，對仇遠的文學活動與表述地方風貌的論述，做出更為周延、立體的觀照。

據筆者統計，仇遠詞中明確標誌江浙地名的詞作至少 49 首（參閱表二），占所有詞作的 41%，比例相當之高。本文將從

11　《式古堂書考》、《批註唐百家詩選》，二書已佚。

「西湖故里的長看與回望」、「江南意義的遞嬗與轉變」、「吳地歷史的認同與融合」等三個面向進行分析，以理解仇遠生命與地方交互呼應的內涵與思維。

仇遠是其中一位重要的作家，他在宋元易代之際，可以代表江浙地方的文學成就，以及地方文化的指標，是當時文壇、藝壇動見觀瞻的人物，從其詞作考察他對江浙地方的書寫觀點與特質，具有代表性的意義。

目前學界探討仇遠詩、詞、文學思想之論著有：張華纖《仇遠及其詞研究》，程磊《遺民詩人仇遠心態研究》，王偉偉《仇遠詩歌研究》，張慧禾《仇遠集》，王莉《仇遠文學思想研究》等數本專書。張慧禾《仇遠集》一書，首先介紹仇遠的生平、創作、作品版本的概況、詩詞創作的藝術成就；次為論述仇遠的詩、詞、小說和雜著，並在現有的《金淵集》、《山村遺集》、《無弦琴譜》的材料之外做了補遺，為研究仇遠創作提供相當全備的資料。張華纖《仇遠及其詞研究》，探討仇遠的生平、際遇、交遊、經歷、著述等，剖析仇遠生命情志的產生脈絡，並論其《無絃琴譜》之內容與蘊含其間的時代意義、思想精神，是研究仇遠詞之佳著。程磊《遺民詩人仇遠心態研究》，以遺民心態做為論文的切入點，從仇遠的詩作分析仇遠在蒙元獨特社會環境下的心態表現及特點。王偉偉的《仇遠詩歌研究》亦是以仇遠之詩為論，內容多有可資參閱的材料。王莉《仇遠文學思想研究》則是聚焦仇遠的文藝觀點做論析。

關於仇遠詞作的期刊論文有：彭潔瑩〈宋元詞人仇遠《無弦琴譜》思想內容辨析〉，藍東海、張慧禾〈論仇遠詞作的藝術特色〉，彭潔瑩〈宋遺民仇遠《無弦琴譜》人文意象研究〉〉等。

學界雖有多本、多篇關於仇遠詩、詞、文藝思想的研究著述，但是尚未有論文將其詞作完全聚焦在地方書寫的議題上，從江浙地方文學的角度考察他關於江浙地方書寫的文學內涵，故有深掘分析之必要。

第一節　西湖故里的長看與回望

仇遠詞中的地方書寫基本上多以江浙地區為範圍，而以他的故里及其周邊——西湖與西湖畔的家園描寫最多，至少有 17 首（參閱表二）。

仇遠有一闋詞對家的方位指稱明白：

〈思佳客〉
家住銀塘東復東。赤闌橋下笑相逢。春風荳蔻抽新綠，夜雨茱萸濕老紅。鷗鳥散，水天空。綺窗昨夢已無蹤。月昏雲淡莎汀小，簾影重重花影中。（頁 47/3408）[12]

「銀塘」，原是指清澈明淨的水塘。若是作為浙江杭州市轄下的一個地名，則是位於今日建德市的一個村鎮，地處浙江西部，往東是西湖，再往東是杭州。「家住銀塘東復東」，可推知仇遠的故里應離西湖不遠，位於西湖週邊的村鎮。〈思佳客〉一詞顯現他對他的家園充滿喜愛：「家住銀塘東復東。赤闌橋下笑相逢。

---

[12] 本文仇遠詞皆引自劉初棠校點《無絃琴譜》，與唐圭璋編《全宋詞》中的《仇遠詞》，引詞後的頁碼，前為劉本，後為唐本。詳細出版資料參閱第一章註釋 67 說明。

春風荳蔻抽新綠，夜雨茱萸濕老紅。」無論是與人相逢，或見新綠的荳蔻，盛開的茱萸，那鑲嵌在故里中的一花一草都充滿親切的喜悅。因為故里對一個人而言，不只是一個空間，一個場所的概念，更重要的，它是一個儲存故事，附著感情，特殊而獨有的具有「生命的單位」。正因為每一個人的故里、家園可以包含界定自我，顯示身分，提供存在感與歸屬感的意義，因此，基本上人們對家園的認同感格外強烈，與家園在情感上的連結也就特別緊密，即使日後離開家園，它會成為一個永恆的懸念與回望點。仇遠對家園的描寫正是如此：

〈南歌子〉
結屋依蒼樹，開窗對碧山。<u>西湖不厭久長看</u>。玉勒鈿車、偏在六橋間。　　露柳凝朝潤，煙花斂暮寒。才經人賞便闌殘。謝柳辭花、醉策瘦笻還。（頁 5/3394）

〈憶舊遊〉
憶寒煙古驛，淡月孤舟，無限江山。落葉牽離思，到秋來夜夜，夢入長安。故人剪燭清話，風雨半窗寒。甚宦海漂流，客氈寂寞，忍說關關。　　征衫。賦歸去，<u>喜故里西湖，不厭重看</u>。莫待青春晚，趁鶯花未老，覓醉尋歡。故園更有松竹，富貴不如閒。卻指顧斜陽，長歌李白行路難。（頁 19-20/3399）

西湖是杭州著名的勝地，湖光山色秀麗，有所謂「西湖十景」，包括：蘇堤春曉、平湖秋月、斷橋殘雪、雷峰落照、麴院

風荷、花港觀魚、南屏晚鐘、柳浪聞鶯、三潭印月、兩峰插雲。
[13]除此十景之外，斷橋、孤山、南浦也是西湖大地景中最常被文
人書寫的小地景。仇遠詞中經常出現西湖與西湖的景點：斷橋、
孤山、南浦等地。

　　西湖是表徵杭州最重要的地景，故而仇遠時以「西湖」代指
「家園」。因為一座城市中的重要景觀，對居民而言，不只是客
體的物象，不只是記憶湖泊的大小，花木的清美，山寺的多寡而
已，這些地景對居民而言，擁有更深層的涵意，即因生活與生存
在此而產生情感的依附，由此形成對地方最深刻的記憶。因此，
家園與西湖是最能激發仇遠歡愉感的場所，當他書寫家園與西湖
的時候，總是充滿喜愛與認同的情感。如〈南歌子〉、〈憶舊
遊〉這兩闋詞所言：「結屋依蒼樹，開窗對碧山。西湖不厭久長
看。」「賦歸去，喜故里西湖，不厭重看。」「不厭久長看」，
是時間的永恆；「不厭重看」，是次數的複加，無論多久多少
次，家園與西湖永遠牽繫住他的視線，他的感情。連夢中，在非
現實的時空裡，西湖還是一個充滿詩意性召喚的中心點：

　　〈夢江南〉
　　花霧濕，黯黯覆庭蕪。十二闌干空見月，誰教涼影伴人
　　孤。素被帶香鋪。　　情荏苒，金屋又笙竽。天際有雲難
　　載鶴，牆東無樹可啼烏。春夢繞西湖。（頁 32/3403）

13　「西湖十景」之名，始於宋代畫師的山水畫題名。參閱潘臣青輯錄：
　　《西湖畫尋》（杭州：浙江人民美術出版社，1996 年）。

此外，家園與西湖還是他抵擋現實風霜雨霧，提供心理最基本安全感的場所。宋恭帝德祐二年（1276）蒙軍攻陷臨安（杭州）以後，仇遠成為遺民，亡國之痛與有志難伸的落魄愁困形成難以遣去的哀傷：「天際有雲難載鶴，牆東無樹可啼烏」，不能凌雲而飛的白鶴，無有良木可棲的啼烏，是他自我的寫照。因此，家園與西湖成為他迴避現實困境的一處夢土。仇遠〈卜居白龜池上〉詩亦云：

> 一琴一鶴小生涯，陋巷深居幾歲華。為愛西湖來卜隱，卻憐東野又移家。荒城雨滑難騎馬，小市天明已賣花。阿母抱孫閑指點，疏林盡處是樓霞。[14]

由詩可知，仇遠安家西湖畔，並非固定於一處，曾遷移居地，先是隱居於西湖畔，後卜居白龜池上。白龜池位於杭州西湖近處，為唐代大曆年間杭州刺史李泌開鑿的六井之一。[15]

然而，現實生活中的仇遠長期過著清貧，遠離政治，「深居陋巷」的城市邊緣生活。所謂的家園恐只是幾間茅屋而已，美麗的西湖湖山並未給予他豐厚的經濟滋潤。直至元成宗大德元年（1297）九月十九日，高克恭[16]與仇遠會聚於浦陽的月泉精舍，

---

[14] 元・仇遠著，張慧禾校點：《仇遠集・山村遺集》（杭州：浙江大學出版社，2012年），卷7，頁149。

[15] 李泌開鑿的六井是：相國井、西井、金牛池、白龜池、方井、小方井。

[16] 元・高克恭（1248-1310），字彥敬，號房山，西域人，善詩畫。

高克恭為作〈山村隱居圖〉，[17]圖成之後，甚多文人為之題詞書跋。而後才在友人的資助之下，依照〈山村隱居圖〉的繪製為他營造居室，他在現實界才有一個真正舒適安穩的家園，因「建築是賦予人一個『存在立足點』的方式」。[18]然而，建築的意義不只是「實用層面」，還包括「建築精神上的涵意」。[19]故此「山村」對仇遠而言，除了是遮風避雨居住性的機能功用以外，還是表達生活情境的空間，精神認同的空間，此從仇遠自號為「山村」這件事，即可清楚說明他對此一家園，家園建築群體的鍾愛與認同。

此外，從大德五年（1301）他開始擔任鎮江學正，直至以杭州路知事致仕，約有 9 年的時間裡，他的經濟生活才獲得相對的穩定。

但仇遠的出仕，乃是僅求薄祿維生，以擺脫長期貧困的煎熬，而非企望功名富貴；而且，學正（從九品）、儒學教授（正九品）的工作主要是教育，而不涉及朝政，此與背宋仕元，欲求顯達的「貳臣」還是不同。至於任職「杭州路總管府知事」一職，不見於宋濂《元史》與柯劭忞《新元史》，也不見於唐圭璋編《全宋詞·仇遠》[20]的生平介紹，此三書關於仇遠官職的說明

17　高克恭所作〈山村隱居圖〉，尋查未果，疑已佚。仇遠有〈題高房山寫山村圖卷〉一詩記之。

18　挪威·諾伯舒茲（Christian Norberg-Schulz）著，施植明譯：《場所精神——邁向建築現象學》（臺北：田園城市文化公司，2002 年），頁5。

19　參閱挪威·諾伯舒茲（Christian Norberg-Schulz）著，施植明譯：《場所精神——邁向建築現象學》，頁5。

20　參閱唐圭璋編：《全宋詞·仇遠》，第 5 冊，頁 3392。

止於溧陽州教授，不及杭州路總管府知事。任職「知事」的資料來自於清・徐逢吉輯、陳景鐘訂《清波小志》，[21]如《清波小志》所言不虛，則仇遠擔任的工作不止於教育，尚有政務，因為「知事」（從八品）為州府的吏員之長。[22]然而即使任「知事」一職，從仇遠詩詞作品披露的心聲，從他參加《樂府補題》活動、月泉吟社活動等等行跡，猶可以讀出他對趙宋與元蒙的真正向背心理。孔凡禮於〈汪元量事跡紀年〉云：「論人之出處大節，首當論其心跡。」[23]王偉勇對孔氏之論深表贊同，接續曰：

> （此）誠屬不刊之論。因之凡入元為儒學官（行省有儒學提舉，路州有儒學教授、學正、學錄、書院山長；縣有儒學教諭、訓導等）者，觀其行跡，似食元祿矣，即讀其著作，又實未忘其故國，蓋緣貧困而不得不屈身也。如戴表元，入元為信州（今江西上饒縣西北）、婺州（今浙江金華縣）教授；……故汪元量縱不屬「不仕新朝之遺老」，亦可視為「小隱隱陵藪，大隱隱朝市」之高士，或亦如白居易〈中隱〉詩所稱：「不如作中隱，隱在留司官」。[24]

21　參見本章注釋3。

22　洪麗珠：〈寓制衡於參用：元代基層州縣官員的族群結構分析〉：「州……首領官則是吏員之長，又稱『幕官』，例如知事、吏目、提控案牘等。」《中國文化研究所學報》，第62期，2016年，頁89。

23　孔凡禮：〈汪元量事跡紀年〉，收於宋・汪元量撰，孔凡禮輯校：《湖山類稿》增訂本（北京：中華書局，1987年），頁266。

24　王偉勇：〈辨析汪元量之「遺民」身分及其集句詞所流露之另類新聲〉，《詞學面面觀》（臺北：里仁書局，2017年），頁434。

仇遠仕元後的「遺民」身分也可以從這個角度來認可，他是「不如作中隱，隱在留司官」；在論其出處大節時，猶見其心志向宋，這從他「退居邊緣」：寓居於城市邊緣與寄身於政治中心的邊緣，這種二重「邊緣方位」與「邊緣身分」的選擇，讓做為原是「不仕新朝」的遺民，而後仕元的仇遠，應是在心理上能維持起碼的「持節」尊嚴，與對趙宋前朝的認同與效忠意義。

　　按《廟學典禮》記載，至元二十四年規定，路府州縣儒學教授月學糧為米五石，鈔五兩；學正月學糧為米三石，鈔三兩。[25] 再者，關於杭州路知事的情況是：杭州路於元代的行政劃分屬於「上路」，「知事」的俸祿依照柯劭忞《新元史・食貨志》所載為十二貫。[26]元代貨幣一貫為一千枚銅錢，一貫約可買米二十石，而「每兩貫等於白銀一兩」。[27]則仇遠擔任的杭州路知事俸祿為鈔六兩，稍高於儒學教授與學正之職。但無論是鎮江學正俸

---

[25] 元・佚名《廟學典禮》：「江浙等處行中書省，至元二十四年正月十七日劄付該：近准中書省咨該：隨路教授、學正、學錄，師範後進，作育人材，譔述進賀表章，考試歲貢儒史，品級雖輕，責任實重。……諸州、散府教授，係祇受敕牒人員，月請糧米五石，鈔五兩。學正一員，受行省劄付，月請糧米三石，鈔三兩。學錄一員，直隸行省去處，受本路付身，如宣慰司所轄，受宣慰司劄付，月請糧米二石，鈔二兩。直學一員，受本路付身，月請糧米一石，鈔一兩。書院山長二員，祇受行省劄付，月請糧米三石，鈔三兩。縣學教諭，許設二員，止受本路劄付，月請糧米一石五斗，鈔一兩五錢。」（臺北：臺灣商務印書館，1986年，文淵閣《四庫全書》本），卷2，頁6-9。

[26] 清・柯劭忞：《新元史・食貨志》，卷76，頁364。又，元代「路」的行政單位有上路、下路之分。

[27] 中國人民銀行《中國歷代貨幣》編輯組編：《中國歷代貨幣》（北京：新華出版社，1982年），頁51。

祿的「米三石，鈔三兩」，或是杭州路知事的「十二貫」錢，仇遠乃是迫於生計而接受，是「緣貧困而不得不屈身也」，仇遠自言：「干祿本為貧，原非慕輕肥。」[28]他另一首〈言懷〉之一亦云：「辛苦移家向溧州，微官祇為斗升謀。尋思終是西湖好，且與山僧野老遊。」[29]因此，西湖故里對仇遠的意義更加明顯而強烈：「故園更有松竹，富貴不如閒」，富貴功名與閒逸生活對比，京城與故園對照，仇遠選擇了後者，那永遠牽繫他長看與回望的地方，他選擇以「松竹」圍繞的故園為依歸——「松竹」豈非就是他心志不變的象徵？！就這點而言，仇遠的內在心理猶是一個趙宋的「遺民」。[30]

第二節　江南意義的遞嬗與轉變

前文有言，「江南」一詞早在《爾雅》中已經出現，但它的地理範疇隨著朝代的更迭而有所變動。劉士林曰：「先秦時為吳越，漢屬揚州，六朝則稱江左、江東或江表。」[31]秦、漢之際的

---

28 宋・仇遠：〈予久客思歸以秋光都似宦情薄山色不如歸意濃為韻言志約金溧諸友共賦寄錢唐親舊〉其十一，《金淵集》（北京：中華書局，1985 年），卷 1，頁 15。

29 宋・仇遠：《金淵集》，卷 6，頁 89。

30 王偉勇認為，「遺民」一詞在歷代的使用上有不同的意思，乃是屬於浮動的字眼：「『遺民』兩字，可用指前朝遺留之百姓、劫後遺留之百姓、後代子孫、改朝換代不仕新朝之遺老、高賢隱士、淪陷區之百姓、一般平民百姓等。」〈辨析汪元量之「遺民」身分及其集句詞所流露之另類新聲〉，《詞學面面觀》，頁 416。

31 劉士林編著：〈江南軸心期〉，《江南文化的詩性闡釋》，頁 36。

「江南」，除了今日的江、浙地區以外，還包括湖南全境和湖北南部。六朝時期在「北方人的眼裡，江南就是江左政權的代詞，因為後者的首都是定在屬於江南的建業（後稱建康）。」[32]唐太宗設立江南道以後，江南的地理區域才是指長江以南。兩宋以後「江南」的核心區域則縮小到長江以南，錢塘江以北的江蘇、浙江地區。

　　江南，因它秀山麗水的地理環境，豐饒多產的物質條件，使它的空間始終飄流一種柔美、舒逸或恬澹的氣息，即使是書寫黍離之悲的作品，背後也隱約地暗含、連結過去歷代層層疊疊「江南書寫」的風格，而使得作品在作者用意的表出以外，也時不時流露江南美感的韻味。

　　仇遠詞出現江南的作品多達 11 首，其中即蘊含多層次的意義，包括一、故國的追憶；二、美好的湖山；三、故鄉的轉喻；四、逝去的歲月。

一、故國的追憶

　　以江南表徵南宋故國的詞作，是仇遠詞中情感顯得甚為沉重、哀傷的作品。當蒙古鐵騎踏破臨安城時，仇遠三十歲，而立之年的他，瞬間從趙宋的子民變成易代的遺民，對於國家的覆亡，一個文人卻無可如何，他內心的痛楚無奈，是可以想知的。而在 1031 年之後，他卻迫於現實仕元為官，內在自我的愧憾、抑鬱感更甚於作為「純粹遺民」的時期，如〈言懷〉之七詩云：「溧尉唐時本小官，詩人爭笑孟酸寒。我來莫道儒官冷，今古酸

32　劉士林編著：〈江南軸心期〉，《江南文化的詩性闡釋》，頁 36。

寒只一般。」[33]表達出這種仕元為官的無奈與自嘲。再如〈憶舊遊〉詞作云：

> 對庭蕉黯淡，院柳蕭疏，還又深秋。正一星鐙暗，更一聲雁過，一點螢流。合成一片離思，都在小紅樓。想撲地陰雲，人愁不盡，替與天愁。　　酸風未應□，雨簌簌瀟瀟，欲下還收。憶繡幃貪睡，任花梢晨影，移上簾鉤。被池半卷紅浪，衣冷覆熏篝。<u>怎忘得江南，風流庾信空白頭</u>。（頁 20/3399）

這闋詞以南朝時期的庾信自喻，庾信奉梁元帝之命出使北朝，卻被滯留北方而不得歸，曾作〈哀江南賦〉抒發他去國離鄉的悲思，與梁朝滅亡的哀傷。庾信〈哀江南賦〉的題目乃是取自《楚辭‧招魂》：「目極千里兮傷春心，魂兮歸來哀江南。」無論是《楚辭‧招魂》中的「江南」，還是庾信〈哀江南賦〉中的「江南」，都含有喻指故國的意思，仇遠這幾闋詞的「江南」，也承襲這一脈傳統語系的轉喻，以江南象徵故國。這闋〈憶舊遊〉的愁情由內往外擴散，瀰漫在整個空際之中，連一鐙、一雁、一螢也盡是哀愁。江南由空間的地理名詞，轉化為無法忘卻的記憶中的故國。

又如以下〈解連環〉下片與〈滿江紅〉上片，詞裡的江南也是故國的轉喻：

33　宋‧仇遠：《金淵集》，卷6，頁89。

斜陽謾窮倦目。甚天寒袖薄，猶倚修竹。待聽雨、閒說前
期，<u>奈心在江南，人在江北</u>。老卻休文，自笑我、腰圍如
束。莫思量，尋花傍柳，舊時杜曲。（頁36/3403）

脂雨東流，覺春去、綠陰如幄。嘗記得、桃花碧徑，自憐
幽獨。日暮碧雲空冉冉，摘花小袖猶依竹。<u>望江南、草色
欲連天，人江北</u>。（頁48/3408）

詞裡仇遠以杜甫〈佳人〉[34]詩中「天寒翠袖薄，日暮倚修竹」的
佳人，以及南朝齊梁時的美男沈約（441-513，字休文）自喻，
以表徵自己資質的美好。但是趙宋王朝淪亡後，因仕元任官而身
在「江北」的他，雖「心在江南」，繫念故國，卻只能遙望罷
了。這兩闋詞裡的江南顯然喻指故國南宋朝廷，江南已從地理區
域轉渡為國家想像的概念。[35]因南宋建都臨安，即今杭州；而他
任官的鎮江與溧陽，方位均北於杭州，故可言「奈心在江南，人
在江北」；以及「望江南、草色欲連天，人江北」。或可詮釋為
因為仇遠已仕元，元建都大都（今北京）；而南宋行在在臨安，
以江北、江南各象徵蒙元與趙宋兩個王朝。

---

[34] 杜甫〈佳人〉詩：「絕代有佳人，幽居在空谷。自云良家女，零落依草
木。關中昔喪亂，兄弟遭殺戮。官高何足論，不得收骨肉。世情惡衰
歇，萬事隨轉燭。夫婿輕薄兒，新人美如玉。合昏尚知時，鴛鴦不獨
宿。但見新人笑，那聞舊人哭。在山泉水清，出山泉水濁。侍婢賣珠
回，牽蘿補茅屋。摘花不插髮，採柏動盈掬。天寒翠袖薄，日暮倚修
竹。」

[35] 因為《無絃琴譜》詞作並未編年，因此只能從詞文窺知他寫作的時間大
約是在出仕之前、之中、或之後。

　　除以江南喻指故國，仇遠詞有時也用「長安」喻指江南的故國、故國的臨安、臨安錢塘的故鄉。如以下節錄的詞作：

〈臺城路・寄子發〉
山空但覺晝永。舊游花柳夢，不忍重省。燕子梁空，雞兒巷靜，休說長安風景。丹臺路迥。怎見得玄都，□□芳徑。共理瑤笙，鳳凰花外聽。（頁 3/3393）

〈憶舊遊〉
憶寒煙古驛，淡月孤舟，無限江山。落葉牽離思，到秋來，夜夜夢入長安。（頁 19/3399）

〈少年游〉
一年一夢青樓曲，香淺被池寒。卻聽西風，小窗殘雨，紅葉滿長安。（頁 24/3400）

「長安」作為都城的代稱，宋代的詞作多有之，如北宋詞人歐陽脩〈漁家傲〉：「車馬九門來擾擾。行人莫羨長安道。丹禁漏聲衢鼓報。催昏曉。長安城裡人先老。」[36]蘇軾〈沁園春〉：「當時共客長安，似二陸初來俱少年。」[37]周邦彥〈蘇幕遮〉：「故

36　宋・歐陽脩：〈漁家傲〉，見唐圭璋編：《全宋詞・歐陽脩詞》，第 1
　　冊，頁 129。

37　宋・蘇軾：〈沁園春〉，見唐圭璋編：《全宋詞・蘇軾詞》，第 1 冊，
　　頁 282。

鄉遙，何日去。家住吳門，久作長安旅。」[38]都是以「長安」借指北宋的都城汴京。而南宋詞人則是以「長安」借指南宋的行在（都城）臨安（杭州），如辛棄疾〈水龍吟〉：「有客書來，長安卻早，傳聞追詔。」[39]仇遠詞裡的「長安」有多重指涉的意義，是故國，是南宋的行在（都城）臨安（杭州），也是故鄉錢塘。彭潔瑩也說到：「『長安』在這裡並不單純是一個地名，而成為仇遠生命記憶中的情感符號，既是他生身的故鄉──臨安的代稱，又象徵著他當年一段浪漫旖旎的生活。」[40]「長安」一詞一如「江南」，富含著豐繁的意義。

二、美好的湖山

江南山明水秀，對遺民詞人而言，那是永遠牽繫心中的美好夢土，人間的天堂。仇遠有一首〈阮郎歸〉即表達出傳統詩詞書寫江南時的基本美感型範──在一片桃紅柳綠鋪染的山水之間，有飛燕、畫橋點綴其間：桃花、柳樹、燕子、小橋、流水、青山，這 6 個意象是歷代詩詞中經常做為構築江南地景的基本元素，因這 6 個元素的選擇與組成，使得江南這一個空間充滿了「婉約柔美」的「空間感」，流動著「詩意性」美感特質：

---

38 宋・周邦彥：〈蘇幕遮〉，見唐圭璋編：《全宋詞・周邦彥詞》，第 2 冊，頁 603。

39 宋・辛棄疾：〈水龍吟〉，見唐圭璋編：《全宋詞・辛棄疾詞》，第 3 冊，頁 1896。

40 彭潔瑩：〈宋遺民仇遠《無弦琴譜》人文意象研究〉，《廣西大學學報》（哲學社會科學版），第 31 卷第 1 期（2009 年 2 月），頁 130。

> 桃花坊陌散香紅。捎鞭驟玉驄。官河柳帶結春風。高樓小
> 燕空。　　山晻靄，草蒙茸。江南春正濃。王孫家在畫橋
> 東。相尋無路通。（頁 8/3395）

春光濃翠，是江南美麗的季節，王孫公子持鞭縱馬河岸，是何等
寫意的人生。在蒙元異族統治的時代，恆帶著詩意性的江南，正
是遺民詞人如仇遠者，無論是實際的生活優游其間，或是做為遺
民詞人失落心理的一種補償，江南都是一個可以隱遁、安置自我
的美麗世界。

　　另如〈木蘭花令〉：

> 月墮舷棱寒鵲起。露拭秋空清似水。西風昨起過江南，紅
> 葉黃蘆三四里。　　香尊先近幽人齒。斷杵偏來征客耳。
> 滄洲無路送將歸，[41]□疊楚山□夢裡。（頁 21/3400）

春日的江南秀美，秋日的江南也另有一番穠麗的顏色，隨處一
望，就是「紅葉黃蘆三四里」。這兩闋詞裡的江南，是實寫的地
理空間，是山水清秀的自然空間，而非虛擬的想像的人文世界之
意義的轉喻。流動其間的空間感，多是愉悅、輕鬆、自在，而無
過多的愁苦之音，雖然〈木蘭花令〉下片的末二句「滄洲無路送
將歸，□疊楚山□夢裡」，詞情略帶幽黯，但無損於整闋詞陶然
於鍾愛江南的氛圍表現。因人與大自然之間的交會，美感的交
會，是以最單純的心性與之往來，無需機心，沒有計算，因為大

---

[41]　「滄洲無路送將歸」的「送」字，《全宋詞》本作「迷」。

自然示現給人的也就是它本爾如是的清明面貌。

三、故鄉的轉喻

仇遠詞中的「江南」，除了表徵對故國的追憶，美好湖山的書寫以外，第三重的意義是將之轉喻為「故鄉」的等同詞，以江南指稱他的故鄉，如以下兩闋：

〈醉落魄〉
水西雲北。錦苞泫露無顏色。夜寒花外眠雙鵝。<u>莫唱江南，誰是鷓鴣客。</u>　　薄情青女司花籍。粉愁紅怨啼螿急。月明倦聽山陽笛。渺渺征鴻，千里楚天碧。（頁16/3398）

〈早梅芳近〉
碧溪灣，疏竹外，正小春天氣。綠珠羞澀，半吐椒紅可人意。月香傳瘦影，露臉凝清淚。笑倩條冶葉，怕冷尚貪睡。　　馬行遲，雪未霽。還憶前村裡。青禽喌喌，疑是當時夢初起。舊愁歸塞管，遠恨瀟湘水。<u>望江南，故人家萬里。</u>（頁57/3412）

「江南曲」，原為樂府曲名，「莫唱江南，誰是鷓鴣客」，是指唱江南曲時，會引發思歸故鄉。「莫唱江南」，「望江南，故人家萬里」，二詞中的江南是指稱他的故鄉錢塘，那片鑲嵌在江南美好湖山大地景中的錢塘，仇遠在此運用「以大喻小」的轉喻方式，以實際是大區域概念的江南來指稱地理空間相對而言是小地

方的錢塘，因此，這兩闋詞中的江南，已非「實際空間」的描述，而是純粹「概念空間」的轉喻，此其一。其二，「江南」在此還表徵著一個「情感的空間」，它經由詞人仇遠情感的投射與神遊，因此附著滿溢的情感：「綠珠羞澀，半吐椒紅可人意。」「羞澀」的綠珠，「可人意」的椒紅，這些江南的景致之所以盈漾感性的、情感性的「示現」，是仇遠移情作用的衍化。

四、逝去的歲月

　　江南對仇遠而言，還代表一段逝去的歲月。雖然仇遠最後的晚年在故里杭州過得還算閒適；但在易代之際，直到他仕元的這段期間，江南對他而言，則是象徵一段過去的美好歲月，一段回不去的歲月以對比易代至仕元這段期間的差異——過去是何等美好，今日是何等荒愁。如以下這兩闋詞表現的情感：

〈塞翁吟〉

短綠抽堤草，芳信未許花知。尚留凍梗冰枝。蘚石雪消遲。方塘水淺鴛鴦冷，沙際水翼相依。拾翠約，踏青期。終是樂遊稀。　　相思。江南遠，漁汀渺渺，還又是、梅花謝時。有多少、舊愁新恨，縱羅虯、妙曲風流，怎比紅兒。何時再得，畫鷁搖春，豐樂樓西。（頁 18-19/3398-3399）

〈木蘭花慢〉

泥涼閒倚竹，奈冉冉、碧雲何。愛水檻空明，風疏畫扇，雪透香羅。惺鬆未成楚夢，看玲瓏、清影罩平坡。便有一

庭秋意，碎蛩聲亂寒莎。　　銀河。不起纖波。天似水，月明多。<u>算江南再有，賀方回在，空費吟哦</u>。年年自圓自缺，恨紫簫、聲斷玉人歌。謾對雙鴛素被，翠屏十二嵯峨。（頁 55/3411）

　　江南是地理空間，但在這兩闋詞裡的意涵，還隱含著逝去的時間──一段回不去的美好時光。如〈塞翁吟〉的「相思。江南遠，漁汀渺渺，還又是、梅花謝時。」「遠」，是空間方位的遙遠，但是仇遠即使仕元，基本上未出江南，他做官的三個地方：鎮江（位於江蘇南部）、溧陽（隸屬江蘇常州）、杭州，都在江南，所以詞裡的「遠」，主要不是指空間概念的遠，而是時間概念的遠，遙遙已逝的過去。

　　〈木蘭花慢〉的「算江南再有，賀方回在，空費吟哦」亦然，若賀鑄還在江南，他寫的詞，也只是空費吟哦罷了。這幾句詞的重點不是江南的地理空間，而是無法追回的美好時光──江南的過去，南宋的江南。江南從空間的概念遞嬗為加入逝去的美好時光的指稱，「地方」增益了時間的色彩，空間的概念為之時間化。黃庭堅與賀鑄友好，曾有〈寄賀方回〉：「少游醉臥古藤下，誰與愁眉唱一盃。解作江南斷腸句，只今唯有賀方回。」[42]黃庭堅詩中所謂的「江南斷腸句」，是指賀鑄〈橫塘路〉（〈青玉案〉）詞：「淩波不過橫塘路。但目送、芳塵去。錦瑟年華誰與度。月橋花院，瑣窗朱戶。只有春知處。　　飛雲冉冉蘅皋

---

42 宋‧黃庭堅撰，劉琳、李勇先、王蓉貴校點：〈寄賀方回〉，《黃庭堅全集》（成都：四川大學出版社，2001 年），正集卷 11，頁 277。

暮。彩筆新題斷腸句。若問閒情都幾許。一川煙草，滿城風絮。
梅子黃時雨。」[43]最能書寫江南，理解江南情事的賀鑄，仇遠認
為此時他若再次吟哦，所吟哦的已非能對應現實蒙元統治下的江
南，南宋那曾經風華熠熠的歲月，都已逝去，所以仇遠才說賀鑄
再來也只是「空費吟哦」。

第三節　吳地歷史的認同與融合

仇遠詞出現有關吳地者有 5 處，然有一首以「吳鬢」表髮白
之意，[44]不與本文主題相關，略而不論。其他 4 首為：

〈南鄉子〉
急雨漲潮頭。越樹吳城勢拍浮。海鶴一聲蒼竹裂，扁舟。
輕載行雲壓水流。　　獨倚最高樓。回首屏山疊疊秋。江
上數峰人不見，沙鷗。曾識西風獨客愁。　（頁 11/3396）

〈憶悶令〉
岸柳絲絲青尚淺。漸春歸吳苑。繚垣不隔花屏，愛翠深紅

---

[43] 宋・賀鑄：〈青玉案〉，見唐圭璋編：《全宋詞・賀鑄詞》，第 1 冊，
頁 513。

[44] 仇遠〈聲聲慢〉：「藏鶯院靜，浮鴨池荒。綠陰不減紅芳。高臥虛堂。
南風時送微涼。遊絲蹍香未遍，怪青春、別我堂堂。閒裡好，有故書盈
篋，新酒盈缸。　　只怕吳霜侵鬢，歎春深銅雀，空老周郎。弱絮沾
泥，如今夢冷平康。翻思舊遊蹤跡，認斷雲、低度橫塘。離恨滿，甚月
明、偏照小窗。」（頁 3405）

遠。　　瞥地飛來何處燕。小烏衣新翦。想芹短、未出香
泥，波面時時點。（頁 23/3400）

〈臺城路〉

畫樓西送斜陽下，不隨逝波東去。野曠莎長，山空木短，
零落紅衣南浦。游雲路阻。便魂斷蒼梧，怨弦誰鼓。空采
江蘺，□□□□弔湘女。　　迢迢千里萬里。碧天空雁
信，傳意無處。翠袖閒籠，珠幃怨臥，幾度黃昏□暮。相
思自古，<u>悵獨客三吳</u>，故人三楚。懶話巴山，翦鐙同聽
雨。（頁 30/3402）

〈滿庭芳〉

寒食無情，陽春如客，晚風落盡繁枝。落紅堆徑，小檻立
移時。樂事不堪再省，<u>吳鄉遠</u>、愁思依依。誰家燕，斜穿
繡幕，輕惹畫梁泥。　　還知。人寂寞，殷勤軟語，來說
差池。怕王孫歸去，芳草離離。倚翠屏山夢斷，無心聽、
啼鳥催歸。何時向，溪流練帶，一舸載鴟夷。（頁 52-
53/3410）

　　詞裡用「吳城」、「吳苑」、「三吳」、[45]「吳鄉」，指稱

<hr>

[45] 三吳，也是指江蘇、浙江一帶。《水經注・漸江注》云：「漢高帝十二
年，一吳也，後分為三，世號三吳，吳興、吳郡、會稽其一焉。」北
魏・酈道元注，民國楊守敬、熊會貞疏，段熙仲點校，陳橋驛復校：
《水經注》（南京：江蘇古籍出版社，1999 年），卷 40，頁 3323。
又，唐・杜佑《通典・州郡十二》則稱：「秦置會稽郡，……漢亦為會

江南的故國與鄉關。仇遠何以多次使用「吳」地指稱故國與故鄉？筆者認為，這與「個人與歷史的連結」和「夷夏之別的辨識」有關。

　　「吳」地名稱的起源可以追溯到周初。據《史記・吳太伯世家》記載，周初太伯、仲雍讓國而出奔荊蠻，自號「句吳」，「荊蠻義之，從而歸之千餘家，立為吳太伯。太伯卒，無子，弟仲雍立，是為吳仲雍。」傳至十九世孫壽夢時「而吳始益大，稱王。」張守節《正義》曰：「吳，國號也。太伯居梅里，在常州無錫縣東南六十里。」[46]當初太伯率領荊蠻部族至長江下游江蘇無錫一帶開墾種植，而使得這片地方逐漸殷盛富庶，建國「句吳」。故早在周初，吳已作為國號、地名的稱謂。而後，三國又有「東吳」（222-280），孫策據江東建立吳國，建都建業（今南京）。東吳的疆域版圖在荊州、交州地區以外，最重要的是揚州。三國時期的「揚州」範圍廣大，涵蓋今日的江蘇與浙江等地。因為這一長遠歷史成因的關係，「吳」地就用來泛指長江下游南岸一帶。

　　仇遠詞關於吳地的書寫，也連結在此歷史長河底下，比起「西湖」、「江南」兩個純粹地理名詞的「始稱」，它包含更多的史事，側重更多的歷史意義：「西湖」以湖在杭城之西而名；

稽郡，後順帝分置吳郡，晉宋亦為吳郡，與吳興、丹陽為三吳。」（臺北：臺灣商務印書館，1986 年，文淵閣《四庫全書》本），卷 182，頁 6。

[46] 漢・司馬遷撰，宋・裴駰集解，唐・司馬貞索隱，唐・張守節正義：《史記・吳太伯世家》（臺北：宏業書局，1980 年），卷 31，頁 1447。「太伯」，又做「泰伯」。

「江南」以地在長江之南而稱；「吳」地命名則與悠久的華夏歷史有關。仇遠以一個淵遠流長，飽含歷史素材和傳統意義的名詞，來寄託他對故園、故鄉、與故國的緬懷，從而使詞人鬱結愁悵的情感融於歷史長流，進而化入國族「大我」的精神認同之中。

此外，前言有云，仇遠選擇退居陋巷與政治邊緣的理由，是展現一種效忠前朝的姿態。而效忠趙宋前朝與反元行為則來自於「夷夏之別」的傳統意識，此與認同華夏民族之心理因素有關。十三世紀末，漢民族第一次完全被異族蒙人征服，一個具有「夷夏之別」意識的文人，雖然無法做到直接激烈行動，對抗元人，發起革命的程度，但內在心理必然有反元的意識，從仇遠參加《樂府補題》活動、「月泉吟社」徵詩活動可知，這兩項活動是文人群體反元意識的結集，雖說這是屬於「溫和式」的反抗行動。但這種以詩連結個人與群體，「相濡以詩」的行為，集體創作的活動，卻能稀釋掉存在於內心的恐元壓力，並進而昇華為標示效忠前朝的精神象徵，從而完成心中「夷夏之別」的身分認同、民族認同與文化意識的優越感。[47]

就個人詞集的寫作而言，仇遠也留下反元意識的文字痕跡，

---

[47] 何紅年《琴到無聲聲更遠宋末元初詞人——仇遠及其《無絃琴譜》》云：「在仇遠現存著作中不見其堅持『夷夏之別』，只著重於是否忠於一姓（宋室）。」（香港：論衡出版社，1997 年），頁 16。此說值得商權。仇遠著作不見「夷夏之別」的言論，並不代表心中不堅持「夷夏之別」的理念，本節〈滿庭芳〉詞的分析，可做為仇遠心中猶有「夷夏之別」的佐證。仇遠之所以未在著作披露「夷夏之別」的立場，恐是畏遭文禍之故，因此以隱微的言詞表達其心志。

吳地的書寫是即其中之一。他用一個飽含漢民族歷史意識的名詞，不與蒙元新興帝國歷史相關的名詞，來代指江南的故國與故里，這裡是將個人與歷史連結，將小我的生命史置身、融入漢人文化歷史的大河之中，得以與之共鳴。如〈滿庭芳〉：「樂事不堪再省，吳鄉遠、愁思依依。誰家燕，斜穿繡幕，輕惹畫梁泥。」此處「吳鄉」的意義一如前一節的「江南」，包含追憶故國、美好江山、與逝去的繁華歲月等含意的指涉。樂事無法再省，吳鄉已遠，然而仇遠實際所在地理空間就在吳，在江南，因此，詞中的「吳」即是代表故國，與和故國一同遠去的美好歲月。「誰家燕」，是用劉禹錫〈烏衣巷〉：「朱雀橋邊野草花，烏衣巷口夕陽斜。舊時王謝堂前燕，飛入尋常百姓家。」的概括詩意，這是亡國遺民經常使用的典型語典，在由宋入元的詞人作品中經常出現，如張炎《山中白雲詞》中的多首作品即是。在仇遠這闋〈滿庭芳〉裡，「樂事／吳鄉」，形成一個特殊的想像時空，寓含「理想世界」的成分；「愁思／誰家燕，斜穿繡幕，輕惹畫梁泥」，是現在，是入元以後的現實時空，表徵的是「荒愁的世界」，於是華／夷之辨的二元對立關係，華夏生活或文化優於蒙元的優越感（「樂事」對比於「愁思」），就隱然浮出文字的表面。

第四節　小　結

　　元代的國祚雖只有八十八年（1280-1367），但依恃強大武力建立的帝國所擁有的政權與勢力，在一定程度上仍然左右了當時的文學創作與文藝批評的走向。在蒙古異族的統治底下，文學

的主幹逐漸從詩、詞、文的士大夫文學，轉向屬於普羅大眾的曲子和戲劇文學，詞的發展在此時呈現中衰的現象。

　　元詞的發展雖不若元曲、元雜劇受到民眾的歡迎，但在元代，詞仍是傳統士大夫、文人言情寫志，抒發性靈的重要體裁。宋・尹覺〈題坦庵詞〉云：「詞，古詩之流也。吟詠情性，莫工於詞。」[48]誠然，詞為「作家提供一種獨特的和概括世界的方式」，[49]其「緣情造端，與於微言以相感動，極命風謠里巷之哀樂，以道賢人君子，幽約怨悱不能自言之情」[50]的特質，對宋亡入元的遺民文人來說，是非常適切的文學形式，因此宋元之際多位當時重要的文人，仍持續以詞來書寫他們的情感與懷抱，仇遠是其中重要的代表人物。

　　本文以仇遠詞關於江浙地方書寫的詞作做為分析主體，考察其詞所呈顯的意義：仇遠關於江浙地方的書寫，表現出對故里、故鄉與故國的強烈認同情感，他透過文學進行一種個人與群體、個人與國族、個人與歷史的連結，進行一種心靈的歸化，特別是他仕元以後，內在對自我無法堅持作為一個「純粹遺民」的愧憾，與因只是當個學正、儒學教授的微官，而猶視自己為前朝遺民的自我定位的糾結，使這種以文學完成認同華夏民族的心理趨向更形重要；也因為這種種縈繞的複雜心緒，使他的詞作多呈一種難以開闊的沉重氣壓，故而他的江浙書寫也時時瀰漫這種抑

48　宋・尹覺：〈題坦庵詞〉，見鄧子勉編：《宋金元詞話全編》，中冊，頁 951。

49　蕭馳：《中國抒情傳統》（臺北：允晨文化實業公司，1999 年），頁 117。

50　清・張惠言：《詞選・序》（北京：華夏出版社，2006 年），頁 7。

鬱氛圍的地方感。

　　因此，西湖與故里的長看與回望是穩定他生命的重要中心點；江南對他而言，寓滿豐富的意義；而吳地的書寫，則是將自我融入歷史的長河之中，從而超越現實並取得文化回歸與認同的價值。

表二：仇遠江浙書寫詞作表

編碼	詞牌	詞題／詞序	詞句
1	〈摸魚兒〉	答二隱	碧牋空寄**江南**弄，鴉墨亂無行數。……何時**輦路**。共繫柳遊轡，印苔金屐，**湖曲**步春去。
2	〈摸魚兒〉	柳絮	隔花簫鼓春城暮。……**長橋短浦**。
3	〈臺城路〉	寄子發	燕子梁空，雞兒巷靜，休說**長安**風景。**丹臺**路迴。
4	〈臨江仙〉	柳	湘水曉行無酒，**楚鄉**客久思家。
5	〈南歌子〉		**西湖**不厭久長看。玉勒鈿車偏在、**六橋**間。
6	〈阮郎歸〉		**斷橋**日落水雲昏。
7	〈阮郎歸〉		**官河**柳帶結春風。……**江南**春正濃。
8	〈眼兒媚〉		**謝家池館**占花中。
9	〈眼兒媚〉		分明彷彿，**未央**楊柳，**太液**芙蓉。
10	〈謁金門〉		空憶**洛陽**耆舊。
11	〈南鄉子〉		**越樹吳城**勢拍浮。
12	〈酹江月〉		因念**西子湖**邊，鬧紅一舸，曾宿鴛鴦浦。
13	〈玉蝴蝶〉		女牆矮、月籠粉雉，**娃館**靜、塵暗金鋪。……怕**西湖**。

14	〈金縷曲〉		流水無聲雲不動，向漁郎、欲覓**桃源路**。
15	〈醉落魄〉		莫唱**江南**，誰是鷗鷺客。
16	〈八聲甘州〉		想天階**辭輦**，長門分鏡，征騎西東。
17	〈塞翁吟〉		**江南**遠，漁汀渺渺，還又是、梅花謝時。
18	〈憶舊遊〉		落葉牽離思，到秋來，夜夜夢入**長安**。……賦歸去，喜**故里西湖**，不厭重看。……**故園**更有松竹，富貴不如閒。
19	〈憶舊遊〉		怎忘得**江南**，風流庾信空白頭。
20	〈木蘭花令〉		西風昨起過**江南**，紅葉黃蕪三四里。
21	〈憶悶令〉		漸春歸**吳苑**。
22	〈少年游〉		却聽西風，小窗殘雨，紅葉滿**長安**。
23	〈愛月夜眠遲〉		元宵相次近也，**沙河**簫鼓，恰是如今。
24	〈清商怨〉		染恨**西園**曉。……莫嚲迴文，**玉關**人未老。
25	〈臺城路〉		白石粼粼，丹林點點，裝綴東皋**南浦**。
26	〈醉公子〉		曉入**蓬萊島**。
27	〈臺城路〉		野曠莎長，山空木短，零落紅衣**南浦**。……恨獨客**三吳**，故人**三楚**。懶話**巴山**，蠶鐙同聽雨。
28	〈慶春宮〉		因念□□，吟仙鶴去，**斷橋**誰賦疏清。
29	〈夢江南〉		春夢繞**西湖**。

30	〈巫山一段雲〉	王氏樓	
31	〈八犯玉交枝〉	**招寶**山觀月上	惟見**廣寒門**外，青無重數。
32	〈秋蕊香〉		**南山**曉。
33	〈解連環〉		待聽雨、閒說前期，奈心在**江南**，人在**江北**。……莫思量，尋花傍柳，舊時**杜曲**。
34	〈雪獅兒〉	梅	**武林**春早，乘興試問，**孤山**枝南枝北。
35	〈探芳信〉	和草窗**西湖**春感詞	便綠漲平隄，雲橫遠岫。
36	〈一寸金〉		樓倚寒城，隔岸江山見**東越**。
37	〈尾犯〉	**雪中**	**弁山**橫翠，好倩西風，送上江心鏡。
38	〈破陣子〉		柳浪六橋春碧，香塵十里花風。……舊約**湧金門**道，紗籠畢竟相逢。只恐入**城**歸路雜，便轉頭樹北雲東。
39	〈生查子〉		**京洛**少年遊，猶恨歸來早。
40	〈合歡帶〉	效柳體	記得**河橋**曾識面，兩凝情、欲問還羞。
41	〈思佳客〉		家住**銀塘**東復東。
42	〈滿江紅〉		望**江南**、草色欲連天，人**江北**。……誰共度，**西園**曲。
43	〈浣溪沙〉		**北海**芳尊誰共醉，**東山**遊屐近應稀。
44	〈西江月〉		漠漠**河橋**柳外，憎憎門巷鐙初。……水天空闊見**西湖**。
45	〈滿庭芳〉		樂事不堪再省，**吳鄉**遠、愁思依依。

46	〈木蘭花慢〉		坐憶江南信息，斷腸蘸甲清觴。
47	〈木蘭花慢〉		算江南再有，賀方回在，空費吟哦。
48	〈木蘭花令〉		南浦晴波雲渺渺。蠹塵珠網滿香車，三十六橋春悄悄。
49	〈早梅芳近〉		望江南，故人家萬里。

第四章　趙孟頫、文徵明詞中的江南書寫

第一節　文化世家代表人物：趙孟頫與文徵明

　　江南之美，史不絕書。它在魏晉以後，已逐漸進入文人的書寫視域，進而能與北方的「禮樂文化」相提並論。唐宋時期，詩詞書寫之多，使江南儼然成為古典文學與地方連結的一種詩性美學的代表（詳閱第二章第二節）。這一東南財賦之地，江左人文之藪，在元明時期，仍然持續發展。其中具有重要性指標意義的人物，即是趙孟頫與文徵明。趙、文二人在書畫文壇的地位崇高，其家族又是江南吳興、蘇州兩地文化世家的代表，文徵明的藝術創作更深受趙孟頫的影響，與其文人精神遠相遙契。而歷來研究趙孟頫及文徵明的創作，多重視書畫藝術的成就，鮮少從詞作內容考察二人的生命情懷與文藝特質，從「地方」的視角以觀其詞者，更是絕少。因此，本文以二人關乎江南地方書寫的詞作做為探討對象，兼以段義孚之地方觀點：如實際空間、感覺空間、概念空間等作為論述的入徑，[1]探究趙孟頫在宋元易代之

---

[1]　參閱美・段義孚著，潘桂成譯：《經驗透視中的空間與地方》，〈經驗的透視〉，頁 7-16。

際，生命出處的抉擇，以及明代文徵明之仕隱情懷；二人如何建構有關江南的文學意象；分析詞中江南地方書寫的文化隱喻、特質與異同；並考察地方與詞人生活的關連，進而涉及家屋、鄉里在詞中所凸顯的意義，藉以把握元、明詞作江南書寫的脈息。

一、趙孟頫

趙孟頫（1254-1322），字子昂，號松雪道人、水精宮道人，湖州（今浙江吳興縣）人，宋太祖十一世孫，秦王德芳之後。至元二十三年（1286）行臺侍御史程鉅夫奉詔查訪江南遺逸時，受薦於朝，深獲元世祖忽必烈賞識。仁宗延祐三年（1316），官拜翰林學士承旨。英宗至元二年（1322）卒，封魏國公，諡文敏。在元代，他「被遇五朝，官登一品，名滿四海」。[2]

在宋元之際，特別是入元以後，趙孟頫成為詩文書畫界的領袖人物。他的詩賦文辭，清邃高古；書畫才藝，領袖群倫。《元史》本傳云：「（孟頫）篆、籀、分、隸、真、行、草書，無不冠絕古今，遂以書名天下。天竺有僧，數萬里來求其書歸，國中寶之。其畫山水、木石、花竹、人馬，尤精致。」[3]《四庫全書總目》稱他：「論其才藝，則風流文采，冠絕當時，不但翰墨為元代第一，即其文章，亦揖讓於虞（集）、楊（載）、范（梈）、揭（傒斯）之間，不甚出其後也。」[4]與他同時代的戴

2　元·楊載：〈大元故翰林學士承旨榮祿大夫知制誥兼修國史趙公行狀〉，收於元·趙孟頫著，錢偉彊點校：《趙孟頫集》，頁 525。

3　明·宋濂：《元史》（北京：中華書局，1976 年），卷 172，頁 4023。

4　清·永瑢等撰：《四庫全書總目》，下冊，卷 166，頁 1428。

表元在〈松雪齋詩文集序〉形容得更具體：「子昂未弱冠時，出語已驚其里中儒先。稍長大，而四方萬里重購以求其文，車馬所至，填門傾郭，得片紙隻字，人人心愜意滿而去。」[5]可見他在當時受到廣大群眾的歡迎。他在江南與「吳興八俊」[6]往來密切；出仕以後，則與北方公卿交游頻繁，形成重要的文人群體。就詩而言，錢偉彊云：「他是元代南北詩風融合和轉變的推動者，也是南方詩人步入北方詩壇的一位前驅者，是後來『元詩四大家』的先導。」[7]在詞作的表現上亦然，融合婉約與豪邁之風，而以主情為尚。他又博學多藝，精金石，通律呂，與經濟之學，而以書法和繪畫的成就最高，譽為「元人冠冕」，其楷書，為中國楷書四大家之一。[8]此外，夫人管道昇亦能辭章，作書畫，筆意清絕。二子趙雍、趙奕，也以書畫知名於當世；二孫趙鳳、趙麟（趙雍所生），一善畫蘭竹，一善畫人馬。外孫王蒙，為元末四大畫家之一。趙家數代，對整個元朝的書畫藝壇影響甚深且鉅。

　　趙孟頫著有《書今古文集注》、《印史》、《琴原》、《樂原》、《松雪齋詩文集》等書。《書今古文集注》、《印史》已佚，《琴原》、《樂原》、《松雪齋詩文集》尚存。錢偉彊點校

5　元·戴表元：〈松雪齋詩文集序〉，收錄於元·趙孟頫撰：《松雪齋文集》（上海：商務印書館，1936 年《四部叢刊初編》景印上海涵芬樓藏元刊本），集 1，頁 14。

6　「吳興八俊」為宋元之際的書畫家，包括錢選、趙孟頫、王子中、牟應龍、蕭子中、陳天逸、陳仲信、姚式等八人。

7　元·趙孟頫著，錢偉彊點校：《趙孟頫集》，頁 3。

8　趙孟頫楷書與唐代歐陽詢、顏真卿、柳公權齊名。

的《趙孟頫集》，乃將尚存的《琴原》、《樂原》、《松雪齋詩文集》三本書，以及輯入集外詩、詞、文多篇作為《補遺》，加以彙整編輯，名為《趙孟頫集》出版，此書應是目前學界研究趙孟頫生平、學術、思想、文學、藝術最重要的參考文本。

本文引用《松雪齋詞》（趙孟頫詞）是依據唐圭璋編《全金元詞》收錄的 36 闋詞作為主，而錢偉彊點校《趙孟頫集》收錄的 33 闋詞已收錄在《全金元詞》中。《松雪齋詞》（趙孟頫詞）關於江南地方書寫的詞作至少 9 首（參閱表一）。

二、文徵明

文徵明（1470-1559），原名壁，字徵明，後以字行，而改字徵仲，號衡山。長洲（明代屬蘇州府）人。文徵明原有意於仕途，故自二十六歲起，至五十三歲止，曾九次赴京城應天府鄉試，卻皆失利。嘉靖二年（1523）五十四歲，才以歲貢生詣吏部試，巡撫李充嗣復推薦於朝，獲授翰林院待詔。[9]在京三年餘，時感不自得，於嘉靖五年（1526）辭官歸里。返家後致力於詩文書畫的創作，著有《甫田集》。

文徵明為人行事嚴謹，聲著於畫壇，與唐寅、沈周、仇英合稱為「明四家」；又與唐寅、祝允明、徐禎卿並稱為「吳中四才子」。晚年與業師沈周齊名，並繼沈周之後成為畫壇吳派領袖。文徵明是明四大家中最長壽者，享年九十。吳中人才濟濟，除文徵明與文徵明師友之外，文家數代皆傑，風流宏長，長子文彭，

9　《明史·文徵明傳》：「正德末，巡撫李充嗣薦之，會徵明亦以歲貢生詣吏部試，奏授翰林院待詔。」清·張廷玉等撰：《明史》，卷 287，頁 7362。

為著名書法篆刻家；次子文嘉，能繼父業，擅畫山水，又工於石刻。孫文元肇、文元善，亦是書畫家。曾孫文震孟，明末大臣，善書法；文震孟之弟文震亨也以書畫擅名。玄孫文點，為清代著名畫家。又因文徵明門生眾多，弟子如陳淳、彭年、周天球、朱朗、陸師道、錢穀、陸治、居節等，皆一時俊彥，因此形成江南吳地一個重要的文藝圈，影響明代中晚期的書畫藝術甚深，錢謙益《列朝詩集小傳》說他：「以清名長德，主中吳風雅之盟者三十餘年。文人之休有譽處壽考令終，未有如徵仲者也。」[10]

　　本文以《全明詞・文徵明詞》46 首，以及《全明詞補編》2首，共 48 詞作為主要研究依據；周道振輯校的《文徵明集》增訂本所收 58 首詞作為輔（詳閱第一章第三節之四）。《全明詞・文徵明詞》中關於江南地方的詞作至少 21 首（參閱表三）。周道振輯校《文徵明集》增訂本裡則有 28 首書寫江南（參閱表三、表四），包括 10 首已收入《全明詞》之作和 18 首未收入《全明詞》者。這 18 首是：有 8 首〈漁父詞〉雖未有清楚地名，卻與另 4 首〈漁父詞〉有清楚地名者為一組 12 首的組詞，詞牌下尚註明作於「嘉靖壬午」（1522），因此，應該同是書寫江南無疑；4 首〈柳稍青〉寫杭州；2 首〈風入松〉寫蘇州，若加上這 18 首，那麼文徵明江南書寫的詞作至少 39 闋。

　　趙孟頫與文徵明在元、明二朝皆是文壇、畫壇動見觀瞻的人物，二人同屬江南名士。文徵明視趙孟頫為異代之師，文嘉曾言：「公平生雅慕趙文敏公，每事多師之。……先生詩文書畫，

10　清・錢謙益：〈文待詔徵明〉，《列朝詩集小傳》（臺北：世界書局，1961 年），丙集，頁 305。

約略似趙文敏。」[11]而且多次書寫詩文表達對趙孟頫由衷的推崇與欽仰，包括詩 4 首：〈松雪花鳥圖〉、〈題趙松雪西成歸樂圖〉、〈仿趙文敏滄浪濯足〉、〈仿松雪青綠小幅〉；文 12 篇：〈題趙魏公二帖〉、〈題趙松雪千字文〉、〈跋趙魏公馬圖〉、〈跋趙雪松四帖〉、〈題趙松雪書洪範〉、〈題趙松雪書洛神賦〉、〈題趙子昂祖孫三世畫馬圖〉、〈跋趙文敏書汲黯傳〉、〈跋趙文敏楷書大學〉、〈趙文敏天冠山詩〉、〈趙文敏書文賦〉、〈跋趙雪松臨裹鮓二帖〉。詩乃為趙孟頫畫作題詠，文則為趙孟頫繪畫、書帖題跋。其中可注意者是〈趙子昂書尚書洪範并圖〉一文，特為趙孟頫仕元一事翻案，文徵明云：

> 趙文敏公書《尚書‧洪範》，並畫箕子、武王授受之意為圖。……
>
> 維公以宋之公族，仕於維新之朝，議者每以為恨。然武王伐紂，箕子為至親，既授其封，[12]而復授之以道，千載之下，不以為非。然則公獨不得引以自葢乎？公素精《尚書》，嘗為之集注。今皆不書，而獨書此篇，不可謂無意也。[13]

---

[11]　明‧文徵明著，周道振輯校：《文徵明集》，頁 1678。

[12]　「箕子為至親，既授其封」的「授」字，為原文用字，通「受」。

[13]　明‧文徵明：〈趙子昂書尚書洪範并圖〉，該文收於清‧卞永譽纂輯《式古堂書畫彙考》（臺北：正中書局，1958 年），卷 16，頁 94。元‧趙孟頫著，錢偉彊點校：《趙孟頫集》，頁 560-561 亦錄此文，題為〈題趙松雪書洪範〉。

此文揭示兩個重點：1、箕子能授武王之封，何以趙孟頫不得授元朝之職？趙之身分（宗室）與歷史角色（仕異朝），一如箕子。2、趙之為官，乃「授之以道」，非非道；且操履純正，多益於民，何非之有？文徵明由此立基發論，認為趙仕元之事，於人格未有所虧。而這兩點正是文徵明從趙孟頫撰寫《尚書‧洪範》，並畫箕子、文王授受之圖探賾勾稽而得的深意。趙雍〈重緝《尚書集註》跋〉亦云：「先君於六經子史，靡不討究，而在《書經》尤為留意。自早年創草為《古今文辨》，後三入京師而三易稿，皆謹楷細書，毫髮不苟。……古人以半部論語佐太平，吾先君有焉。」[14]趙孟頫顯然欲以集註《尚書》，手繪此圖，以詮釋自我的歷史定位。文徵明透過〈趙子昂書尚書洪範并圖〉一文，翻轉、擺落趙孟頫的歷史困境，受到非議的人格瑕疵，於是，趙孟頫就以藝壇大師的巨大形象在文徵明心中不斷被覆誦、學習。

第二節　趙孟頫詞的江南書寫與仕隱情懷

　　趙孟頫的詞作雖不多，卻時有深慨寄意，邵亨貞云：「公以承平王孫，晚嬰世變，黍離之感，有不能忘情者，故長短句深得騷人意度。」[15]他以趙宋皇室身分仕元，自多心理的矛盾曲折。本文論述他的江南書寫時，猶參考他的詩文資料以為補充，希冀

14　元‧趙雍：〈重緝尚書集註跋〉，該文收於清卞永譽纂輯《式古堂書畫彙考》，卷16，頁96-97。

15　引自吳梅：《詞學通論》，頁100。邵亨貞（1309-1401），字復孺，號清溪，元明之際文學家。

得到更多的寫作內涵。筆者檢閱《全金元詞》與《趙孟頫集》所錄詞作，得以下 9 首，明白標記江南地名，直可視為以詞書寫江南的直接材料。

表一：趙孟頫江南地方書寫詞作

編碼	詞牌	詞題／詞序	詞句
1	〈南鄉子〉		好在張家**燕子樓**
2	〈虞美人〉		故園荒徑迷行迹
3	〈蝶戀花〉		儂是**江南**游冶子
4	〈水調歌頭〉	與魏鶴台飲**芙蓉洲**，牟成甫用東坡韻見贈，走筆和之，時己巳中秋也。	燕南**越北**鞍馬……今日**芙蓉洲**上（丁亥秋與成甫會**八詠樓**故云）
5	〈虞美人〉	**浙江**舟中作	**海門**幾點青山小
6	〈木蘭花慢〉	和李賀房韻	故家喬木，**舊日亭臺**
7	〈漁父詞〉		西風落木**五湖**秋
8	〈漁父詞〉		儂住**東吳震澤州**
9	〈蘇武慢〉		**北隴**耕雲，**南溪**釣月

其中的〈虞美人〉、〈蝶戀花〉、〈木蘭花慢·和李賀房韻〉、〈漁父詞〉之二數首，是書寫家鄉湖州之作；有記述文化地景之所在的篇什，如〈南鄉子〉寫江蘇徐州燕子樓、〈水調歌頭·與魏鶴台飲芙蓉洲，牟成甫用東坡韻見贈，走筆和之，時己巳中秋也。〉詠浙江金華的八詠樓、〈漁父詞〉之一載江南的五湖之地；另有〈虞美人·浙江舟中作〉，寫浙江的海門（又名臺州），海門的山不

高，又有東渡扶桑的可能，故地點應是在浙江海門；[16]而〈蘇武慢〉雖無確切地名可考，但從詞文「北隴耕雲，南溪釣月」可以推測得知，其地當在趙孟頫的故鄉湖州。[17]

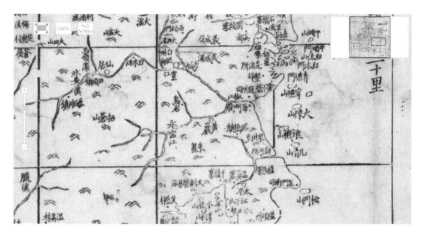

浙江全圖　局部

16　參閱「浙江全圖」所得資料，此圖為清代《皇朝直省地輿全圖》套圖之一。圖片收錄於中央研究院臺灣史研究所「數位方輿」網站，網址：https://digitalatlas.asdc.sinica.edu.tw/links.jsp，檢索日期：2020 年 04 月 16 日。又，蘇軾〈南歌子・湖州作〉有：「兩山遙指海門青」，石聲淮、唐玲玲箋注：《東坡樂府編年箋注》，「海門」條下注釋曰：「錢塘江海門，兩山對起。故曰：『兩山遙指海門青。』」可知海門就在浙江。（臺北：華正書局，1993 年）頁 142。

17　本詞乃寫湖州。湖州有苕溪水由郡城西南（西苕水）和東南（東苕水）而來，濱湖可耕之田在郡城北面。湖州產茶，故過片有「石上酒醒，山間茶熟，別有水雲風味。」參閱清・陳夢雷編：《古今圖書集成・方輿彙編・山川典》，太湖部彙考，《湖州府志》（臺北：鼎文書局，1977 年）。又，趙孟頫〈吳興賦〉云：「吳興之為郡也，蒼峰北峙，群山西迤。龍騰獸舞，雲蒸霞起。造太空，自古始。雙谿夾流（西苕水與東苕

一、故家與京城的書寫意識

趙孟頫是宋太祖第四子趙德芳的十世孫，因四世祖崇憲靖王伯圭，受封賜第於湖州（今浙江湖州），其後遂為湖州人。湖州是一個山明水秀，衣食滋殖之地，趙孟頫鍾愛自己的家鄉，他對家鄉的地方認同是明確而清楚的，〈木蘭花慢·和李篔房韻〉就直接說：「愛青山繞縣，更山下、水縈迴。有二老風流，故家喬木，舊日亭臺。」[18] 家鄉在自然方面有秀麗的山水；在人文方面有詩人詞友：李彭老、李萊老，[19] 昆仲二人與趙孟頫相善。

詞中描寫故鄉湖州的實際自然空間如以下數闋：

〈虞美人〉
池塘處處生春草。芳思紛撩繞。醉中時作短歌行。無奈夕陽偏傍、小窗明。　　故園荒徑迷行跡。只有山仍碧。及今作樂送春歸。莫待春歸去後、始知非。（頁 804）

〈蝶戀花〉
儂是江南游冶子。烏帽青鞋，行樂東風裡。落盡楊花春滿地。萋萋芳草愁千里。　　扶上蘭舟人欲醉。日暮青山，

水在郡城交會），縣天目而來者三百里。曲折委蛇，演漾漣漪。束為碇灣，匯為湖陂。泓淳皎潵，百尺無泥。貫乎城中（苕溪進入城中後，稱為雪溪），繚于諸毗。東注具區（太湖另名），渺渺瀰瀰，以天為堤。」元·趙孟頫：《松雪齋文集》（臺北：臺灣學生書局，1970年），卷 2，頁 570。

18　唐圭璋編：《全金元詞》，頁 806。

19　李彭老，字商隱，號篔房；李萊老，字周隱，號秋崖。

<u>相映雙蛾翠。萬頃湖光歌扇底。一聲催下相思淚。</u>（頁804）

〈漁父詞〉之二
<u>儂住東吳震澤州。煙波日日釣魚舟。山似翠</u>，酒如油。醉眼看山百自由。（頁807）

畫線處的語彙不只是填詞的修辭文字，它指向一個「實際空間」，由這些語彙、文句已可勾勒位於江南的湖州風光：1、這是一個水鄉澤國，有池塘、萬頃湖泊、繞山縈迴曲折的水流、水澤、與浩淼的煙波，水面有蘭舟、漁舟浮漾其間。2、地理上有翠碧的青山。3、地表植有梅花、楊花，萋萋芳草、與蒼苔。趙孟頫不從內部空間撰寫家園，而是從外部的大自然空間著手。故家、亭臺、園林、小徑，就建築在這一片美麗自然的「實際空間」之中，他安住在這個家園，這是一個令他倍感親切，具有歸屬感的地方。

但有意思的是，在依附、親切、認同這一個實際空間的同時，卻另外傳達一種莫可奈何的憂傷訊息。如〈虞美人〉上片結尾云：「無奈夕陽偏傍、小窗明。」下片接著說：「故園荒徑迷行跡。只有山仍碧。及今作樂送春歸。莫待春歸去後、始知非。」夕陽何以無奈？故園小徑何以成荒？又警惕自己在送春前及時作樂，莫待春歸之後，有錯誤（非）的遺憾。

另一首〈蝶戀花〉的對比性更強，首云：「儂是江南游冶子」，標誌出身江南鄉里。「烏帽青鞋，行樂東風裡」，這是樂；接著立刻說：「落盡楊花春滿地，萋萋芳草愁千里」，以愁

相對。下片:「扶上蘭舟人欲醉」,似有苦悶;結尾云:「萬頃湖光歌扇底」,這是樂;接著頃刻改變情緒:「一聲催下相思淚」,以淚作結。這闋詞顯然並置兩個空間:一是江南故里,一是京城。人在京城,因楊花落盡,時序進入暮春,而觸發他思念千里外的家鄉,而有愁,而有淚。如果回鄉不是強烈的渴望,那他的「感覺空間」何須「愁千里」?在歌扇底下帶出想像、與記憶的空間——「萬頃湖光」的故里,因思念過於強烈,所以才會「一聲催下相思淚」。顯然京城不是他依附、倍感親切、與認同的地方,否則他應該樂不思「湖」才對,因為「被遇五朝,官登一品,名滿四海」,備極榮寵的江南人,「姓名可考者,僅程鉅夫、趙孟頫而已。」[20]

　　但是觀察他幾首書寫帝京之作,對京城這個「實際空間」卻無厭倦之感,反是洋溢歡喜藹然的氣息。如兩首應制詞〈月中仙〉、〈萬年歡〉,與〈萬年歡·中呂宮元日朝會〉、〈長壽仙·道宮皇慶三年三月三日聖節大宴〉、〈木蘭花慢·和桂山慶新居韻〉,也是充滿歡欣的喜樂。

表二:趙孟頫京城書寫詞作

編碼	詞牌	詞題/詞序	詞句
1	〈月中仙〉	應制	春滿皇州
2	〈萬年歡〉	應制	**王母瑤池**
3	〈萬年歡〉	中呂宮元日朝會	

---

[20] 陳高華:〈趙孟頫的仕途生涯〉,《趙孟頫研究論文集》(上海:上海書畫出版社,1995年),頁440。

| 4 | 〈長壽仙〉 | **道宮**皇慶三年三月三日聖節大宴 | |
| 5 | 〈木蘭花慢〉 | 和桂山**慶新居**韻 | 算京洛緇塵 |

趙孟頫京城書寫詞作以〈萬年歡〉、〈長壽仙・道宮皇慶三年三月三日聖節大宴〉為例：

〈萬年歡〉
閶闔初開。正蒼蒼曙色，天上春迴。絳幘雞人時報，禁漏頻催。九奏鈞天帝樂，御香惹、千官環佩。鳴鞘靜、嵩嶽三呼，萬歲聲震如雷。　　殊方異域盡來。滿彤庭貢珍，皇化無外。日繞龍顏，雲近絳闕蓬萊。四海歡欣鼓舞，聖德過、唐虞三代。年年宴、王母瑤池，紫霞長進瓊杯。（頁805）

〈長壽仙・道宮皇慶三年三月三日聖節大宴〉
瑞日當天。對絳闕蓬萊，非霧非煙。翠光覆禁苑，正淑景芳妍。綵仗和風細轉。御香飄滿黃金殿。喜萬國會朝，千官拜舞，億兆同歡。　　福祉如山如川。應玉渚流虹，璇樞飛電。八音奏舜韶，慶玉燭調元。歲歲龍興鳳輦。九重春醉蟠桃宴。天下太平，祝吾皇、壽與天地齊年。（頁806）

通篇頌揚的詞藻多到滿溢：「嵩嶽三呼，萬歲聲震如雷」，「聖德過、唐虞三代」，「應玉渚流虹，璇樞飛電」……我們很容

易可以判讀，因為這是應制詞，必須歌功頌德，所以禁苑必然淑景芳妍，皇州必然萬物生輝，因為趙孟頫身處於「政治空間」的京城，他對皇都、宮苑生發的空間感受，在寫應制詞、賀皇慶詞時，不可能有哀詞悲詞的出現。這些三呼萬歲的詞作裡，有一種華麗背後的空洞感、非實感存在，在京城，我們隱隱看到一品大官趙孟頫折腰的一面。

　　因此，故鄉意義的凸顯與書寫，除了是情感的認同與眷懷之外，另外可作為他在京城的對照系而更加顯明出來它的重要性。〈木蘭花慢‧和李篔房韻〉云：

> 愛青山繞縣，更山下、水縈迴。有二老風流，故家喬木，舊日亭臺。梅花亂零春雪，喜相逢、置酒藉蒼苔。拚卻眼迷朱碧，慚無筆瀉瓊瑰。　　徘徊。俯仰興懷。塵世事，本無涯。偶乘興來遊，臨流一笑，洗盡征埃。歸來算未幾日，又青回、柳葉燕重來。但願朱顏長在，任他花落花開。（頁 806）

這闋詞表現出：1、對家鄉地方的認同與眷懷情感；2、家鄉的社交生活是真情流露，與李彭老和韻填詞，置酒對飲，充滿真正的喜悅：「喜相逢、置酒藉蒼苔」。對故鄉熟悉的地方——水流，也能「臨流一笑，洗盡征埃」，倍感親切。3、人與人之間是平行關係，而非在京城政治空間中面對皇權所呈顯的上下關係。4、最後的期許是「但願朱顏長在，任他花落花開。」時序的遷改不重要，重要的是彼此朱顏長在，平安健康。這闋詞的「抒情模式」顯然與應制詞全然不同，詞裡有真性情的交流。〈漁父

詞〉之二亦然：

> 儂住東吳震澤州。[21]煙波日日釣魚舟。山似翠，酒如油。醉眼看山百自由。（頁807）

〈虞美人〉：「只有山仍碧」；〈漁父詞〉：「醉眼看山百自由」，「山」在他的故鄉詞裡是一種「永恆的象喻」，永遠不變；與京城容易「違己」的「變」，形成對照。因為在京城必須違己折腰，不自由，所以家鄉的自由便成為清境勝地的召喚。而這首〈漁父詞〉同時也從江南的鄉里空間轉喻為「隱逸空間」。

然則〈漁父詞〉（又名〈漁父〉），[22]原是以歌詠漁人生活，以及描繪漁人泛舟浮宅於大自然山水之間為主，爾後詩人詞家或藉以抒發對隱逸生活的嚮往，並非〈漁父詞〉皆有隱逸之思。但在趙孟頫、文徵明詞作中的〈漁父詞〉，則多有隱逸的轉喻（詳下文）。

二、山水隱逸的空間

《松雪齋詞》書寫江南隱逸空間的詞作，有兩首〈漁父詞〉和〈蘇武慢〉可為代表。〈漁父詞〉之二如上文所列，〈漁父詞〉之一如下：

---

21 震澤，太湖別名。

22 參閱吳藕汀、吳小汀：《中國歷代詞調名辭典》新編本（臺北：秀威資訊科技公司，2015年），頁464。

〈漁父詞〉

渺渺煙波一葉舟。西風落木五湖秋。盟鷗鷺，傲王侯。管甚鱸魚不上鉤。（頁 807）

此處的「五湖」是泛指太湖一帶。[23]趙孟頫隱逸詞中的空間構成，以山水、煙雲、漁舟、水岸花木建構的「漁隱」的畫面，空間感受是清明空靈，在這個清明空靈的空間，人才有自由的可能。

〈漁父詞〉之一詞用二典，以《列子》鷗鷺忘機的故事和姜太公釣魚故事為詞裡意義的核心。這裡，隱逸於煙波漁舟的生活與王侯生活形成對照，「傲王侯」的意思指涉，當是以隱逸為貴。但弔詭的是，趙孟頫本身就是「王侯」——身分尊貴的朝中大臣，他從至元二十三年（1286）32 歲出仕，到延祐六年（1319）65 歲致仕乞歸為止，除其間三年餘在吳興鄉里之外，在朝時間約 30 年。

那麼他的隱逸語言豈非虛假？恐又不然。這須分兩個層次看，現實面，他需要仕元取得經濟俸祿，以應付龐大的家族生活支付。許多詩作，他不諱言提及生活曾有的困境，〈罪出〉詩

23　震澤、具區、笠澤、五湖，皆是「太湖」的別名。見清・陳夢雷編：《古今圖書集成・方輿彙編・山川典》，太湖部彙考，《吳江縣志》云：「太湖，西去縣城五里，環蘇州、常州，並浙江湖州三府之境，廣三萬六千頃，周五百里，又名震澤，一曰具區，一曰笠澤，一曰五湖。」頁 2564。又，元・馬端臨《文獻通考》云：「五湖在吳郡、吳興、晉陵三郡。」元・馬端臨：《文獻通考・輿地考四・古揚州》（北京：中華書局，1986 年），卷 318，頁 2495a。吳郡為蘇州、吳興為湖州、晉陵為常州，五湖（太湖），被此三郡所環繞。

云：「向非親友贈，蔬食常不飽。病妻抱弱子，遠去萬里道。」
[24] 〈題歸去來圖〉詩云：「生世各有時，出處非偶然。淵明賦歸
來，佳處未易言。後人多慕之，效顰惑媸妍。終然不能去，俛仰
塵埃間。……棄官亦易耳，忍窮北窗眠。撫卷三嘆息，世久無此
賢。」[25]「棄官」容易，「忍窮」艱難，陶淵明的選擇確實令人
景仰。但是趙孟頫沒有走向歸隱，為改善經濟的困境，他選擇入
朝為官：「終然不能去，俛仰塵埃間。」但是為官的難言痛楚
（如曾因為遲上朝而受宰相桑哥鞭刑）；以及終究做了「貳臣」
的種種負愧心理，是他生命必須承受之重，這是他現實的選擇。
而在精神面，他則是嚮往浮宅於江南五湖水上，盟鷗鷺，釣鱸魚
的自由生活。這種半官半隱，仕隱兩得的典型，唐代的王維可為
代表。〈蘇武慢〉詞對隱逸空間與空間感受說得更明白：

> 北隴耕雲，南溪釣月，此是野人生計。山鳥能歌，江花解
> 笑，無限乾坤生意。看畫歸來，挑簦閒眺，風景又還光
> 霽。笑人生、奔波如狂，萬事不如沉醉。　　細看來、聚
> 蟻功名，戰蝸事業，畢竟又成何濟。有分山林，無心鐘
> 鼎，誓與漁樵深契。石上酒醒，山間茶熟，別有水雲風
> 味。順吾生、素位而行，造化任他兒戲。（頁 808）

此詞有趙孟頫之書法手卷流傳，今日猶可見，顯示趙孟頫對此詞
的鍾愛與重視。詞作時間未詳，但詞裡的隱逸空間充滿歡欣：

24　元・趙孟頫著，錢偉彊點校：〈罪出〉，《趙孟頫集》，卷 2，頁 22。
25　元・趙孟頫著，錢偉彊點校：〈題歸去來圖〉，《趙孟頫集》，卷 2，
　　頁 25。

「山鳥能歌，江花解笑，無限乾坤生意。」「有分山林，無心鐘鼎，誓與漁樵深契」，這如同宣告隱逸生活才是真正的生命價值取向。

趙孟頫終於在仁宗延祐六年（1319）五月辭官歸隱江南，楊載云：「延祐己未五月，謁告欲歸。上初以為難，繼又重違其意，從之。」[26]從延祐六年至英宗至治二年（1322）逝世為止，趙孟頫人生最後的四年，現實面與精神面終於不再有裂解的罅縫，而取得了真正的統一。

三、歷史文化的空間

所謂文化是指：「人類社會歷史發展過程中所創造的全部物質財富和精神財富，也特指涉社會意識形態。」[27]詞裡有關江南的歷史文化空間有〈南鄉子〉寫江蘇徐州的燕子樓；〈水調歌頭〉寫浙江金華的八詠樓。燕子樓與八詠樓之建築是物質財富，而環繞於建築物、場所、地方所存有的詩詞文章、歷史掌故是屬於精神財富。

（一）燕子樓

燕子樓，因樓之飛檐形如飛燕而得名，是江蘇徐州的名樓，[28]原為唐朝貞元中張愔為愛妾關盼盼所建，事見白居易〈燕子

26　元・楊載：〈大元故翰林學士承旨榮祿大夫知制誥兼修國史趙公行狀〉，《趙孟頫集》，頁 524。

27　《文史辭源》（臺北：天成出版社，1984 年），頁 1357。

28　燕子樓的地理位置在江蘇徐州，雖屬於江南地區；但因徐州在江蘇的北方，它的文化與方言，則是接近江北的系統。本則資料於 2017 年 7 月 1

樓〉詩序，其云：

> 徐州故張尚書有愛妓曰盼盼，善歌舞，雅多風態。予為校
> 書郎時，游徐、泗間。張尚書宴予，酒酣，出盼盼以佐
> 歡。歡甚，予因贈詩云：「醉嬌勝不得，風嫋牡丹花。」
> 一歡而去。爾後絕不相聞，迨茲僅一紀矣。昨日司勳員外
> 郎張仲素繪之訪予，因吟新詩，有〈燕子樓〉三首，詞甚
> 婉麗。詰其由，為盼盼作也。繪之從事武寧軍累年，頗知
> 盼盼始末，云：「尚書既歿，歸葬東洛，而彭城（徐州）
> 有張氏舊第，第中有小樓名燕子。盼盼念舊愛而不嫁，居
> 是樓十餘年，幽獨塊然，於今尚在。」予愛繪新詠，感彭
> 城舊遊，因同其題，作三絕句。[29]

　　樓因關盼盼而建，詩人則因盼盼之善歌舞，雅多風態，且能
感念舊情，矢志不嫁的貞定人格，而受到詩人的敬愛與歌詠。此
樓除有唐代白居易、張仲素各賦三首詩作之外，宋代蘇軾的〈永
遇樂〉詞也是名篇。一座女性的空間小樓，因為詩文的傳播，而
名傳不朽，而成為人文的空間，這是文學建構了空間的歷史與文
化，也建構了地方。趙孟頫在書寫燕子樓的歷史長河中，位居一
席，寫下這闋〈南鄉子〉：

日第二屆「明代文學與文化學術研討會」，由劉尊舉教授（徐州人）所
　提供。

[29] 唐·白居易：《白氏長慶集》（臺北：臺灣商務印書館，1965 年），
　卷 15，頁 80。

雲擁鬢鬖愁。好在張家燕子樓。稀翠疎紅春欲透，溫柔。
多少閒情不自由。　　歌罷錦纏頭。山下晴波左右流。曲
裡吳音嬌未改，障羞。一朵芙蓉滿扇秋。（頁 803）

這闋詞的實際空間描寫只有「張家燕子樓」一句，另有「曲裡吳
音嬌未改」的「吳音」，點出唱曲的歌妓來自江南吳地。趙孟頫
對這座燕子樓的空間描繪並未多著墨，而是扣緊關盼盼做人物描
繪，從「雲擁鬢鬖愁」與「多少閒情不自由」可窺知，趙孟頫同
情盼盼。張愔死後，盼盼年尚韶少，卻孤淒居樓十餘年，最後絕
食而亡，她的堅貞，同時也為她自己帶來形同不自由的囚禁，燕
子樓這座原屬於女性的歷史空間，曾瀰漫多少盼盼的閒愁？「閒
愁」二字看似簡單，卻包含盼盼十餘年的情感回憶、自勉與空
虛。隔代憑弔盼盼的趙孟頫，異於親見盼盼的白、張二人，還帶
著些微戀慕情感；趙孟頫則純粹從同情角度抒發一個具有社會地
位的男性，對燕子樓這個隸屬於弱勢的女性空間，一個客觀的同
情的感受。

（二）八詠樓

八詠樓位於今日浙江金華，近臨婺江。宋・祝穆《方輿勝
覽》卷 7 云：「八詠樓在子城西，即沈隱侯玄暢樓，至道間守馮
伉更今名。」[30]此樓為沈約於南齊隆昌元年（494）所建。沈約
曾為該樓賦詩八詠，因此唐代馮伉更名為八詠樓。南宋韓元吉在

---

[30] 宋・祝穆：《方輿勝覽》（北京：中華書局，2003 年），卷 7，頁
131。

〈極目亭詩集序〉說：「于是來登者，酒酣歡甚，往往賦詩或歌詞，自見一時巨公長者，及鄉評之彥與經從賢士大夫也。蓋婺城臨觀之所凡三：中為雙溪樓，西為八詠樓，東則此亭（極目亭），皆盡見群山之秀。兩川貫其下，平林曠野，景物萬態。」[31]李清照流寓於金華時，曾寫下〈題八詠樓〉：「千古風流八詠樓，江山留與後人愁。水通南國三千里，氣壓江城十四州。」[32]知八詠樓周圍的自然地理環境是山麗水秀。

　　趙孟頫未對八詠樓有直接的題寫，而是記一次在浙江芙蓉洲的會飲，[33]憶至元二十四年丁亥（1287）秋曾與友人车成甫會聚於婺州（今金華）的八詠樓。至元二十四年，趙孟頫雖已蒙恩召至闕下，擢兵部郎中，但數年之間，猶驅馳南北。[34]故有詞云：

　　　　〈水調歌頭・與魏鶴台飲芙蓉洲，车成甫用東坡韻見贈，走筆和
　　　　之，時己巳中秋也。〉[35]

---

[31]　宋・韓元吉：〈極目亭詩集序〉，今見《南澗甲乙稿》（北京：中華書局，1985 年），卷 14，頁 261。

[32]　宋・李清照著，王學初校註：《李清照集校註》，頁 120。

[33]　芙蓉洲，是一個常見的地名，浙江寧波、江西撫州、廣東廣州等處都有芙蓉洲，趙孟頫與魏鶴台會飲之處應在寧波的芙蓉洲；或在北方的某處，因詞有「燕南越北鞍馬，奔走度流年」之句。

[34]　元・趙孟頫《松雪齋文集》〈先侍郎阡表〉：「當至元廿四年，孟頫蒙恩召至闕下，擢兵部郎中，入直集賢，出知濟南府。數年之間，驅馳南北。」卷 8，頁 339。

[35]　詞序云：「時己巳中秋也」，「己巳」應有誤。趙孟頫一生只遇過一次己巳，即南宋咸淳五年（元朝至元六年，1269），當時南宋未亡，他應尚未到北方，因此不會有「燕南越北鞍馬」之事。

> 行止豈人力，萬事總由天。燕南越北鞍馬，奔走度流年。
> 今日芙蓉洲上，洗盡平生塵土，銀漢溢清寒。却憶舊遊
> 處，回首萬山間。丁亥秋與成甫會八詠樓故云。　　客無譁，
> 君莫舞，我欲眠。一杯到手先醉，明月為誰圓。莫惜頻開
> 笑口，只恐便成陳迹，樂事幾人全。但願身無恙，常對月
> 嬋娟。（頁 804）

詞雖非詠樓之作，但對八詠樓的實際空間仍留下兩句「却憶舊遊
處，回首萬山間」的描寫，呼應韓元吉在〈極目亭詩集序〉所寫
的群山蔥蘢的景象。八詠樓是舊遊之地，寫作〈水調歌頭〉的時
候，趙孟頫人在芙蓉洲，與八詠樓相隔萬山之遠。

　　但空間引發的感嘆卻不少，從成事在天不在人的感慨發起，
到平生流轉塵間，再到珍重眼前歡聚，期待日後依然平安共賞中
秋月圓為結。相對於燕子樓那個女性空間多憐惜之感的一種確定
性情感質素來說，八詠樓這個關涉自我的社交場域，反而充滿男
性沉浮於仕途的感慨與對未來不確定性的心理投射，「明月為誰
圓」、「只恐便成陳迹」，都是這種複雜情懷的表徵。在不同的
人文空間，可以看到這種觀看「他者」、與「自我」之不同，感
受「女性」、與「男性」社交情感的差異。趙孟頫最後以「但願
身無恙，常對月嬋娟」，二句祈使句為結，表達一個「人」最基
本而又普遍性的生存期望。

第三節　文徵明詞的江南鄉野與寫意人生

　　《全明詞》與《全明詞補編》收錄之文徵明詞共 48 闋，關

於江南書寫的詞作至少 21 首，占所有詞作的 44%。其中《文徵明集》增訂本亦收錄者，同附之於表格中說明之，如表三所列：

表三：《全明詞》文徵明江南地方書寫詞作

編碼	詞牌	詞題／詞序	詞句
1	〈南鄉子〉	詠懷	本不離家底用歸。
2	〈南鄉子〉	慶壽	十月**江南**應小春。**臨頓橋**西春意滿，盈盈。
3	〈青玉案〉	寫懷	小館停雲，山房玉磬。……**吳楚江山**雲月夐。
4	〈江神子〉	**陳氏**牡丹盛開而不速客，戲作此詞。[36]	
5	〈風入松〉	・《文徵明集》增訂本作：「簡錢孔周。」頁436。 ・《全明詞》作：「寄錢孔周。」頁500。	日長無事掩**精廬**。……**虛堂**風定一塵無。
6	〈風入松〉	・《文徵明集》增訂本作：「寄徐子仁。」頁	・《文徵明集》作：「**金閶寶館**香雲暖。」

---

[36] 陳氏疑是陳以可，文徵明〈倦尋芳〉詞序云：「陳以可招賞花不赴」。陳以可，長洲縣人，家在蘇州。《蘇州志略》云：「唐武則天萬歲通天元年（696），割吳縣地置長洲縣，與吳縣畫境分治，西為吳縣，東為長洲縣。」唐代蘇州大府由兩縣治理，西邊歸吳縣管轄，東邊歸長洲縣治理。歷代蘇州府統轄的縣數不一，明代蘇州府，以府領縣，轄吳、長洲、常熟、吳江、昆山、嘉定、崇明等縣。迄於清光緒年間，蘇州府則轄領九縣，如本文「蘇州府統九縣圖」所示。參閱蘇州市地方志編纂委員會辦公室編：《蘇州志略》〈蘇州概況・建置沿革〉（蘇州：古吳軒出版社，2019 年），網址：http://dfzb.suzhou.gov.cn/dfzb/jzyg/nav_list.shtml，檢索日期：2020 年 04 月 16 日。

		436。 •《全明詞》作：「戲柬陳以可，道復父文嘗館其家。」頁500。	•《全宋詞》作：「金昌寶館香雲暖。」³⁷（註：37應為上標引用）
7	〈風入松〉	詠燈花	了知無喜到**貧家**。……沉沉春夜淹春酌，**虛簷**外、雨腳斜斜。
8	〈風入松〉	賞蓮	**虛堂**殘暑已無多。
9	〈風入松〉	•《文徵明集》增訂本作：「**石湖**閒泛。」頁434。 •《全明詞》作：「**石湖**夜泛。」頁501。	**行春橋**外山如畫。
10	〈風入松〉	•《文徵明集》增訂本無詞序。《續輯》，卷上，頁1599。 •《全明詞》作：「**竹堂**看梅。」頁501。	江南二月晝初長。
11	〈滿庭芳〉	•《文徵明集》增訂本作：「游**石湖**，追和徐天全。」頁432。 •《全明詞》作：「游**石湖**，追和徐天全翁游天平山韻。」頁502。	**行春橋**畔，放杖徐行。
12	〈倦尋芳〉	陳以可招賞花不赴	**傳樂亭**東，記得向來曾約。（按：傳樂亭疑在蘇州）
13	〈慶清朝慢〉	•《文徵明集》增訂本詞牌作〈慶清朝〉，無詞	天朗氣清，惠風和暢，勝遊何似**山陰**。……新月

37　此句應以《文徵明集》：「金閶寶館香雲暖」為是。金閶是蘇州的閶門，因鄰近金門，俗稱金閶。

		序。《補輯》，頁1199。 ・《全明詞》作：「春遊。」頁502。	上，竹枝風動，一派**吳**音。
14	〈酹江月〉	中秋無月	兩袖天香，滿身金粟，直抵**瑤華館**。
15	〈水龍吟〉	・《文徵明集》增訂本作「秋閨。」《補輯》，頁1201。 ・《全明詞》作：「題情。」頁503。	看**太湖**石畔，疏雨芭蕉簌簌。
16	〈風入松〉	・《文徵明集》增訂本作「簡湯子重。」頁435。 ・《全明詞》作：「簡湯子重，湯居**碧鳳坊**。」頁503-504。	**西齋**睡起雨濛濛。……平生行樂都成夢，難忘處、**碧鳳坊**中。……憑杖**柴門**莫掩，興來擬扣牆東。
17	〈風入松〉	・《文徵明集》增訂本作「**行春橋看月**。」頁434。 ・《全明詞》作：「**行春橋**望月。」頁504。	白頭重躡**行春路**，同游伴，伴已難招。
18	〈沁園春〉	・《文徵明集》增訂本，頁1202。 ・《全明詞》，頁504。	□□□□，**富春山**下，畫舫新來。……猶憶先人**舊郡齋**。向**范老祠**前，春風走馬，**客星亭**上，雪夜觀梅。
19	〈江南春〉	其一	（詞牌〈**江南春**〉即寫江南）
20	〈江南春〉	其二	（詞牌〈**江南春**〉即寫江南）
21	〈江南春〉	其三	江南穀雨收殘冷。

　　另外，《文徵明集》增訂本的江南地方書寫詞作，未收入《全明詞》與《全明詞補編》者還有 18 首，如表四所列：

表四：《文徵明集》增訂本中未收入《全明詞》之江南地方書寫詞作

編碼	詞牌	詞題／詞序	詞句
1	〈漁父詞〉	嘉靖壬午	白鷺群飛水映空。（〈漁父詞〉組詞之一首句）
2	〈漁父詞〉	嘉靖壬午	笠澤魚肥水氣腥。（〈漁父詞〉組詞之二）
3	〈漁父詞〉	嘉靖壬午	湖上楊花捲雪濤。（〈漁父詞〉組詞之三首句）
4	〈漁父詞〉	嘉靖壬午	五月新波拂鏡平。（〈漁父詞〉組詞之四首句）
5	〈漁父詞〉	嘉靖壬午	江魚欲上雨蕭蕭。（〈漁父詞〉組詞之五首句）
6	〈漁父詞〉	嘉靖壬午	臥吹蘆管調吳歌。（〈漁父詞〉組詞之六）
7	〈漁父詞〉	嘉靖壬午	霜落吳淞江水平。（〈漁父詞〉組詞之七）
8	〈漁父詞〉	嘉靖壬午	月照蒹葭露有光。（〈漁父詞〉組詞之八首句）
9	〈漁父詞〉	嘉靖壬午	橫塘西下少風波。（〈漁父詞〉組詞之九）
10	〈漁父詞〉	嘉靖壬午	敗葦蕭蕭斷渚長。（〈漁父詞〉組詞之十首句）
11	〈漁父詞〉	嘉靖壬午	雪晴溪岸水流澌。（〈漁父詞〉組詞之十一首句）

12	〈漁父詞〉	嘉靖壬午	陂塘夜靜白烟凝。（〈漁父詞〉組詞之十二首句）
13	〈柳梢青〉	和揚無咎補之題畫梅（未開）。[38]	特地尋芳。（〈柳梢青〉組詞之一首句）
14	〈柳梢青〉	和揚無咎補之題畫梅（半開）	休較休量。（〈柳梢青〉組詞之二首句）
15	〈柳梢青〉	和揚無咎補之題畫梅（盛開）	東枝西搭。……一夜**西湖**，**六橋**無路，百重千匝。（〈柳梢青〉組詞之三）
16	〈柳梢青〉	和揚無咎補之題畫梅（將殘）	昨日繁花。（〈柳梢青〉組詞之四首句）
17	〈風入松〉	甲午	**盍簪坊**裡人如玉。
18	〈風入松〉		**通湖閣**外搖新竹。

說明：文徵明〈漁父詞〉組詞中未標明地名者，於表格中列出該詞詞組順序與首句。

　　《全明詞》本的〈南鄉子・詠懷〉、〈青玉案・寫懷〉、〈風入松・寄錢孔周〉、〈風入松・詠燈花〉、〈風入松・賞蓮〉，共 5 首，是書寫家屋之作。而確定寫家鄉蘇州的作品有〈南鄉子・慶壽〉、〈風入松・寄徐子仁〉寫蘇州的金閶寶館、〈風入松・石湖夜汎〉、〈風入松・竹堂看梅〉、〈滿庭芳・游石湖，和天全翁游天平山韻〉、〈倦尋芳・陳以可招賞花不赴〉、〈慶清

---

[38] 周道振輯校《文徵明集》增訂本《補輯》第 17 卷，另附有文徵明次子文嘉和揚無咎〈柳梢青〉組詞 4 首，詞序云：「補之梅花，故無容贊。其詞亦清逸，此四段尤余所珍愛。舊藏吳中，屢嘗見之，今不知流落何處。閒窗無事，遂彷彿寫其遺意。每種并錄俚語於左，以誌欣仰之私，非敢云步後塵也。」頁 1191-1192。

朝慢・春遊〉、[39]〈酹江月・中秋無月〉、〈水龍吟・題情〉、
〈風入松・簡湯子重,湯居碧鳳坊〉、〈風入松・行春橋望月〉,共
11 首確定;另外〈江神子・陳氏牡丹盛開而不速客,戲作此詞。〉所
描述的地方疑是陳以可宅,[40]若是,寫蘇州之地者至少12首,加
上家屋書寫 5 首,共 17 首。〈沁園春〉主要寫浙江富春山下七
里瀨的嚴陵釣臺,釣臺在臨水不高處的崖上,下片所登之客星
亭,在嚴子陵祠旁,西臺亭之下。該詞詠富春山下嚴陵釣臺之
遊,是溢出蘇州以外的地方。而〈江南春〉3 首是泛寫江南。
《全明詞》中文徵明關於江南書寫的詞作 21 首中,寫蘇州一地
就有 17 首,占該類詞作的 81%,依定量分析的比例來說,非常
之高。

　　《全明詞補編》另有兩首文徵明的〈滿江紅〉,應也是書寫
江南之作。但因為詞作本身沒寫到江南地名,為謹慎起見,故不
列入計算。

　　《文徵明集》增訂本中未收入《全明詞》之江南地方書寫詞
作共有18首。其中《補輯》卷17有〈漁父詞〉12首,明確書寫
地名的有 4 首,地點在蘇州(吳郡)、笠澤(吳淞)、橫塘。另
有 4 首〈柳梢青〉組詞,其中第 3 首有:「一夜西湖,六橋無
路,百重千匝。」數句寫杭州西湖梅景,因〈柳梢青〉是組詞,
由此可推知其餘 3 首也應是寫杭州西湖梅景。又有〈風入松〉2

39　文徵明〈慶清朝慢・春遊〉云:「天朗氣清,惠風和暢,勝遊何似山
　　陰。」數語,乃是以今日蘇州之遊,可比王羲之當年山陰之遊;又詞末
　　有:「新月上,竹枝風動,一派吳音。」吳,是蘇州,所以確定這闋詞
　　也是寫蘇州。
40　參閱注釋36。

首，一寫盍簪坊，在蘇州；一寫通湖閣，此閣在太湖濱，也在蘇州。共有8首清楚標示江南地名。依上所述，18首詞作書寫的地方多在蘇州，或同屬江南核心區域的笠澤（吳淞）、杭州，這與文徵明一生除仕宦三年在北方京城之外，長年在家鄉渡過有關。

一、家屋的水木清暉

文徵明鍾愛自家的宅院，家屋的書寫包括〈南鄉子·詠懷〉、〈青玉案·寫懷〉、〈風入松·寄錢孔周〉、〈風入松·詠燈花〉、〈風入松·賞蓮〉、與〈沁園春〉下片，這 6 首作品裡的空間感總帶著喜樂的心情。因〈風入松〉2 詞為詠物詞，偏寫燈花與蓮，只以「貧家」、「虛堂」泛寫自宅，而〈沁園春〉下片是寫「先人的舊郡齋」，故略而不論。以〈南鄉子·詠懷〉、〈風入松·寄錢孔周〉為例，詞作畫線處是他的家屋空間描寫，二詞如下：

〈南鄉子·詠懷〉
水木淡清暉。憶著□身便拂衣。見說官閒無簡事，歸兮。本不離家底用歸。　尊酒日追隨。屋後垂楊十畝池。不用遠巡山共水，相期。待樂亭東舊釣磯。（《全明詞》，頁 499）

〈風入松·寄錢孔周〉
日常無事掩精廬。繞屋樹扶疏。南窗雨過湘簾捲。煙霏悵、冰簟平敷。午困（應作「眠」）全消茗碗，宿醒自倒水壺。　虛堂風定一塵無。香裊博山鑪。何時去覓山公

笑，花閒醉、樹底樽蒲。<u>見說香生丹桂，莫教秋近庭梧</u>。
（《全明詞》，頁 500）

文徵明曾在嘉靖二年四月至京做過幾年京官，因任職的翰林院待
詔是個閒差，無甚可發揮之處，他便在嘉靖五年十月辭官歸里。
「見說官閒無箇事，歸兮。本不離家底用歸。」指的就是受薦入
朝一事。回到蘇州的文徵明，至此完全放下對政治的想望——他
曾是九次赴京應試的人。返家後，他建築一座「玉磬山房」，以
翰墨自娛，不問世事，純粹以一個書畫家、文人的身分安立於
世，簡單安和的生活在蘇州，因此，他與家屋、家屋周圍的空
間，都有種親密愉悅感存在：「尊酒日追隨。屋後垂楊十畝池。
不用遠巡山共水，相期。待樂亭東舊釣磯。」「日常無事掩精
廬。繞屋樹扶疏。……虛堂風定一塵無。香裊博山鑪。何時去覓
山公笑，花閒醉、樹底樽蒲。」連自然花木，器物香爐，都充盈
一種歡悅、簡單、平和的滿足感，沒有任何詞人主觀的悲情移情
轉嫁到自然器物上。

二、故鄉蘇州的勝境

（一）歡愉行樂的地方感

關於故鄉蘇州地方，文徵明寫了臨頓橋、金閶寶館、石湖、
竹堂寺、太湖、陳以可宅、傳樂亭、瑤華館、碧鳳坊、行春橋等
多處的地景。

臨頓橋在蘇州古城西部，據《吳地記》記載，這是春秋吳王
闔閭征伐東夷時停頓犒賞將士的地方，故名「臨頓橋」。其他地

景若石湖，屬於太湖的支流，是蘇州西南部的名勝。竹堂寺，為蘇州有名的佛寺。瑤華館，屬於滄浪亭園林的地景之一，園中之美，號稱瑤華境界，而滄浪亭則是蘇州四大名園之一。[41]太湖，位於江蘇南部和浙江北部交界，大部分區域在江蘇境內，是著名遊覽勝地。碧鳳坊，蘇州的四大名園即環繞在該坊的周圍。行春橋，位於蘇州城外西南方。

　　蘇州城外到太湖這段路程，在文徵明江南詞中出現多次，是詞裡除家屋之外描寫最多的地景。因為從蘇州胥門外，出城來經過胥江，便可以航行到橫塘。過了橫塘，繼續行船，就到行春橋。再過了行春橋，就抵達石湖，以及與石湖相連的太湖區（參看圖一、圖二所示）。這段路程的地景應是文徵明非常喜歡的地方，因此書寫最多。

41　蘇州四大名園包括：滄浪亭、獅子林、拙政園、留園。

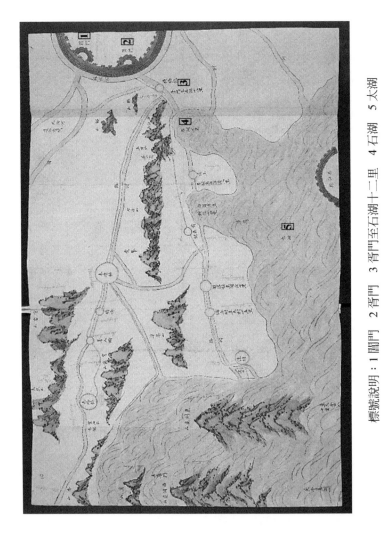

標號說明：1 閶門　2 胥門　3 胥門至石湖十二里　4 石湖　5 太湖

蘇州府閶、胥二門外附郭地輿圖[42]

42　「蘇州府閶、胥二門外附郭地輿圖」，清同治年間（1862-1864）製
　　圖。「全圖對於蘇州城西閶、胥二門及城外山形及太湖的描述非常明
　　顯；另外，胥門外到太湖渡口，經過橫塘石湖、溪上、前庄間的白洋
　　灣、橫涇、浦庄至大村（渡村）等地。」參見中央研究院臺灣史研究所

標號說明：1胥江　2橫塘　3行春橋　4石湖　5大湖　6震澤縣　7吳江縣

蘇州府統九縣圖　據《江南通志・蘇州府圖說》附圖[43]

「數位方輿」，網址：https://digitalatlas.asdc.sinica.edu.tw/map_detail.js
p?id=A104000037，檢索日期：2020 年 04 月 16 日。

43　清・黃之雋：《江南通志》（臺北：臺灣商務印書館，1986 年，文淵
閣《四庫全書》本），卷1，頁 11。

　　文徵明對蘇州的地方感一如家屋的書寫，總是散發愉悅的氛圍：快活、一笑、最喜、行樂、高興、興來、一噱等等歡欣的字眼經常出現在詞裡，他的詞，少見愁苦之音，而多歡樂之詞。以〈南鄉子‧慶壽〉為例：

> 和氣靄彤塵。十月江南應小春。臨頓橋西春意滿，盈盈。袚腳殘疴慶七旬。　　繞膝總麒麟，自是人間快活人。見說病多還壽考，閭閭。一笑前頭是百齡。（《全明詞》，頁499）

文徵明對臨頓橋此一歷史空間的描寫不多，主要是結合在他的七十壽辰來點染地方。詞裡的空間、時間、氣候，都呼應這位「人間快活人」的心理覺受；而且蘇州空間、時間合成的小宇宙，也安頓了他的生命。因為這種平安、歸屬的地方感，使他期許自己能長壽百歲。文徵明享年九十，相當高壽，這與他的心境，所處的環境絕對有關。又如：

> 〈滿庭芳‧游石湖，追和徐天全翁游天平山韻〉
> 岸柳霏煙，溪桃炫目，時光最喜春情。蜂喧蝶煦，況是近清明。漫有清歌送酒，酒醒處，一笑詩成。春爛熳，啼鶯未歇，語燕又相迎。　　□□□□□，向茶磨山前，行春橋畔，放杖徐行。不覺青山漸晚，夕陽天遠白煙生。非是我，與山留意，山亦自多情。（《全明詞》，頁502）

行春橋、石湖周遭，是文徵明經常散步的地方。這裡春日自然的

實際空間是「岸柳霏煙，溪桃炫目」，在「茶磨山前，行春橋畔」，最適宜放杖徐行。而空間感是喜悅的，文徵明的文字風格總是洋溢一片歡愉燦爛的光彩。

（二）窺見宇宙的生氣與節奏

詞裡豐盈的愉悅感能如活水汨汨而出，是因生命有更高的體現。他的生命彷彿接連宇宙的「道體」（雖然詞裡未曾出現這個字眼，但潛藏這樣的意思），有源頭活水（道體）在，所以生命的豐盈愉悅才能不斷湧流而出。此外，在豐盈的愉悅感之外，詞更展現出宇宙的生氣與節奏。如前引〈滿庭芳〉：「春爛熳，啼鶯未歇，語燕又相迎」數句，啼鶯未歇，語燕又相迎，是大自然接續生生不已的聲音——鳥語的節奏。「青山漸晚，夕陽天遠白煙生」，黃昏的夕暉漸收，但卻有炊煙漸起，是宇宙接續生生不已的時間節奏，從空間表現出聲音接續、時間接續的節奏，共同形成詩意性的宇宙氣韻的節奏，這裡，空間與地方不是靜止的，而是流動林鳥之生氣與天象之節奏的空間與地方。[44]而這一切當與心靈相接的剎那，即凝鑄成非時間性的永恆，文徵明再將之化為文字，儲存在詞裡。

再如〈風入松・竹堂看梅〉上片：

> 江南二月畫初長。草綠淡煙光。相期野寺探春去，殘梅
> 在、過臘猶芳。春意已調鶯舌，柳絲見染鵝黃。（《全明

---

[44] 本小節的觀點是受宗白華〈中國詩畫中所表現的空間意識〉一文所啟發。該文收於《藝境》（北京：北京大學出版社，2003 年），頁 184-200。

詞》，頁 501）

梅已殘，草初長，柳絲見染鵝黃——這是在時間節氣中進行替換之生生不已的自然物象的節奏，而這個節奏的總體精神是往欣欣向榮的面向生發、滋長。自然花木為詞人所賦予的情緒不是走向「殘」，而是走向「生」，作者愉悅的情感瀰漫在春日自然的景物中。[45]

（三）人與物匯通交融的真趣

「與物合一」是儒、道兩家揭示的生命最高境界。前引〈滿庭芳〉的結尾云：「非是我，與山留意，山亦自多情。」不是我留意青山而已，而是連山也對我（文徵明）多情。此句轉化自辛棄疾的〈賀新郎〉：「我見青山多嫵媚，料青山見我應如是。情與貌，略相似。」辛棄疾以「嫵媚」匯通他與山之間的交流，文徵明的〈滿庭芳〉雖然未明言我留意於山的什麼，或山之多情繫之我的什麼，但從整闋詞的詞情脈絡歸納，可用「美好」（即辛棄疾詞中的「嫵媚」）表之。從客觀面說，山與我因各有美好，彼此因美好的存在而匯通。從主觀面說，我因能體察物（山）之美好，而達與物交融的境界，而得以有豐盈的愉悅感如活水汩汩

---

[45] 若將此詞對照柳永的〈蝶戀花〉，更可比較出二者的不同。柳永〈蝶戀花〉上片云：「佇倚危樓風細細，望極春愁，黯黯生天際。草色煙光殘照裡，無言誰會憑欄意。」這闋〈蝶戀花〉被詞人所賦予的草木情緒，不是走向「生」，而是走向「殘」，詞的空間感和精神性弱化原本該有的春日生意，而趨向「殘境」發展，這在文徵明的詞裡是少見的現象。

而出。[46]就文徵明做為一個生命主體而言，他在〈滿庭芳〉展現的「樂境」，儼然有孟子所謂：「萬物皆備於我矣，反身而誠，樂莫大焉」之境，他的生命境界從這闋詞看來簡直是內外清明通透。

另一首〈風入松‧詠盆中金魚〉[47]同樣可做為文徵明與物交融，體物之樂的例證：

> 白頭自笑似兒癡。汲水作盆池。臨池盡日看金鯽，悠然逝、群泳群嬉。朱鬐時翻碧藻，錦鱗或漾清漪。　　金梭來往擲如飛。斗水樂恩私。較他玉帶高懸處，恩波浩、滄海無稽。一段江湖真樂，只應我與魚知。（《全明詞》，頁 500）

此詞乃觀「物自得之意」，從微小的金魚（物）見生生之意趣。無論是宏觀體察乾坤大地之美，還是微觀欣賞斗盆金魚悠游自在之樂，文徵明對鄉里的一切存有似乎都充滿盎然的興味。這股興味匯通於物我之間：「一段江湖真樂，只應我與魚知」，文字雖然化自《莊子‧秋水》「濠梁之辨」的典故，但真實的精神體驗，與清明自得之生命境界的朗現則來自於文徵明。

---

[46] 「物」（山）之美也來自「道體」的「元氣」，或言「生生之意」的展現。

[47] 文徵明〈風入松‧詠盆中金魚〉一詞，雖未有地名、地景標示是在何處，但從詞文看來，養盆魚的場所應該在家屋，或家屋附近。

三、隱逸鄉野的自在

　　文徵明隱逸詞的書寫包含兩種：1、是對照京城的仕宦生活
而出現的漁隱生活之趣；2、是用〈漁父詞〉詞牌，單純書寫在
江南蒹葭山水之間的漁釣之樂，而無京城仕宦的對照。前者如
〈風入松・石湖夜汎〉：

> 清風驟雨展新荷。湖上晚涼多。行春橋外山如畫，緣山
> 去、十里松蘿。滿眼綠陰芳草，無邊白鳥滄波。　　夕陽
> 遙聽竹枝歌。天遠奈愁何。漁舟隱映垂楊渡，都無繫、來
> 往如梭。為問玉堂金馬，何如短棹輕蓑。（《全明詞》，
> 頁 501）

　　「為問玉堂金馬，何如短棹輕蓑」，這是將仕／隱做一對照，前
此所有的空間描寫，心靈覺受，都是做為他選擇「短棹輕蓑」漁
隱生活的說明。「較他玉帶高懸處，恩波浩、滄海無稽。一段江
湖真樂，只應我與魚知。」以「玉帶」對照「江湖」，也是仕／
隱對照的另一種說法。

　　而以〈漁父詞〉（或稱〈漁歌子〉）詞牌單純書寫漁釣之樂
的作品，在《文徵明詞・補輯》中共有 12 首，有 4 首地點明寫
在江南（如表四所列），餘者雖未明言是江南，但應不離江南的
地方範圍。12 首〈漁父詞〉以春夏秋冬之景各寫 3 首，如第 2、
5、6、8、12 闋：

> 笠澤魚肥水氣腥。飛花千片下寒汀。歌欸乃，叩箏箏。醉

臥春風晚自省。

江魚欲上雨蕭蕭。棟子風生水漸高。停短棹，住輕橈。楊柳灣頭避晚潮。

白藕花開占碧波。榆塘柳墺綠陰多。拋釣餌，枕漁簑。臥吹蘆管調吳歌。

月照蒹葭露有光。木蘭輕檝篾頭航。煙漠漠，水蒼蒼。一片蘋花十里香。

陂塘夜靜白煙凝。十里河流瀉斷冰。風颭笠，月涵燈。水冷魚沉不下罾。（《文徵明集》增訂本，頁 1189-1190）

自唐代的張志和寫下〈漁歌子〉之後，歷代文人的漁隱形象幾乎是張志和塑造典型下的基調演繹：空間是江南的水鄉澤國，文字風格清麗自然，詞人情懷淡泊高遠。文徵明的漁隱詞，也是在飛花、筝篸、江魚、楊柳、白藕、碧波，或是月光、蒹葭、煙水、蘋花等意象構成清靈幽美的空間結構中，不著痕跡地帶出漁父是這幅山水圖畫的中心，他的隱逸閒適之趣，正透過這些文字的烘托、渲染而舒張開來。

　　文徵明的隱逸詞，若含不言隱逸，卻有隱逸之實的詞作，從廣義角度看，那麼他的許多鄉居詞，也可包含在內。

趙孟頫 山水圖 臺北故宮博物院藏

趙孟頫　江村漁樂圖　美國克利夫蘭美術館藏

文徵明　江南春圖　臺北故宮博物院藏

文徵明　春山烟樹圖　臺北故宮博物院藏

第四節　趙孟頫、文徵明江南詞比較

　　趙孟頫與文徵明詞作中關於江南書寫的題材內容分析如上，而其異同何在？可從詞情內容與語言形式兩端加以做深細的比較。

一、詞情內容異同

（一）以詞抒情的差異

　　詞自唐、五代發展以來，其特質乃是「緣情造端，……以道賢人君子，幽約怨悱不能自言之情，低迴要眇以喻其致。」[48]王國維《人間詞話》云：「詞之為體，要眇宜修，能言詩之所不能言，而不能盡言詩之所能言，詩之境闊，詞之言長。」[49]詞與詩歌系統的文字風格、平仄押韻、聲情內容表現不同，乃「別是一家」。趙孟頫與文徵明的詞作風格走向是北宋中期以後「文人化」的「文人之詞」，而非「詞本豔科」的「歌妓之詞」。但是以詞表現「幽約怨悱不能自言之情」，詞之「言長」的部分來說，趙孟頫的作品仍保留此一詞情特質。如〈虞美人・浙江舟中作〉：

　　潮生潮落何時了。斷送行人老。消沉萬古意無窮。盡在長空淡淡、鳥飛中。　　海門幾點青山小。望極煙波渺。何

---

[48]　清・張惠言：《詞選・序》，頁4258。

[49]　王國維：《人間詞話》，收於唐圭璋編：《詞話叢編》，第5冊，頁4258。

當駕我以長風。便欲乘桴浮到、日華東。（頁805）

此詞詞情沉鬱，情懷幽渺。若以文徵明的詞作風格與之對照，則迥然有異。同是書懷之作，文徵明卻是心境明淨，生活清悅，有一闋〈青玉案・寫懷〉云：

老去無營心境淨。白髮不羞明鏡。世事從渠心不定。小館停雲，山房玉磬，自與幽人稱。　　春色惱人渾欲病。把菊無由馳贈。吳楚江山雲月夐。清真逸少，風流安石，想見人清瑩。（《全明詞》，頁499）

文徵明詞多數洋溢這般愉悅清瑩的詞情特質，這與詞表現「幽約怨悱不能自言之情」的屬性有別，他逸出傳統將詞的情感質素牽繫在「幽約怨悱」之情的抒發，而是展現一種自我意識得到充分的釋放與暢意的人生態度。而趙孟頫之詞則是偏向傳統「幽約怨悱」的特質來書寫。此與二人的生命抉擇有關，趙仕異朝，其中多少欲辯、已辯、不辯的「辯白」複雜心情，最適合用詞的長短句來呈現他「幽約怨悱」的情感質素。文徵明則否，他以愉悅寫詞，詞在他筆下，反而有煥然一新的展現。

不過，就文學藝術水平而言，明代王世貞《弇州山人續稿》附九〈書趙松雪集後〉給趙、文二人的評價並不高，其云：

余嘗謂吳興趙文敏公孟頫，風流才藝，惟吾郡文待詔徵明可以當之；而亦少有差次。其同者詩文也，書畫也。又皆

　　以薦辟起家。趙詩小壯而俗，文稍雅而弱，其淺同也。[50]

王世貞評的是詩，然詞亦然，元、明詞的氣象畢竟無法與兩宋相抗衡矣。

（二）仕隱情懷的異同

1、共同質性

　　以「漁父」作為隱者的化身，早在先秦《莊子・漁父篇》與《楚辭・漁父篇》中已出現。莊、屈二文中的漁父是能「慎守其真」與「與世推移」的智者形象。但趙、文二人隱逸詞中的「漁父」，則是出塵離世，偃仰於山水之間，帶著文人意識與文人審美精神的隱者，這是二人隱逸詞的共同質性，詞中的「漁父」皆非實際的漁父，而是「文人化」後的漁父。

　　此外，趙孟頫與文徵明詞中關於江南的書寫，多可作為一種文化的隱喻，江南是表徵人間理想的「桃花源」，可以安頓心靈，隱逸自身的地方。趙孟頫的江南詞雖然不多，但是書寫江南的詩作則甚多，江南作為「桃花源」的象徵，與回不去的「前朝」夢土的文化隱喻是更加濃厚，聲情亦更加幽咽。

2、相異之處

　　文徵明的仕隱情懷很簡單，想做官時，認真應考九次；決定不做官時，官場對他而言，再也沒有任何召喚的力量，他用最簡單的二分法，一劃就把京城劃向遠方。他選擇安住在鄉里，優游

50　明・王世貞：《弇州山人續稿・讀書後》（臺北：臺灣商務印書館，1986年，文淵閣《四庫全書》本），卷4，頁40。

自在。「為問玉堂金馬，何如短棹輕蓑」，他對仕隱議題的回答，清楚明白。

　　再者，文徵明詞裡從未強烈表白對隱逸的嚮往，因為生活已然如是。「本不離家底用歸」，「不用遠巡山共水，相期。待樂亭東舊釣磯。」都是揭示一種我在、我即隱逸的宣告，他不須賦寫「歸去來辭」，因為「本不離家底用歸」，他就在隱逸的空間之中，隱逸恆在他的生活之中。

　　但是趙孟頫的仕隱情懷則顯得複雜許多，他想做官，卻得承受「貳臣」的罵名。他想退隱，前有母親鼓勵入仕，[51]與家庭經濟的壓力；後有五朝皇帝對他一再的恩寵，進拜翰林學士承旨、榮祿大夫、知制誥兼修國史，位居一品，這都不是輕易可以離去的富貴的召喚。再者，士人當仕以兼善天下，以實現自我價值的懷抱，也是他選擇入仕的原因。因此，他的隱逸詞說自己是「有分山林，無心鐘鼎，誓與漁樵深契」，雖用「誓」字強烈表達他欲隱的志向，但現實面，他則來回在仕／隱的兩端。他曾在貞元元年（1295）十二月辭官歸里，[52]大德二年（1298）赴大都書寫《藏經》之後又再度回鄉隱居數月，大德三年（1299）八月因成宗的敦請，再次到江浙等處任儒學提舉。他的內心處境，或可從出處的過程中看見他依違於仕隱兩端幽微的軌跡。

51　元・楊載：〈大元故翰林學士承旨榮祿大夫知制誥兼修國史趙公行狀〉：「邱夫人語公曰：『聖朝必收江南才能之士而用之。汝非多讀書，何以異於常人？』」《趙孟頫集》，頁517。

52　元・趙孟頫《松雪齋文集》〈先侍郎阡表〉：「元貞元年（1295），孟頫自濟南罷官歸里，守先人丘壟，以為終焉之計，而又拜汾州之命。」卷8，頁339-440。

二、語言形式比較

（一）詞牌使用分析

　　詞有詞牌，不同詞牌長短有別。趙孟頫詞作共 36 首，使用詞牌 19 種，其中短調 24 首，長調 12 首，各佔全部詞作的 67% 與 33%。其中的江南詞短調 6 首，長調 3 首，也各佔全部江南詞作的 67% 與 33%，比例與全部詞作的長、短調比例相同。此一現象顯示趙孟頫喜用短調甚於長調，以句數較少的詞牌抒情表意，以及書寫江南。以簡短的小詞形式寫作，是回溯晚唐五代至北宋初期的寫作風尚，[53]與北宋中期以後至南宋時期詞人喜用長調形式寫作的意識不同。趙孟頫江南詞詞牌的使用，以〈漁父詞〉、〈虞美人〉各有 2 首，餘則 1 首。

　　文徵明在《全明詞‧文徵明詞》、《全明詞補編》的詞作共 48 首，詞牌 18 種。《文徵明集》增訂本收錄詞作 58 首，使用詞牌共 17 種，其中〈鷓鴣天〉、〈鵲橋仙〉、〈南鄉子〉、〈青玉案〉、〈風入松〉、〈滿江紅〉、〈慶清朝〉、〈水龍吟〉、〈卜算子〉、〈沁園春〉、〈滿庭芳〉、〈醉花陰〉等 12 種詞牌和《全明詞》、《全明詞補編》重複；另有〈漁父詞〉、〈柳稍青〉、〈祝英臺近〉、〈紅林檎近〉、〈齊天樂〉5 種詞牌為《全明詞》、《全明詞補編》所無。

　　《全明詞》、《全明詞補編》使用短調 17 首，中調 14 首，長調 17 首。短、中調合起來是 31 首，佔《全明詞》、《全明詞

53　本文所謂「北宋初期」，是以晏殊（991-1055）、歐陽修（1007-1072）以前為界。

補編》的文徵明詞作 65%，長調則是 33%。其中江南詞 21 首，中、短調12首，長調9首。而《文徵明集》增訂本中未收入《全明詞》的江南詞 18 首，其中〈漁父詞〉、〈柳稍青〉屬於短調，〈風入松〉屬於中調。《全明詞》、《全明詞補編》與《文徵明集》增訂本中未收入《全明詞》的江南詞合起來共 39 首，其中短、中調 30 首，長調 9 首，比例各是 77%、23%。文徵明書寫江南詞的情況是短、中調多於長調，表徵文徵明也是好以短、中調書寫江南秀麗的山水，近似趙孟頫。此由於部分江南詞題於山水小景圖，為照顧畫面結構中留白部分的美感，因此適宜以短、中調的詞牌書寫，而不宜用長調鋪陳畫面，因為長調文字會佔據過多畫作中留白的空間，而失掉繪畫的空靈之氣。文徵明江南詞書寫最多的詞牌是〈漁父詞〉（ 12 首）、〈風入松〉（10首）。

此外，從詞牌使用的訊息顯現，趙孟頫、文徵明均喜用〈漁父詞〉書寫江南。〈漁父詞〉表徵的隱逸之思，是二人生命的一種共同基調，趙孟頫長期在廟堂之上，文徵明則長期在野，而無論在朝在野，生命的旨趣，或說江南書寫的旨趣卻都朝向隱逸，這是各為元、明書畫大家的二人，一個有趣的共同現象。

（二）書寫技巧比較

趙孟頫、文徵明江南詞在書寫技巧部分有較大的差異。趙孟頫擅長：1、以「靜的戲劇」觀點來表現漫溢不止的感傷及其詞作的抒情性；2、經常以二元對立／比較的思考方式來強化情感的表現；3、在情景相融的書寫方式中，側重以情為主，以景為輔。

　　第一點，以「靜態戲劇」敘述方式來表現漫溢不止的感傷及其詞作的抒情性。此處所言「靜態戲劇」的意思，是借用莫里斯·梅特林克（Maurice Maeterlinck）在〈日常生活的悲劇性〉中關於「靜態戲劇」的觀點。他認為真正的悲劇通常是潛藏在內心深處，幾乎很少有外部的動作，主張戲劇應潛入人物內心，透過平常的日常細微事件，靜止性地表現戲劇的張力。[54]本文的文本雖是詞，但若把一闋詞視為是一小段微型戲幕的文字「演出」，未嘗不可。趙孟頫江南詞的文字「演出」，即文字表現，正展現這樣的特質。如：

〈虞美人·浙江舟中作〉
潮生潮落何時了。斷送行人老。消沉萬古意無窮。盡在長空澹澹、鳥飛中。　　海門幾點青山小。望極煙波渺。何當駕我以長風。便欲乘桴浮到、日華東。（頁 805）

詞裡沒有過於激烈的行為動作或是與外部環境、人事的衝突，但是一種無言卻又強大的壓抑情感卻以靜謐的方式在時間中進行：「潮生潮落何時了。斷送行人老。」佇看潮起潮落的趙孟頫，在這一幕微型靜默劇的時間漫漫過度中老去，「消沉萬古意無窮。盡在長空澹澹、鳥飛中。」無窮意志也消沉於澹澹萬古長空之中。文字畫面以長鏡頭安靜地演出趙孟頫在江南日常生活中一個

54　比利時·莫里斯·梅特林克（Maurice Maeterlinck）撰，孫莉娜譯：〈日常生活的悲劇性〉，收於《卑微者的財富》（哈爾濱：哈爾濱出版社，2004）。參見華明：〈梅特林克的「靜劇」〉，《戲劇文學》，1998 年第 1 期，1998 年 1 月。

觀潮的事件片段，他在這闋詞裡完全沒有動作，也沒有與外部環境、人事的衝突。「何當駕我以長風。便欲乘桴浮到、日華東。」雖有動態表現，卻是僅存於內心思維的「想像」，想像駕長風乘桴浮到日華東；但在具體的現實界依然沒有動作。可是感傷情緒從上片瀰漫到下片：何時了、行人老、意消沉、煙波渺，皆是感傷；「何當駕我以長風。便欲乘桴浮到、日華東。」也還是感傷，如果身處的現實界足以長樂無憂，何須乘桴離開此界，而到日華東的彼岸？

　　第二點，經常以二元對立的思考書寫方式填詞，如以下的對照組：

　　〈虞美人〉
　　‧故園荒徑迷行迹／只有山仍碧（頁804）
　　→荒蕪　　　　　　／仍碧

　　〈蝶戀花〉
　　‧萬頃湖光歌扇底／一聲催下相思淚（頁804）
　　→歌　　　　　　　／淚

　　〈水調歌頭〉
　　‧今日芙蓉洲上　／卻憶舊遊處（頁804）
　　→今　　　　　　／昔

以環境荒蕪／仍碧，遷改與未改的對照；歌／淚情懷的對照；今／昔時間的對照等等二元對立／比較的思考方式，來強化每一闋

詞作主題的指向性以及所要表達情感或情緒的強度,如以上三則例證是偏向荒蕪、悲傷、憶舊的情感表現。而這種二元對立／比較的思考方式,其實是一種自我內在的「對話」方式,從而彰顯個人──這個自我,這個主體(趙孟頫)更深刻的反思意識。

　　第三點,在情景相融的書寫方式中,趙孟頫的江南詞不是以山水自然為其側重的主體,而是藉由山水自然表達他憂傷未歸,或對江南的眷戀。山水自然是「情」的陪襯,詞中情感指向性非常明確,如前文所析〈虞美人‧浙江舟中作〉一詞即是,山水自然之景主要是他主觀情感的依附體。

　　而文徵明江南詞的文字書寫特質在於:1、無漫溢不止的感傷,而是充盈一片欣欣向榮又率真的喜樂情趣;2、無清楚二元對立的思考方式,詞情傾向統一;3、詞作主題或以情懷為主,或以山水自然為主;4、頗多江南詞作的畫面,近景、中景、遠景層次清楚,充分將作畫的布局技巧應用到詞的寫作;5、注意畫面光影的變化與呈現,這也是移畫作詞的技巧之一;6、對具體物象細膩的揣度,重視細節的描寫,近似工筆畫。以上書寫特質可以〈漁父詞‧嘉靖壬午〉第一首為例:

> 白鷺群飛水映空。河豚吹絮日融融。溪柳綠,野桃紅,閒弄扁舟錦浪中。(《文徵明集》,頁 1225)

1、這是一片「天行健」──「鷺飛豚躍」欣欣向榮的樂景;2、詞作內容的思維與情感表現方式統一,無二元對立;3、以山水自然作為詞作的主題;4、「白鷺群飛水映空」是畫面的遠景,「溪柳綠、野桃紅」,是畫面的中景,「河豚吹絮」、「閒弄扁

舟」，因可見河豚吹絮、槳或手閒弄扁舟是畫面的近景，層次清楚；5、「水映空」、「日融融」是光影忠實的彩繪；6、「河豚吹絮」，則是一幕有趣的細節的描寫——河豚浮水吹頂輕柔微小的柳絮嬉戲。這闋小詞充分展現了文徵明江南詞的書寫特質，特別是第4～6點可見出文徵明喜用移畫作詞的寫作策略。

再者，這闋小詞容納 9 個「具體意象」：白鷺、水浪、天空、河豚、柳絮、日、溪柳、野桃、扁舟，加上一個未出現在文字中，卻容易聯想得出閒弄扁舟的「漁父」——「聯想意象」，共 10 個意象，形成文字畫面繽麗紛繁。

以上種種，顯示文徵明在語詞形式的鍛鍊上，較之趙孟頫更具匠心。

第五節　小　結

文徵明以趙孟頫為師，且「每事多師之」，但在安處人間裡，他的生命調性顯然比趙孟頫清逸灑然許多。〈南鄉子·壽慶〉中他言己：「自是人間快活人」；〈青玉案·寫懷〉說「我」是：「老去無營心境淨」，因為這般「樂取向」的生命調性，使得他的江南詞書寫情境產生愉悅的地方感。但正因為生命的調性統一，書寫江南詞的情境統一，所以詞裡「反思」的意識較為淡薄，詞情的表現線條傾向單純或單一。

而趙孟頫則多是「憂取向」，如〈木蘭花慢·和李賢房韻〉云：「徘徊。俯仰興懷。塵世事，本無涯。」他的江南詞書寫情境顯得往復沉重，此由於宋末元初的特殊時代環境，以及身為趙宋宗室而又仕元的特殊身分，這些道德倫理的枷鎖，都增添這種

沉沉傷感的喟嘆。因此，使他的詞作多有二元對照的比較特質，此是他個人內在反思意識在作用，在尋找、思索「主體」、「自我」真正可以安適的位置。他「被遇五朝，官登一品」，卻寫江南隱逸詞，就是思索如何安頓靈魂與自我的例證。此一反思意識，二元思考的比較寫作特質，反而讓詞作的抒情性饒富「辯證」的趣味潛力，使得詞情的轉折曲線變化更形豐富。

　　趙孟頫與文徵明的江南詞，為元、明兩代的詞作書寫勾繪出不同的內涵與寫作方式，特別是文徵明的江南詞，為地方詞作的表述方式做了「以畫作詞」的創意引申，饒具跨界美學的意義。

第五章 結 論

　　蕭馳《中國抒情傳統》中說：「每一特定文類都意味著為作家提供一種獨特的和概括世界的方式。」[1]詞，它要眇宜修的特質為文學開啟了一個絕美精緻的視野。詞之獨特性，本文在第一章中業已詳明。又，沈從文在〈抽象的抒情〉中說：

> 惟轉化為文字，為形象，為音符，為節奏，可望將生命某一種形式，某一種狀態，凝固下來，形成生命另外一種存在和延續，通過長長的時間，通過遙遠的空間，讓另外一時一地生存的人，彼此生命流注，無有阻隔。[2]

張炎、仇遠、趙孟頫、文徵明的詞作，是將他們生命中的某一個階段、某一種形式、某一份情懷或狀態，凝固下來，我們透過閱讀，或反覆的背誦，流注進入我們的生命史中，而成為屬於「我們的」一部分。這些詞，不再只是文字，它們湧現的是背後幽微或豐盈的情感、意涵、暗示與想像，每一闋詞都直接帶領我們讀者到它指涉的情境範疇，體味詞人的歡愉或憂傷，詞人曾經擁有

---

[1]　蕭馳：《中國抒情傳統》，頁 117。

[2]　沈從文：〈抽象的抒情〉，《沈從文全集》（太原：北嶽文藝出版社，2002 年），頁 527。

的輝煌或消亡。透過閱讀，我們得以進入詞人以心智、情感與文字結界的那個時代。

　　宋元之際，江山易代，這是歷史上極為艱難的時刻，異族第一次全面統治華夏民族廣大的地理版圖。許多文人或士大夫，選擇放棄俗世的仕宦之路，而走向浪跡江湖，隱逸山林的鄉野生活，張炎、仇遠是其典型。他們這樣做，「並不被認為是逃避國民責任，反倒被看做是一種體現倫理理想的行為。」[3]他們的生活雖艱難，但在個人心理與社會上普遍的評價，卻有倫理的正當性。[4]但另一位詞人，趙孟頫卻選擇了與新政權妥協，對仕於蒙元朝廷，內心總有揮之不去的陰影，因此，他的詞作時有一股擺盪在仕隱之間的抑鬱情緒，這股情緒與張炎、仇遠因失去家園，江山變易而湧現的悲傷有所不同。但相同的是，三人的詞作無論是選擇隱逸走得多遠，或身在廟堂之上居位多高，大多數作品都和這個現實世界一線相關，無法不受到現實世界的擾動，故而情緒多朝向轉折內斂的形式，要保持生命的清寧、昂揚與自信，在這些易代之際的詞人作品中，實為難覓。

　　但是文徵明的詞作顯然已經擺脫現實世界對他的侵擾，一是他處於明代相對安穩的時期；二是他放棄仕宦之途，選擇走入自然，走入文學書畫的世界，全然擁抱他可親可愛的故鄉：遍佈的河流溪塘，連綿的山巒幽谷，散落的村居亭臺，這是秀潤幽美的江南山水，他生活在這樣簡樸自然的鄉野天地，愉悅舒逸的精神

---

[3]　美·高居翰（James Cahill）著，李渝譯：《中國繪畫史》（臺北：雄獅圖書公司，1985 年），頁 147。

[4]　仇遠雖曾任鎮江學正、溧陽州儒學教授，但社會對此等職務普遍的認知是：這僅是地方教育工作，無虧大節。

世界裡，過著澹泊祥易的理想文人生活，致使他的詞作時時散發江南山水的那一片天然，詞中繪畫性的視象構圖，也常以一種篤定的信心與愉悅來安排詞裡的元素和色彩，而形成獨特的「畫詞」特質。

　　不過，若純粹從詞之文字藝術的形式角度來看，張炎的詞作表現力，還是優於仇遠、趙孟頫、文徵明三家，文字藝術的深度感較為豐足，他的詞作還保留因音樂節奏、旋律所引發之情感波動的痕跡，所以容易觸及靈魂的深處，此乃張炎詞作強力保持詞是音樂文學之特質的影響所致。他撰寫的《詞源》，是詞學史上相當重要的理論專著，《詞源》上卷 14 章是探討詞之音律宮調的問題，下卷的 15 章裡還有「音譜」、「拍眼」、「製曲」等 3 章也是討論詞譜音律，「詞以協音為先，音者何，譜是也。古人按律製譜，以詞定聲，此正聲依永律和聲之遺意。」「雅詞協音，雖一字亦不放過，信乎協音之不易也。」[5]這是他對詞的信仰與作法，「詞以協音為先」、「雅詞協音」，是詞之第一義，在這之後，才是討論「詞中句法，要平妥精粹」、「詞要清空」、「詞以意趣為主」，[6]詳析詞之句法、風格、內容等等問題。他的詞作實踐他對詞調聲律與詞雅的要求。由於具有家學嚴格的文學與音律訓練，[7]故而他致力於詞作的協律美聽，與文字

5　宋‧張炎：《詞源》，收於唐圭璋編：《詞話叢編》，第 1 冊，卷下，頁 255、頁 256。

6　宋‧張炎：《詞源》，收於唐圭璋編：《詞話叢編》，第 1 冊，卷下，頁 259、頁 260。

7　張炎自言：「昔在先人侍側，聞楊守齋、毛敏仲、徐南溪諸公商榷音律，嘗知緒餘，故生平好為詞章，用功踰四十年。」宋‧張炎：《詞

的典雅品質。

　　仇遠之作也是偏向張炎的典雅詞風，孫爾準言：「讀其詞，清麗和雅，與玉田、中仙、草窗相鼓吹。」他的詞作確實是接近張炎、王沂孫與周密之作。

　　相對來說，趙孟頫、文徵明二人的詞作，就比較不具有這般嚴格的詞是「音樂文學」之藝術的要求與形塑，他們雖貴為一代書畫巨擘，但在整個詞學發展史與詞壇領域，猶是要讓位給宋代的詞作大家。特別是文徵明的詞，有時像是即興的隨筆，清代吳衡照云：「蓋明詞無專門名家，……。其患在好盡，而字面往往混入曲子。……去兩宋醞藉之旨遠矣。」[8]「詞乃別是一家」，屬於「詞」之音律與文字的細緻要求，與文徵明詞作的連結並不緊密，他意在「寫詞」而非「填詞」，抒情表意，才是創作的目的。因此，言「書畫掩其詩詞」，若從明詞範疇說，或可成立；但在整個詞史的發展中，未為大家。不過，一如前文所言，明詞不可無，它是詞史發展演進之一環，猶須珍存。

　　而詞與地方的抒情敘述，從張炎、仇遠、趙孟頫、文徵明詞中關於蘇州（吳縣）、宜興、杭州、越州（紹興）、湖州（吳興）等地的書寫，看到地方滋養作家的生存，滋潤詞人的心靈，以創造文學作品，他們記錄地方對個人的影響，也記錄地方的自然風光與人文面貌；但另一方面，他們的作品所發散出來的精神，與累積的文化資產，也又反過來影響、形塑地方的人文景觀，對地方進行文化的再建構。彼等衍化出的書寫意識，逐漸匯

　　源》，收於唐圭璋編：《詞話叢編》，第 1 冊，卷下，頁 255。

8　清·吳衡照：《蓮子居詞話》，收於唐圭璋編：《詞話叢編》，第 3
　　冊，卷 3，頁 2461。

成地方的精神文明，雕琢了地方的人文風貌，也帶動地方文化的深層進程，使地方或空間在音樂文學——「詞」這一體裁裡，展現人對觀看外在世界的深刻摹寫，以及形塑地方之情感、記憶、認同與歸屬的獨特意義與詞作美學的完成。

　　詞是呈顯地方抒情與價值的重要文化表現，詞與地方的結合，張炎、仇遠、趙孟頫、文徵明等人之作，賦予地方種種悲傷或歡愉的面貌，展現了各自的書寫技巧與詮釋，其熠熠的光輝連結成歷史的環節，詞人與地方的對話，一闋一闋著陸、安置在他們的詞裡。

附　　錄

論張炎詞從憂傷到恬靜的轉化[*]

一、前言

　　張炎（1248-1321?），一個深懷憂傷的靈魂，從 1276 年蒙古騎兵踏破臨安（杭州）的城闕開始。《四庫全書總目》云其所作：「往往蒼涼激楚，即景抒情備寫其身世盛衰之感。」[1]因為張炎個人的生命與其家族的盛衰，乃是與南宋國祚之興衰相疊合，其蒼涼憂苦的命運，在南宋覆亡之後降臨。

　　張炎為杭州錢塘人。有詞集《山中白雲詞》8 卷，存詞 302首，[2]詞論著作《詞源》2 卷，是橫跨宋元之際的詞壇宗匠。其六世祖張俊（1068-1154）是南宋抗金名將，張俊過世時，高宗曾親臨奠祭，並追封他為循王。繼張俊之後，張家另一位位居朝廷

---

* 　本文初發表於 2013 年 10 月 26 日華梵大學「第十二屆生命實踐學術研討會」，後經修改，刊載於中國大陸 2014 年第 4 期（總 44 期）《長江學術》期刊。

[1] 　清・紀昀等：《四庫全書總目》（北京：中華書局，2003 年），下冊，卷 199，頁 1823。

[2] 　《山中白雲詞》存詞 302 首，是根據宋・張炎著，黃畬校箋：《山中白雲詞箋》（杭州：浙江古籍出版社，1994 年），所做的統計。宋・張炎撰，孫虹、譚學純箋證：《山中白雲詞箋證》（北京：中華書局，2019 年），收錄的詞作則有 305 首。

要津，呼風喚雨的人物是張炎的曾祖張鎡（1153-1235），曾任司農寺丞、太府寺丞、司農少卿等職，《繪事備考》云其：

> 性豪爽，有心計，文章詩賦，皆有可觀。既雄於貲，而復好事。後房數百人，咸極一時之選。風亭月榭，甲於京師。嘗作駕霄亭，在高松之上，延賓客避暑其中，登者如游雲表。南園牡丹，數千本，品目最貴，花時宴客，窮極奢華，衣香鬢影，舞裙歌扇，觀者動心駭目，不知其為人世也。精於書法，兼善竹石古木。[3]

文中所言「風亭月榭，甲於京師」者，是張鎡大興土木，興建長達十四年的「南湖園林」（又稱「桂隱」）。此片廣闊園林共含有 90 處勝景，以張家時常宴客雅集的「群仙繪幅樓」為例，建築群體「前後十一間，下臨丹桂五六十株，盡見江湖諸山」之麗。另如「芙蓉池」有「紅蓮十畝，四面種芙蓉」，「滿霜庭」栽「橘五十餘株」，「餐霞軒」植「櫻桃三十餘株」，「疊翠庭」於「茂林中容十許人坐」……。此外，堂館之名如「德勳堂」為高宗御書，「都微別館」乃徽宗御筆，[4]增顯與皇室關係緊密的榮寵地位。張家衍繹的富貴風流，京華盛事在張鎡的時代達到最高峰。張炎二十九歲之前的生活，即是在「園池聲妓服玩

---

3 清・王毓賢：《繪事備考》（臺北：臺灣商務印書館，1983 年，文淵閣《四庫全書》本），藝術類，書畫之屬，第 826 冊，卷 6，頁 54-55。

4 宋・張鎡：〈約齋桂隱百課〉，此文收錄於周密《武林舊事》，見《東京夢華錄——外四種》（臺北：大立出版社，1980 年），卷 10，頁 517-518。

之麗甲天下」[5]的家族環境，與文章詩賦、書畫藝術長期薰陶的
家學承傳之下生長、活動，試觀下詞：

〈甘州・趙文叔與余賦別十年餘，余方東游，文叔北歸，況味俱寥
落。更十年觀此曲，又當何如耶？〉
記當年、紫曲戲分花，簾影最深深。聽惺忪語笑，香尋古
字，譜掐新聲。散盡黃金歌舞，那處著春情。

〈憶舊游・寄友〉
記瓊筵卜夜，錦檻移春，同惱鶯嬌。暗水流花徑，正無風
院落，銀燭遲銷。鬧枝淺壓鬖鬒，香臉泛紅潮。甚如此游
情，還將樂事，輕趁冰消。

〈南樓令〉
憶著舊時歌舞地，誰得似、牧之狂。　　茉莉擁釵梁。雲
窩一枕香。醉醺騰、多少思量。明月半床人睡覺，聽說
道、夜深涼。[6]

紫曲旖旎笙歌，瓊筵飛觴醉月，晝夜歡樂無極。此般膏粱香膩的
華貴生活，充滿在他而立之年之前的錦色年華裡，〈甘州〉、
〈憶舊游〉、〈南樓令〉這幾闋詞記載了他早期詩酒宴樂的青春

5　宋・周密：《齊東野語》（北京：中華書局，1997年），卷20，頁374。
6　宋・張炎著，黃畬校箋：《山中白雲詞箋》，頁 197、235、252。本文
　　所引《山中白雲詞》均出自該書，此後文中引詞多只注明頁碼，不再另
　　作注解。

歲月。

　　但裊裊的長歌，迢迢的柳色，這天堂般的美好生活與家園，在 1276 年蒙古鐵騎攻破南宋臨安之後，整個從張炎的生命中消失、抹去。亡國同時亡家，祖父張濡（?-1276）慘遭車裂磔殺，父親張樞（生卒年不詳）下落不明，女眷入官淪為女奴，家貲悉皆籍沒，連同張俊祖墳亦遭盜掘（1278）。鼎盛繁華的家族，一時之際，崩蹋如塵，「恨西風、不庇寒蟬，便掃盡、一林殘葉。」「只有一枝梧葉，不知多少秋聲。」[7]紛紛飄墜的殘葉、秋聲，是張家悲劇的寫照。但張炎卻在這場世紀的浩劫中存活下來。[8]此後，他的生命幾乎為憂傷所取代，〈解連環・孤雁〉是闋最典型的作品：

> 楚江空晚。悵離群萬里，怳然驚散。自顧影、欲下寒塘，正沙淨草枯，水平天遠。寫不成書，只寄得、相思一點。料因循誤了，殘氈擁雪，故人心眼。　　誰憐**旅愁荏苒**。謾長門夜悄，錦箏彈怨。想伴侶、猶宿蘆花，也曾念春前，去程應轉。暮雨相呼，怕蓦地、玉關重見。未羞他、雙燕歸來，畫簾半卷。（頁 67）

梁啟勳《詞學》下編云其：「真能把『孤』字寫到深刻處。」[9]

---

[7]　張炎〈長亭怨・舊居有感〉、〈清平樂〉詞。黃畬校箋：《山中白雲詞箋》，頁 180、257。

[8]　蒙人於元初的統治手段相當殘暴，有敢反抗元朝者，不僅殺戮其主謀，連其子侄多皆牽連伏誅。張炎未被株連，應是僥倖遁逃而免於禍。

[9]　梁啟勳：《詞學》（北京：中國書店，1985 年），頁 38。

無國無家的張炎，直如一隻漂零天涯的孤雁，[10]無論是在荒洲古
漵，還是老樹江畔，唯有他自己稀薄的影子，冷冷與他同行。在
〈渡江雲〉、〈憶舊游〉、〈綺羅香〉等諸多的詞作中亦然，表
現出飄流愁苦的哀傷：

> 愁余。荒洲古漵，斷梗疏萍，更漂流何處。空自覺、圍
> 羞帶減，影怯燈孤。（頁49）

> 歎江潭樹老，杜曲門荒，同賦飄零。乍見翻疑夢，對蕭
> 蕭亂髮，都是愁根。（頁59）

> 甚荒溝、一片淒涼，載情不去載愁去。　　長安誰問倦
> 旅。羞見衰顏借酒，飄零如許。（頁89）

此般無盡的哀愁，不住的回想，與瀰天蓋地的沉重感籠罩他的靈
魂。從生理心理學的角度來看，這是「創傷後應激障礙」，其症
狀包括「反覆做夢、事件回想或創傷事件感覺的回放，以及心靈
上的痛苦。這些夢境、回想和事件回放能使人想起創傷事件」，
會「導致社會行為的興趣缺失，與他人分離的感覺，情緒感覺的
壓抑以及感覺前途黯淡和空虛。」[11]可以說《山中白雲詞》是對
應這場時代悲劇而產生的著作，其多數作品的內容，即明顯呈現

10　〈解連環·孤雁〉是張炎的名篇，人稱其為「張孤雁」。參見劉永濟：
　　《微睇室說詞》（上海：上海古籍出版社，1987年），頁138。

11　美·Neil R. Carlson 著，蘇彥捷等譯：《生理心理學》（北京：中國輕
　　工業出版社，2007年），頁393-394。

創傷後應激障礙的症狀。

　　從元仁宗延祐四年（1317）宋人錢良祐為其《詞源》作跋的
資料記載，可知他約莫活到七十以後。[12]從二十九歲那年悲劇降
臨，到七十歲以後離開人間為止，至少四十年的歲月，他是如何
從憂苦中走過來的？一個孤獨的漢族文人在蒙元統治底下遭到忽
視和摧殘的故事，在元初之際，在廣大的江南應是多如蓬草。那
麼不讓亡國亡家之痛徹底摧毀他生命的支柱是什麼？張炎如何安
定、重整他煎熬、受傷、空寂、又破碎的靈魂？本文試圖從「流
浪復流浪的慢板」、「朋輩的交游與支撐」、「不止的書寫與詠
嘆」三個角度，剖析他如何從痛苦的深淵，翻轉、清澄生命，使
之趨向於恬靜，以自我的救贖重新踏上心靈的平安之路。

二、流浪復流浪的慢板

　　元丞相巴延（伯顏）帶兵攻陷杭州後，將張家的家貲悉數賜
給使臣廉希賢之子。[13]失去家園後的張炎，被迫離開，這是他踏
上流浪之路的初始因素。看他在詞中盡吐漂泊的憂思況味：

　　　〈甘州‧趙文叔與余賦別十年餘，余方東游，文叔北歸，況味俱寥

12　宋‧錢良祐為《詞源》作跋在丁巳正月，即元仁宗延祐四年（1317），
　　故《詞源》應完成於此時，張炎年七十歲。見《詞源‧附後跋》（臺
　　北：新文豐出版公司《詞話叢編》本，1988 年），第 1 冊，卷下，頁
　　268-269。

13　明‧宋濂：《元史‧世祖本紀》：「以獨松關守將張濡嘗殺奉使廉希
　　賢，斬之，籍其家。」（北京：中華書局，1976 年），卷 10，頁 108。
　　因張濡嘗殺蒙元國使廉希賢，故元相伯顏悉將張家家貲賜予其子，以慰
　　勞廉家。

落。更十年觀此曲，又當何如耶？〉

……北來南去，但依依、同是可憐人。還**飄泊**，何時尊酒，卻說如今。（頁197）

〈月下笛·寄仇山村溧陽〉

千里行秋，支筇背錦，頓懷清友。……斷腸不恨江南老，恨落葉、**飄零**最久。倦遊處，減羈愁猶未，消磨是酒。（頁315）

〈滿江紅·澄江會復初李尹〉

江上相逢，更秉燭、渾疑夢裏。……雲一片，身千里。**漂泊**地，東西水。歎十年不見，我生能幾。慷慨悲歌驚淚落，古人未必皆如此。想今人、愁似古人多，如何是。（頁319）

「千里行秋，支筇背錦」，恐是他行走天涯最典型的形象。北來南去，漂泊東西，偶遇故人，總忍不住「慷慨悲歌驚淚落」，因內心包藏過於深重的愁苦。他少有一個長時期的寧息安定，就其《山中白雲詞》詞序的記載，從二十九歲到四十二歲期間，他在杭州、山陰（今紹興）等地往復游移。元世祖至元二十七年（1290）四十三歲時，被迫北行元大都（今北京）繕寫金字藏經，短暫離開江南數月，隔年（1291）春日他便已南歸。

張炎回到南方後，並未返抵故鄉杭州居住，而是一再浪游各地：山陰、寧波、鄞縣、寧海、天台、吳江、蘇州、江陰、宜興、溧陽，都有他浪遊的蹤跡。五十三歲（1300）回杭一年後，

又再流寓於吳地（今蘇州）、溧陽、江陰、宜興等地。陸文圭云其「客游無方，三十年矣。」[14]是真實的寫照。究其浪游的原因，應是他必須四處賣卜、賣字畫以維繫他現實的經濟生活，他曾設卜肆於鄞縣（今浙江寧波），袁桷〈贈張玉田〉詩下云：「玉田為循王五世孫（應為六世孫），時來鄞設卜肆。」[15]此一困窘的現實問題，應時時逼仄著他，故言：「漂流最苦」（〈臺城路〉，頁 175）。這是他漂泊流浪的重要因素之二。一直到六十餘歲，張炎才又回到杭州定居。

而隱含於流浪遷徙之下的因素之三，恐怕是流浪本身提供給張炎隱藏在人群中的一種異質的「安全空間」，因為在異地異鄉，人與人之間的陌生與疏離，反而使他得以擁有一種「低度」的自由。賣卜、賣字畫維生，對一位曾為貴游公子的人而言，很難感到是一種尊嚴。因為他要隱藏悲傷，在異鄉比在故鄉容易；在陌生人的面前，比在故舊的面前坦然。友人戴表元對他入元後的難堪處境如此描寫：

> 玉田張叔夏，……垂及將仕，喪其行資，則既牢落僝僽。
> 常以藝北游，不遇失意，企企南歸，愈不遇。猶家錢塘十
> 年，久之，又去東游山陰、四明、天台間，若少遇者。既
> 又棄之西歸。於是余周流授徒，適與相值，問叔夏：「何
> 以去來道途若是不憚煩耶？」叔夏曰：「不然，吾之來，

14　元・陸文圭：〈詞源跋〉，見《詞源・附後跋》（臺北：新文豐出版公司，1988 年，《詞話叢編》本），第 1 冊，卷下，頁 269。

15　元・袁桷〈贈張玉田〉詩。見清・江昱疏證：《山中白雲詞疏證・附錄》（臺北：臺灣中華書局，1965 年，《四部備要》本），頁 3。

本投所賢，賢者貧；依所知，知者死。雖少有遇，無以寧
吾居，吾不得已違之，吾豈樂為此哉！」語竟，意色不能
無阻然。[16]

張炎坦言他之所以遷移，是希望能有所遇，但是少有故舊能幫助
他，就算有幫助，也是「無以寧吾居」。因此，賣卜、賣字畫維
繫生計就成為必須。但是把賣卜等這種不堪的景況裸裎於故人面
前，要在故鄉面對眾多過去的舊識、街坊鄰里，在顏面上是很為
難的一種不堪，是一根扎得內心極為深痛的刺。故他南來北往，
東飄西泊，偶有回杭，多僅作短暫的停留，便又踏上旅途到異鄉
謀求經濟過活。他不是長期留在故鄉杭州尋求謀生的機會，在這
個文化人口眾多，經濟富裕的城市尋找出路，[17]是因為流浪他
鄉，可以拉開他與故鄉的空間距離，可以緩和他直接面對悲劇事
件發生地的「心理傷害」，以略略獲得靈魂的喘息與安定，這恐
怕是他不得不然的選擇。

在異鄉，雖然自我薄弱的「尊嚴」、「自由」得以保有，然
而他感覺到在一個大世界裡流離失所，天涯任何一個角落都無法
真正的「停頓」，可把無意義的空間轉化成帶有情感經驗的場
所，附有歸屬認同的地方，故體驗到的就多只是孤愁。因他在各

16　元・戴表元：〈送張叔夏西游序〉，《剡源戴先生文集》（臺北：臺灣
　　商務印書館，1979 年，《四部叢刊》正編本），卷 13，頁 116-117。
17　元時義大利人馬可波羅來遊杭州，稱杭州為「天城」，認為「這座城市
　　的莊嚴和秀麗，堪稱為世界其它城市之冠。」義大利・馬可波羅
　　（Marco Polo）：《馬可波羅遊記》（福州：福建科學技術出版社，
　　1981 年），頁 175。

地遷徙觀看空間的立場，多數不過是在緩慢時間中徘徊移動，不具有歸屬感與特殊的意義。如元大德己亥三年（1299）五十二歲，時在闔閭（今江蘇蘇州）所書〈探春慢〉一詞云：

> 列屋烘爐，深門響竹，催殘客裡時序。投老情懷，薄游滋味，消得幾多淒楚。聽雁聽風雨，更聽過、數聲柔櫓。暗將一點歸心，試把醉鄉分付。（頁 216）

元大德乙巳九年（1305）在溧陽書〈夜鵲飛〉云：

> 林霏散浮暝，河漢空雲，都緣水國秋清。綠房一夜迎向曉，海影飛落寒冰。蓬萊在何處，但危峰縹緲，玉籟無聲。（頁 340）

「催殘客裡時序」，日子空漫地過，偶感時序遷變，節日到臨，便要驚心，感到時序催迫得快。無論漂游在何處，浪游地方的景觀、風物，多數是無關重要，[18] 山川景物的畫面，未被忠實地記錄，而是被作者濃重的抒情性與表意性所隱匿與取代，異鄉景物是藉以抒發憂傷的存在背景。由於內心對地方「無所依附」，產生的寥落之感並未真正抽離，所以發之為詞，多是猶含憂傷。

---

[18] 僅少數的詞作，如〈甘州〉等 4 首，詳細描繪澄江「陸起潛皆山樓四景」的山川風景。

三、朋輩的交游與支撐

　　天地人間既然難有真正歸屬之地，那麼精神的依傍便顯得異常重要，否則靈魂的愁苦憂傷如何獲得轉化與提升？

　　因此，朋輩的交游與支撐，成為他浪跡天涯旅程中不可或缺的重要倚柱。鄭玄言：「同師（門）曰朋，同志曰友。」[19]本文之「朋輩」泛指情志往來之同類，黨與。依據《山中白雲詞》、《詞源》所留下來的資料統計，當時與張炎往來交游的朋輩，得知者約有 120 人，可將之分為三大類：第一類為文人詞友，此為最大宗，過從較密者有周密、王沂孫、趙孟頫、黃子久、金桂軒、陸文圭、戴表元、錢良祐、袁易、曾遇、仇遠、韓鑄、陸行直等人，或同為吟社詞友，或同游北京大都，或為其《山中白雲詞》、《詞源》作序跋，或為其長輩、門生而兼文友。第二類為僧道之士，如道人梁中砥、越僧樵隱、無盡禪師、雲麓麓道人等。第三類為歌妓，如沈梅嬌、車秀卿等人。

（一）文人詞友

　　第一類的文人詞友，應是在生命的共同體驗上，無論是文藝書畫的彼此交通，還是同為亡國遺民的挫傷悲感相濡以沫，是最為相契相惜，與彼此能夠明白理解的群體。以張炎寫給李復初、周密之詞為例：

19　〈學而篇〉：「學而時習之」章，宋・邢昺引漢・鄭玄注。魏・何晏集解，宋・邢昺疏，《論語注疏》（臺北：藝文印書館《十三經注疏》本，1982 年），卷 1，頁 2（新編頁 5）。

〈滿江紅・澄江會復初李尹〉

江上相逢，更秉燭、渾疑夢裡。寂寞久，瑟弦塵斷，為君
重理。紫綬金章都莫問，醉中□送揶揄鬼。看滿頭、白雪
欲消難，春風起。（頁 319）

　　此中寫張炎為李復初重理塵瑟斷絃，重唱詞歌，這是在音
樂、情感的理解與交通。「紫綬金章都莫問」，是他做為一個士
子，放棄走向仕途之路的衷曲告白。

　　而周密（1232-1298），與張家的關係，自張炎之父張樞時
代起，就極為友好，彼此往來密切。周密的《武林舊事》、《癸
辛雜事》等書，記載諸多關於張家的家族盛事、文藝活動。宋亡
之後，張炎亦時與周密交游往來，《山中白雲詞》寫給周密的作
品就有 7 首：

　　〈疏影・余於辛卯歲北歸，與西湖諸友夜酌，因有感於舊游，寄周
　　草窗。〉

　　〈祝英臺近・與周草窗話舊〉

　　〈探芳信・西湖春感寄草窗〉

　　〈甘州・餞草窗歸霅〉

　　〈一萼紅・弁陽翁新居，堂名志雅，詞名《蘋洲漁笛譜》。〉

〈西江月‧《絕妙好詞》乃周草窗所集也〉

〈思佳客‧題周草窗《武林舊事》〉[20]

從這 7 首作品的詞題與詞序看得出二人關係友好，詞有寄贈、話舊、餞別、題詞之作，特別是為周密傳世的重要著作《蘋洲漁笛譜》、《絕妙好詞》、《武林舊事》題詞，顯見張炎、周密二人互相器重，二人在文藝興趣上有其共通性，以及生命情感的融洽深切。〈西江月〉一詞云：

> 花氣烘人尚暖，珠光出海猶寒。如今賀老見應難。解道江南腸斷。……謾擊銅壺浩歎，空存錦瑟誰彈。莊生蝴蝶夢春還。簾外一聲鶯喚。（頁 297）

這首〈西江月〉即是為周密詞選之作《絕妙好詞》所作的題詞。其中「解道江南腸斷」一語，傳遞出二人在文學之外，尚有同為遺民詞人共有黍離之悲之感的共同理解。

　　若人與人相互理解，就能產生對彼此的認同；因有認同的共通感，人就不至於完全失喪對生存的盼望。另有懷贈其他朋輩之作，如〈水龍吟‧春晚留別故人〉是挽留故人之情：「清風在柳，江搖白浪，舟行趁曉。遮莫重來，不如休去，怎堪懷抱。」〈臨江仙‧懷陳州教授趙學舟〉、〈壺中天‧懷霅友〉、〈憶舊游‧寓毘

20　諸作見於黃畬校箋：《山中白雲詞箋》，頁 46、84、163、169、171、297、435。

陵，有懷澄江諸友〉、〈清平樂・過吳，見屠存博近詩，有懷其人。〉是懷友的牽繫。而〈湘月・余載書往來山陰道中，每以事奪，不能盡興。戊子冬晚，與徐平野、王中仙曳舟溪上，天空水寒，古意蕭颯。中仙有詞雅麗，平野作「晉雪圖」，亦清逸可觀。余述此調，蓋白石〈念奴嬌〉鬲指聲也。〉〈臺城路・夏壺隱壁間，李仲賓寫竹石，趙子昂作枯木，娟淨峭拔，遠近古雅，余賦詞以述二妙。〉[21]是與友人雅集的清歡之樂。有這些往來中的盼望情誼，雅集交會，就算漫長的生活再困難，卻還可以繼續支撐生存，因為活著，就有可能翻轉生命的黑暗；活著中擁有美好的點滴，就有機會趨向光明。

（二）山僧道友

張炎第二類的朋輩友人為僧道之士。《山中白雲詞》出現的僧道之士，有三茅山塵外道人梁中砥、越僧樵隱、東巖淨日禪師、無盡上人、張雨道人、雲麓麓道人、武林瑪瑙寺僧溫日觀等7人。

「僧道」是方外人士，生活多不染紅塵俗事，與張炎深浸紅塵悲喜哀樂的人間而言，不啻是一個強烈的對比。此一對比的「參照系譜」，因其生活的清寧，生命的清澈，給予了張炎一個滌淨塵慮的可能：

〈木蘭花慢・為越僧樵隱賦樵山〉
龜峰深處隱，岩壑靜、萬塵空。任一路白雲，山童休掃，

21　諸作見於黃畬校箋：《山中白雲詞箋》，頁 80、389、399、410、445、119、406。

卻似崆峒。只恐爛柯人到，怕光陰、不與世間同。旋采生枝帶葉，微煎石鼎團龍。　　從容。吟嘯百年翁。行樂少扶節。向鏡水傳心，柴桑袖手，門掩清風。如何晉人去後，好林泉、都在夕陽中。禪外更無今古，醉歸明月千松。（頁39）

〈臺城路・游北山寺〉

……幽尋閑院邃閣。樹涼僧坐夏，翻笑行樂。近竹驚秋，穿蘿誤晚，都把塵緣消卻。東林似昨。待學取當年，晉人曾約。童子何知，故山空放鶴。（頁107）

以石鼎煎茶（團龍，茶名），扶節行樂，靜隱於龜峰深處的越僧禪林生活；與東巖淨日禪師在閑院樹下坐涼，[22]消卻塵緣的清心生活，是讓張炎欣羨嚮往的。正因他願意親近僧道之士，故其生命得以獲得薰習清寧，稍減眾苦的機會。另有一闋〈木蘭花慢〉寫「丹谷園」，雖未知園在何處，園主何人，但從詞文看來，應為道士所居煉丹之地，故以仙家為比，張炎云：

〈木蘭花慢・丹谷園〉

萬花深處隱，安一點、世塵無。步翠麓幽尋，白雲自在，流水縈紆。攜歌緩游細賞，倩何人、重寫輞川圖。遲日香生草木，淡風聲和琴書。　　安居。歌引巾車。童放鶴、

22　〈臺城路・游北山寺〉：「樹涼僧坐夏」的「僧」，指東巖淨日禪師。參見黃畬校箋《山中白雲詞箋》，頁109。

我知魚。看靜裡閑中，醒來醉後，樂意偏殊。桃源帶春去遠，有園林、如此更何如。回首丹光滿谷，恍然卻是蓬壺。（頁 219）

棲居丹谷園的張炎，似乎完全化開痛苦的重壓，生活是一派安適閑靜，樂意逍遙。與在紅塵各處漂流的生活，形成巨大的對比。他與山僧道友交游，暫棲「方外」，讓他濡染了白雲流水的自在，使得生命有了可以休息的恬靜，這是他書寫第二類朋輩往來的詞作中，較常出現的生命情懷與生活景象，顯示山僧道友確實能為他痛苦的靈魂帶來寧定的幫助。〈玉漏遲·登無盡上人山樓〉一詞亦云：「幽趣盡屬閑僧，渾未識人間，落花鳥啼。」（頁133）亦是將僧界生活與人間紅塵判然二分，在僧人生活的淨土中，張炎見到了生命的幽趣。

（三）歌妓之友

張炎第三類的友人為歌妓。《山中白雲詞》出現的歌妓，知其名者有沈梅嬌、武桂卿、車秀卿、蘇柳兒、楊柔卿、劉關關、劉玉梅（即小玉梅）、雙波、笑倩 9 人。若加上〈解語花〉所寫吳子雲家姬之善歌舞者「愛菊」，則共有 10 人。

但是馮沅君於〈玉田朋輩考〉一文，不認為歌妓可視為張炎的「朋輩」，其言：「如沈梅嬌、車秀卿、蘇柳兒、楊柔卿、雙波、笑倩等也不能算『朋輩』，故不列入（〈玉田朋輩考〉）。」[23]

23　馮沅君：《玉田朋輩考》（北京：北京書局，1938 年影印本），頁108。

唐宋社會的歌妓，其存在的功能主要是做為侑觴勸酒、勸茶延客、娛賓遣興、禮儀交際而存在，[24]故難言為「朋」。確實，如《山中白雲詞》〈惜紅衣〉所寫的「雙波」，與〈好事近〉所書的「笑倩」二妓，就張炎的贈詞看來，描繪雙波「長歌短舞，換羽移宮，飄飄步回雪。扶嬌倚扇，欲把艷懷說。」（頁 318）與笑倩「蔥蒨滿身雲，酒暈淺融香頰。水調數聲嫻雅。」（頁 419）其美麗動人的形象與技藝所產生之「功能」的指向性，實是傾向於「娛賓遣興」，而非與詞人有「深層」的「情志」聯繫，故難言為「朋」。但有些歌妓與詞人往來，不僅是侑觴勸酒、娛賓遣興的「淺層」互動，或止於商業活動經濟交際的往來；他們與詞人之間兼有詩友的關係，彼此能「以一種純粹的男女之情來交往，並由此而上升到具有知己意識的詩友之誼。」[25]如歌妓沈梅嬌者是，〈國香〉的詞序云：「沈梅嬌，杭妓也。忽於京都見之，把酒相勞苦，猶能歌周清真〈意難忘〉、〈臺城路〉二曲，因囑余記其事。詞成以羅帕書之。」（頁 21）這裡有同為天涯淪落人的相知相惜，也有同愛周邦彥詞、樂的雅緻意興，張炎填作〈國香〉贈沈梅嬌，除有難忘其「弄影牽衣，無端動人處」的慕愛之情外，更重要是二人有「相看兩流落，掩面凝羞，怕說當時」的經驗共感與相互憐惜。歌妓車秀卿與張炎建立的友誼亦然，其〈意難忘〉詞序云：

　　中吳車氏號秀卿，樂部中之翹楚者。歌美成曲，得其音

24　參閱李劍亮：《唐宋詞與唐宋歌妓制度》（杭州：浙江大學出版社，2006 年），第六章「歌妓與詞的實用功能」。

25　李劍亮：《唐宋詞與唐宋歌妓制度》，頁 72。

旨，余每聽輒愛歎不能已，因賦此以贈。余謂有善歌而無
善聽，雖抑揚高下，聲字相宣，傾耳者指不多屈，曾不若
春蚓秋蛩，爭聲響於月籬煙砌間，絕無僅有。余深感於
斯，為之賞音，豈亦善聽者耶。（頁221）

張炎敬重車秀卿的才藝，是其賞音、知音者，至社稷變異之後，
更是如此，〈意難忘〉下片云：「聽曲終奏雅，可是堪嗟。無人
知此意，明月又誰家。塵滾滾，老年華。付情在琵琶。」而車秀
卿亦是張炎的知己，張炎云其：「更歎我，黃蘆苦竹，萬里天
涯。」此般知己意識是「平等」的付出，而不是聲色場域中之賓
客／歌妓，上／下階層的對待關係。詞末隱括白居易〈琵琶行〉
的詩句，以其同為淪落，得車秀卿相慰漂泊之意甚明。

　　故張炎長期的漂流生涯，亦有得之於歌妓之溫慰，以解其憂
傷，化為藝術創作（詞），以達轉化生命之憂苦者。

四、不止的書寫與詠嘆

　　「詩的世界是作為一個與現實的庸俗的世界的對立而提出來
的。……現實情況都是散文氣的，……詩的精神要建立自己的世
界。」[26]當現實的世界異常沉悶，生活壓力過度沉重時，那麼書
寫詩文便提供了一條開解的道路。

　　張炎填詞始於何時難以明知。依據黃畬校箋《山中白雲詞
箋》所注，可編年最早的詞作記錄，是宋恭帝德祐元年（1275）
張炎二十八歲時，作有〈高陽臺・西湖春感〉一詞。但依其自言

---

[26]　劉小楓：《詩化哲學》（上海：華東師範大學出版社，2007年），頁41。

臨安未陷之前，昔日的生活是「頻賦曲，舊時曾。」[27]故早年應有大量的詞作產生，惜已不傳。而他書寫文章最後的記載，至少是到七十以後。[28]前後橫越四十年以上的書寫與吟詠，是超克其生命困境的重要方式，「從心理學來看，張炎這種藉由藝術化的構思，而將其創傷經驗轉化成具有美感經驗的作品」，是一種「昇華作用」。[29]詞云：

> 〈憶舊遊・新朋故侶，詩酒遲留，吳山蒼蒼，渺渺兮余懷也，寄沈堯道諸公。〉
> 醉拂珊瑚樹，寫百年幽恨，**分付吟箋**。故鄉幾回飛夢，江雨夜涼船。縱忘卻歸期，千山未必無杜鵑。（頁 53）

> 〈西子妝慢・吳夢窗自製此曲，余喜其聲調妍雅，久欲述之而未能。甲午春寓羅江，與羅景良野游江上。綠陰芳草，景況離離，因填此解。惜舊譜零落，不能倚聲而歌也。〉
> 白浪搖天，青陰漲地，一片野懷幽意。楊花點點是春心，替風前、萬花吹淚。遙岑寸碧。有誰識、朝來清氣。**自沈吟、甚流光輕擲，繁華如此**。（頁 115）

> 〈春從天上來・己亥春復回西湖，飲靜傳董高士樓，作此解，以寫我憂。〉（頁 149）

27　張炎：〈木蘭花慢〉詞。黃畬校箋：《山中白雲詞箋》，頁 387。
28　參見前文注釋 12。
29　陳瑩淑：《張炎的「創傷與療癒」書寫研究》（高雄：高雄師範大學國文學系碩士論文，2011 年），頁 105。

〈南樓令‧送韓竹閒歸杭，并寫未歸之意。〉

一見又天涯。人生可歎嗟。想難忘、江上琵琶。**詩**酒一
瓢風雨外，都莫問，是誰家。（頁 280）

「寫百年幽恨」，乃是「分付吟箋」；與友人羅景良野游江
上，書寫「一片野懷幽意」，是以「自沉吟」（吟詠〈西子妝
慢〉詞）的方式抒發；回到西湖時，作〈春從天上來〉，以寫其
憂；送友人韓竹閒歸杭，亦以詞寫其未歸之意。「詩」（詞）是
抵擋人間風雨，作為庸俗現實世界的對立面所建立的一個精神世
界，它讓張炎可以暫時放下「人生可歎嗟」的現實痛苦，在文字
創作世界中，趨向心靈的寬和。

此外，元初之際，南宋遺民詞人進行的《樂府補題》活動，
是張炎與其他 13 位詞人，藉由詠物詞共同抒發國破家亡之悲慨
的重要創作活動。《樂府補題》發生的本事，清代厲鶚認為，是
起因於西僧楊璉真伽率領暴徒至會稽宋帝陵園，盜挖高宗及諸帝
后十餘座陵墓之珍寶，並棄屍荒野之慘事。事後，南宋遺民唐
珏、林景熙、謝翱等人，不忍睹其慘狀，潛入園中收拾骸骨，將
之遷葬於蘭亭之下，並種植冬青樹以為標記。厲鶚在其〈論詞絕
句〉中云：

> 頭白遺民涕不禁，《補題》風物在山陰。殘蟬身世香蒓
> 興，一片冬青冢畔心。[30]

30　清‧厲鶚：《樊榭山房集》（臺北：臺灣商務印書館，1983 年，文淵
　　閣《四庫全書》本），第 1328 冊，卷 7，頁 3-4。

但是楊髡盜陵一事，依據周密《癸辛雜識》記載是在至元乙酉二十二年（1285），金啟華、蕭鵬根據這則重要的線索、其他史料與《樂府補題》詞文分析，《樂府補題》的活動與楊髡盜伐宋帝后陵墓一事無關。[31]

不過《樂府補題》聚詠活動在元初詞壇確實是一件重要大事。參與詠物寄意活動的詞人有 14 位：王沂孫、周密、王易簡、馮應瑞、唐藝孫、呂同老、李彭老、李居仁、陳恕可、唐珏、趙汝鈉、張炎、仇遠、無名氏。共舉行 5 次聚會，地點分別是在陳恕可的宛委山房、唐藝孫的浮翠山房（應是瑤翠山房）、呂同老的紫雲山房、王英孫的餘閒書院、王易簡的天柱山房。分別以〈天香〉詞詠龍涎香、〈水龍吟〉詞詠白蓮、〈摸魚兒〉詞詠蓴、〈齊天樂〉詞詠蟬、〈桂枝香〉詞詠蟹，5 物共 37 首，結集為《樂府補題》1 卷。張炎參與其中的一次活動，《山中白雲詞》有〈水龍吟・白蓮〉一詞可證。

此 37 首作品，有多首在風格筆調，與使用的詞韻、事典、詞藻上均相同。[32]故而，《樂府補題》聚詠活動雖與盜陵一事無關，但以此共同創作活動做為對蒙元統治的對抗，卻是事實。雖說這是一種象徵性的對抗，一種「軟性」的邊緣對抗，在「現實」層面難以強而有力；但在「文化」層面卻是有意義的，特別是對這群流落各處的文人、遺民產生了巨大的吸引力，他們結集 14 人，在不同地點舉辦了 5 次的活動，顯示這群文人對此一活動的重視。因為文人之間可以藉此獲得聯繫，尋求彼此的慰藉與溫

---

[31]　參見金啟華、蕭鵬：《周密及其詞研究》（濟南：齊魯書社，1993 年），頁 58-64。

[32]　參見金啟華、蕭鵬：《周密及其詞研究》，頁 60-67。

暖，使漂泊的生命獲得一種深刻的含義——至少用筆記錄蒙元的
粗暴，用文學記錄了歷史，他們共同擁有創作的自由，飛馳想
像，以詞寄意寫作，是統治者無法奪去的精神自由。藉由《樂府
補題》的寫作活動，張炎與這群文人分享了對元人的共同憂恨，
從「個人」的憂恨，匯流成「集體」的憂恨，共同經由詠物填詞
的活動，以達抒情解鬱的目的，從而「昇華」了彼此甚深的憂
恨。

五、結語

　　張炎生命的轉化不是直線進行，而是緩慢地以迴旋往復的線
條逐漸向著恬靜的方向發展。他受盡時代劇變的摧殘，喪失家族
的支撐與安慰，也失去家園文雅富裕生活的傳統與穩定性，導致
他心中產生強烈的憂傷情懷，生命毀損陰沉，因他原本根植於血
緣、家族、家園、鄉土的深厚歸依與認同感，被迫裂解分離。由
於他與家人聯繫信息的缺乏，[33]故他更需要朋友情誼的支撐；需
要以藝術、文學的世界取代蒙元統治的現實世界，而這兩點：友
誼與文學都拯救了他。當然，走向文學道路是他自我意識的抉
擇，是他有意識地進行書寫；同時也是來自於他天生的喜好，與
家族文藝氣息濃厚的薰陶與培養。他通過文學書寫與傳輸來達到
「紓解」憂苦，通過文學作品——這些鑲嵌在詞裡，飽含宋代特
有的深雅、精細的精神文化，不只解救了自己，也保存蒙元統治
下過於飆悍、野氣的社會一塊美好的淨土。這些深雅、精緻的創

33　如〈新燕過妝樓‧乙巳菊日寓溧陽，聞雁聲，因動脊令之感。〉〈踏莎
　　行‧跋伯時弟《撫松寄傲詩集》〉二詞，均載記家族兄弟的失散與飄
　　零。參見黃畬校箋：《山中白雲詞箋》，頁349、425。

作，可視為一種實現自我的標誌，並以之超克現實的不堪與粗糙，這些「溫柔的版本」，以各自的方式轉化現實的沉重與痛苦，使精神世界逐步獲得舒放與自由。

此外，張炎《山中白雲詞》書寫其蒼涼激楚，身世盛衰之感的表現手法，並未全然刷新南末以來典雅詞派的抒寫方式：意深，語婉，律諧，練字，練句的形式講求，而是加重演繹典雅詞風哀傷唯美的表現感。分析張炎詞作的表現手法與形式，不是本文探索的範圍與主題，但這種「節制」性質的表現手法，也在一定程度上對應詞人心性質素的趨向：不容自己全然走向衝撞撕裂的崩解，以激烈的方式銷融毀滅自己。因此，張炎能在這場時代的巨變裡存活下來，流浪漂泊過程雖然極為委曲壓抑，但畢竟存活下來，並留下 302 首《山中白雲詞》記錄他一生的情感與行止，一個由華貴少年走向平凡庶民的人生歷程。平凡與安靜，有時是面對巨大變故、創傷後，一種簡易而又具普遍性的力量。

張炎晚年的生活，已從憂傷走向恬靜。文末，茲以〈菩薩蠻·晚行西湖邊〉一詞為結：

> 霜花鋪岸濃如雪。田間水淺冰初結。林密亂鴉啼。山深雁過稀。　　風恬湖似鏡。冷浸樓臺影。梅不怕隆寒，疏葩正耐看。（頁 451）

隆寒已過，疏梅正開，一切風恬水靜，這是晚年張炎生活的寫照。

參考及引用書目

一、專書（依朝代、姓氏筆劃排序）

（一）張炎、仇遠、趙孟頫、文徵明著作類

宋・張炎撰，清・江昱疏證，《山中白雲詞疏證》，臺北：臺灣中華書局《四部備要》本，1965 年

宋・張炎，《張炎詞》，北京：中華書局《全宋詞》本，1998 年

宋・張炎，《詞源》，臺北：新文豐出版公司《詞話叢編》本，1988 年

宋・張炎著，吳則虞校輯，《山中白雲詞》，北京：中華書局，1983 年

宋・張炎著，夏承燾校注，《詞源注》，臺北：木鐸出版社，1982 年

宋・張炎著，袁真校點，《山中白雲詞》，上海：上海古籍出版社，1988 年

宋・張炎著，黃畬校箋，《山中白雲詞箋》，杭州：浙江古籍出版社，1994 年

宋・張炎著，葛渭君、王曉紅輯校，《山中白雲詞》，瀋陽：遼寧教育出版社，2001 年

宋・張炎撰，孫虹、譚學純箋證，《山中白雲詞箋證》，北京：中華書局，2019 年

宋・仇遠，《仇遠詞》，北京：中華書局《全宋詞》本，1998 年

宋・仇遠，《金淵集》，北京：中華書局，1985 年

宋・仇遠，《無絃琴譜》，上海：上海古籍出版社《續修四庫全書》本，2002 年

宋・仇遠撰，張慧禾校點，《仇遠集》，杭州：浙江大學出版社，2012 年
宋・仇遠撰，劉初棠校點，《無絃琴譜》，上海：上海古籍出版社，1986
　　年

元・趙孟頫，《松雪齋文集》，上海：商務印書館《四部叢刊初編》本，
　　1936 年
元・趙孟頫，《松雪齋文集》，臺北：臺灣學生書局，1970 年
元・趙孟頫，《松雪齋集》，臺北：臺灣商務印書館《四庫全書》本，
　　1986 年
元・趙孟頫，《趙孟頫詞》，北京：中華書局《全金元詞》本，2000 年
元・趙孟頫著，錢偉彊點校，《趙孟頫集》，杭州：浙江古籍出版社，
　　2012 年

明・文徵明著，《文徵明詞》，杭州：浙江大學出版社《全明詞補編》
　　本，2007 年
明・文徵明著，《文徵明詞》，北京：中華書局《全明詞》本，2004 年
明・文徵明著，周道振輯校，《文徵明集》，上海：上海古籍出版社，
　　1987 年
明・文徵明著，周道振輯校，《文徵明集》增訂本，上海：上海世紀出版
　　公司／上海古籍出版社，2019 年

（二）經書、韻書類

漢・毛亨傳，漢・鄭玄箋，唐・孔穎達疏，《毛詩正義》，臺北：藝文印
　　書館《十三經注疏》本，1982 年
魏・何晏集解，宋・邢昺疏，《論語注疏》，臺北：藝文印書館《十三經
　　注疏》本，1982 年
晉・郭璞注，宋・邢昺疏，《爾雅注疏》，臺北：藝文印書館《十三經注
　　疏》本，1982 年

宋・陳彭年等重修、林尹校訂，《新校正切宋本廣韻》，臺北：黎明文化

公司，2019 年

清・戈載，《詞林正韻》，臺北：世界書局，1968 年

（三）目錄、史地類

清・永瑢等撰，《四庫全書總目》，北京：中華書局，2003 年

漢・司馬遷撰，宋・裴駰集解，唐・司馬貞索隱，唐・張守節正義，《史記》，臺北：宏業書局，1980 年

梁・沈約，《宋書》，臺北：鼎文書局，1983 年

唐・李延壽，《南史》，北京：中華書局，1975 年

唐・杜佑，《通典》，臺北：臺灣商務印書館《四庫全書》本，1986 年

宋・吳自牧，《夢粱錄》，收於《東京夢華錄——外四種》，臺北：大立出版社，1980 年

宋・周密，《齊東野語》，北京：中華書局，1997 年

元・佚名，《廟學典禮》，臺北：臺灣商務印書館《四庫全書》本，1986 年

元・馬端臨，《文獻通考》，北京：中華書局，1986 年

明・宋濂，《元史》，北京：中華書局，1976 年

清・柯劭忞：《新元史》，北京：中國書店出版社，1988 年

清・崑岡等修，《欽定大清會典則例》，臺北：臺灣商務印書館《四庫全書》本，1986 年

清・張廷玉等撰，《明史》，北京：中華書局，1974 年

北魏・酈道元注，楊守敬、熊會貞疏，段熙仲點校，陳橋驛復校，《水經注》，南京：江蘇古籍出版社，1999 年

宋・吳自牧，《夢粱錄》，收於《東京夢華錄——外四種》，臺北：大立出版社，1980 年

宋・周密，《武林舊事》，收於《東京夢華錄——外四種》，臺北：大立出版社，1980 年

宋・耐得翁，《都城紀勝》，收於《東京夢華錄——外四種》，臺北：大

立出版社，1980 年

宋・祝穆，《方輿勝覽》，北京：中華書局，2003 年

清・徐逢吉輯、陳景鐘訂，《清波小志》，上海：商務印書館《叢書集成初編》本，1936 年

清・陳夢雷編，《古今圖書集成・方輿彙編》，臺北：鼎文書局，1977 年

清・黃之雋等撰，《江南通志》，臺北：臺灣商務印書館《四庫全書》本，1986 年

清・黃之雋等撰，《江南通志》，臺北：華文書局，1967 年

梁啟超，《近代學風之地理分布》，臺北：臺灣中華書局，1956 年

曾大興，《中國歷代文學家之地理分布》，漢口：湖北教育出版社，1995 年

曾大興，《文學地理學研究》，北京：商務印書館，2012 年

謝湜，《高鄉與低鄉──11-16 世紀江南區域歷史地理研究》，北京：三聯書店，2015 年

譚其驤主編，《中國歷史地圖集》（第 5 冊隋唐五代十國時期），上海：地圖出版社，1982 年

譚其驤主編，《中國歷史地圖集》（第 6 冊宋遼金時期），上海：地圖出版社，1982 年

譚其驤主編，《中國歷史地圖集》（第 7 冊元明時期），上海：地圖出版社，1982 年

美・段義孚（Tuan, Yi-Fu）著，潘桂成譯，《經驗透視中的空間與地方》，臺北：國立編譯館，1997 年

（四）美學、藝術類

宋・米芾，《畫史》，北京：中華書局，1985 年

明・汪砢玉，《珊瑚網》，臺北：臺灣商務印書館《四庫全書》本，1986 年

清・卞永譽編，《式古堂書畫彙考》，臺北：正中書局，1958 年

清・王毓賢，《繪事備考》，臺北：臺灣商務印書館《四庫全書》本，1983 年

清‧張照、梁詩正等撰，《石渠寶笈》，臺北：臺灣商務印書館《四庫全書》本，1986 年

李澤厚，《美的歷程》，臺北：三民書局，1996 年

宗白華，《藝境》，北京：北京大學出版社，2003 年

潘臣青，《西湖畫尋》，杭州：浙江人民美術出版社，1996 年

蕭馳，《中國詩歌美學》，北京：北京大學出版社，1986 年

美‧高居翰（James Cahill）著，李渝譯，《中國繪畫史》，臺北：雄獅圖書公司，1985 年

美‧蘇珊‧朗格（Susanne. K. Langer）著，劉大基等譯，《情感與形式》，臺北：商鼎文化出版社，1991 年

（五）詞類

清‧張惠言，《詞選》，北京：華夏出版社，2006 年

清‧陳廷敬、王奕清等編，《康熙詞譜》，長沙：岳麓書社，2000 年

王煜，《清十一家詞鈔》，南京：正中書局，1936 年

周明初、葉曄主編，《全明詞補編》，杭州：浙江大學出版社，2007 年

俞陛雲，《唐宋詞選釋》，臺北：廣文書局，1970 年

南京大學《全清詞》編纂委員會，《全清詞‧順康卷》，北京：中華書局，2002 年

胡雲翼，《宋詞選》，北京：中華書局，1962 年

唐圭璋編，《全宋詞》，北京：中華書局，1998 年

唐圭璋編，《全金元詞》，北京：中華書局，2000 年

曹辛華編纂，《全民國詞》，杭州：浙江古籍出版社，2018 年

曾昭岷等編，《全唐五代詞》，北京：中華書局，1999 年

龍榆生，《唐宋詞格律》，臺北：里仁書局，1979 年

饒宗頤等編，《全明詞》，北京：中華書局，2004 年

宋‧王沂孫，《王沂孫詞》，北京：中華書局《全宋詞》本，1998 年

宋‧李清照撰，王學初校注，《李清照集校注》，臺北：里仁書局，1982 年

宋・辛棄疾，《辛棄疾詞》，北京：中華書局《全宋詞》本，1998 年

宋・周邦彥，《周邦彥詞》，北京：中華書局《全宋詞》本，1998 年

宋・周密，《周密詞》，北京：中華書局《全宋詞》本，1998 年

宋・賀鑄，《賀鑄詞》，北京：中華書局《全宋詞》本，1998 年

宋・歐陽脩，《歐陽脩詞》，北京：中華書局《全宋詞》本，1998 年

宋・蘇軾，《蘇軾詞》，北京：中華書局《全宋詞》本，1998 年

宋・蘇軾著，石聲淮、唐玲玲箋注，《東坡樂府編年箋注》，臺北：華正
　　書局，1993 年

清・費軒，《夢香詞》，北京：中華書局《全清詞・順康卷》本，2002 年

元・陸輔之，《詞旨》，臺北：新文豐出版公司《詞話叢編》本，1988 年

清・王國維，《人間詞話》，臺北：新文豐出版公司《詞話叢編》本，
　　1988 年

清・吳衡照，《蓮子居詞話》，臺北：新文豐出版公司《詞話叢編》本，
　　1988 年

清・胡薇元，《歲寒居詞話》，臺北：新文豐出版公司《詞話叢編》本，
　　1988 年

清・陳廷焯，《白雨齋詞話》，臺北：新文豐出版公司《詞話叢編》本，
　　1988 年

金啟華等編，《唐宋詞集序跋匯編》，臺北：臺灣商務印書館，1993 年

唐圭璋編，《詞話叢編》，臺北：新文豐出版公司，1988 年

鄧子勉編，《宋金元詞話全編》，南京：鳳凰出版社，2008 年

丁放，《金元詞學研究》，北京：中國社會科學出版社，2002 年

王兆鵬，《唐宋詞史的還原與建構》，武漢：湖北人民出版社，2005 年

王兆鵬，《詞學史料學》，北京：中華書局，2009 年

王兆鵬、劉尊明主編，《宋詞大辭典》，南京：鳳凰出版社，2003 年

王易，《詞曲史》，南京：江蘇教育出版社，2005 年

王偉勇，《詞學面面觀》，臺北：里仁書局，2017 年

朱惠國、劉明玉，《明清詞研究史稿》，濟南：齊魯書社，2006 年

李劍亮，《唐宋詞與唐宋歌妓制度》，杭州：浙江大學出版社，2006 年

何紅年，《琴到無聲聲更遠 宋末元初詞人——仇遠及其《無絃琴譜》》，
　　　香港：論衡出版社，1997 年

吳梅，《詞學通論》，上海：復旦大學出版社，2005 年

吳藕汀、吳小汀，《中國歷代詞調名辭典》新編本，臺北：秀威資訊科技
　　　公司，2015 年

岳淑珍，《明代詞學批評史》，北京：社會科學文獻出版社，2014 年

林玫儀，《詞學考詮》，臺北：聯經出版公司，1987 年

林佳蓉，《杭州聲華——以張鎡家族、姜夔、周密之詞為探討核心》，臺
　　　北：臺灣學生書局，2011 年

金啟華、蕭鵬，《周密及其詞研究》，濟南：齊魯書社，1993 年

夏承燾，《唐宋詞人年譜》，杭州：浙江古籍出版社／浙江教育出版社，
　　　1997 年

夏承燾，《夏承燾集》，杭州：浙江古籍出版社，1997 年

張仲謀，《明詞史》修訂本，北京：人民文學出版社，2015 年

曹辛華，《民國詞史考論》，北京：人民出版社，2017 年

梁啟勳，《詞學》，北京：中國書店，1985 年

陶然，《金元詞通論》，上海：上海古籍出版社，2001 年

楊海明，《張炎詞研究》，濟南：齊魯書社，1989 年

葉嘉瑩、陳邦炎撰，《清詞名家論集》，臺北：中央研究院中國文哲研究
　　　所籌備處，1996 年

趙尊嶽輯，《惜陰堂滙刻明詞記略》，收於《明詞滙刊》，上海：上海古
　　　籍出版社，1992 年

趙維江，《金元詞論稿》，北京：中國社會科學出版社，2000 年

劉尊明、王兆鵬，《唐宋詞的定量分析》，北京：北京大學出版社，2012
　　　年

劉靜、劉磊，《金元詞研究史稿》，濟南：齊魯書社，2006 年

鄧紅梅、侯方元，《南宋詞研究史稿》，濟南：齊魯書社，2006 年

龍榆生，《詞學十講》，北京：北京出版社，2005 年

繆鉞、葉嘉瑩，《靈谿詞說》，臺北：正中書局，1993 年

蘇淑芬，《辛派三家詞研究》，臺北：文史哲出版社，2006 年

饒宗頤，《詞籍考》，北京：中華書局，1992 年

（六）詩曲文類

唐・白居易，《白氏長慶集》，臺北：臺灣商務印書館，1965 年

宋・汪元量撰，孔凡禮輯校，《湖山類稿》增訂本，北京：中華書局，
　　1987 年

宋・范仲淹，《范文正公文集》，北京：中華書局，1985 年

宋・郭茂倩，《樂府詩集》，臺北：里仁書局，1980 年

宋・黃庭堅撰，劉琳、李勇先、王蓉貴校點，《黃庭堅全集》，成都：四
　　川大學出版社，2001 年

宋・韓元吉，《南澗甲乙稿》，北京：中華書局，1985 年

宋・蘇軾，《蘇軾詩》，北京：北京大學出版社《全宋詩》本，1993 年

元・方回，《桐江續集》，臺北：臺灣商務印書館《四庫全書》本，1986
　　年

元・芝菴，《唱論》，臺北：臺灣中華書局《新曲苑》本，1970 年

元・戴表元，《剡源戴先生文集》，臺北：臺灣商務印書館《四部叢刊》
　　正編本，1979 年

明・王世貞，《弇州山人續稿》，臺北：臺灣商務印書館《四庫全書》
　　本，1986 年

明・沈燫，《石聯遺稿》，明萬曆九年嘉善沈氏家刊本，1581 年

清・彭定求等編，《全唐詩》，臺北：宏業書局，1977 年

清・厲鶚，《樊榭山房集》，臺北：臺灣商務印書館《四庫全書》本，
　　1983 年

清・錢謙益，《列朝詩集小傳》，臺北：世界書局，1961 年

北京大學古文獻研究所編，《全宋詩》，北京：北京大學出版社，1993 年

呂正惠，《抒情傳統與政治現實》，臺北：大安出版社，1989 年

任中敏編，《新曲苑》，臺北：臺灣中華書局，1970 年

沈從文，《沈從文全集》，太原：北嶽文藝出版社，2002 年

徐徵等編，《全元曲》，石家莊：河北教育出版社，1998 年

陳世驤，《陳世驤文存》，臺北：志文出版社，1975 年

馮沅君，《玉田朋輩考》，北京：北京書局，1938 年影印本

馮沅君，《馮沅君古典文學論文集》，濟南：山東人民出版社，1980 年

劉士林編著，《江南文化的詩性闡釋》，上海：上海音樂學院出版社，
　　2013 年

劉小楓，《詩化哲學》，上海：華東師範大學出版社，2007 年

蕭馳，《中國抒情傳統》，臺北：允晨文化實業公司，1999 年

羅時進，《地域・家族・文學──清代江南詩文研究》，上海：上海世紀
　　出版公司／上海古籍出版社，2010 年

比利時・莫里斯・梅特林克（Maurice Maeterlinck）撰，孫莉娜譯，《卑微
　　者的財富》 The Treasure of the Humble，哈爾濱：哈爾濱出版社，
　　2004 年

美・宇文所安（Stephen Owen），《追憶》，上海：上海古籍出版社，
　　1990 年

義大利・馬可波羅（Marco Polo），《馬可波羅遊記》，福州：福建科學技
　　術出版社，1981 年

德・馬丁・海德格爾（Martin Heidegger）著，孫周興譯，《荷爾德林詩的
　　闡釋》，北京：商務印書館，2000 年

（七）其他

中國人民銀行《中國歷代貨幣》編輯組編，《中國歷代貨幣》，北京：新
　　華出版社，1982 年

邵郊編著，《生理心理學》，臺北：五南圖書出版公司，1993 年

美・Neil R. Carlson 著，蘇彥捷等譯，《生理心理學》，北京：中國輕工業
　　出版社，2007 年

美・艾蘭・普瑞德（Allan Pred）等著，夏鑄九、王志弘編譯，《空間的文
　　化形式與社會理論讀本》，臺北：明文書局，1994 年

挪威・克里斯提安・諾伯－舒茲（Christian Norberg-Schulz）著，施植明
　　譯，《場所精神──邁向建築現象學》，臺北：田園城市文化公
　　司，2002 年

二、期刊、專書論文（依姓氏筆劃排序）

包根弟，〈金、元、明詞學研究現況及未來走向〉，《中國文哲研究通訊》，第 4 卷第 2 期（1994 年 6 月）

周振鶴，〈釋江南〉，《中華文史論叢》，第 49 輯，上海：上海古籍出版社，1992 年

洪麗珠，〈寓制衡於參用：元代基層州縣官員的族群結構分析〉，《中國文化研究所學報》，第 62 期（2016 年 1 月）

孫克強，〈明代詞學思想論略〉，《河南大學學報》，2004 年第 1 期

馬興榮，〈試論張炎的北行及其《詞源》、詞作〉，《楚雄師專學報》（社會科學版）1991 年第 4 期

康韻梅，〈從唐小說「傳奇」到明戲曲「傳奇」———一個同名移轉文學史現象的觀照〉，《清華學報》，第 50 卷第 4 期（2020 年 12 月）

曹辛華，〈論民國舊體文學大系的編纂與意義〉，《江西師範大學學報》，第 49 卷第 5 期（2016 年 9 月）

郭鋒，〈從張炎北游論其遺民心態〉，《南京師大學報》（社會科學版），2006 年第 3 期（2006 年 5 月）

陳高華，〈趙孟頫的仕途生涯〉，收於李維琨、邵峰編，《趙孟頫研究論文集》，上海：書畫出版社，1995 年

彭潔瑩，〈宋遺民仇遠《無弦琴譜》人文意象研究〉，《廣西大學學報》（哲學社會科學版），第 31 卷第 1 期（2009 年 2 月）

廖美玉，〈唐代〈江南〉諸曲的轉化、記憶與書寫〉，《文與哲》，第 19 期（2011 年 12 月）

劉士林，〈江南詩性文化：內涵、方法與話語〉，《江海學刊》，2006 年第 1 期

劉明玉，〈張炎北游、南歸問題的再認識〉，《南陽師範學院學報》（社會科學版），第 5 卷第 5 期（2006 年 5 月）

蕭鵬，〈〈周草窗年譜〉補辨〉，《詞學》，上海：華東師範大學出版社，第 5 輯（1986 年 10 月）

韓立平，〈論張炎對陶淵明之接受〉，《安徽師範大學學報》，第 33 卷第

2 期（2005 年 3 月）

譚輝煌，〈論宋元之際風雅詞派的居所詞〉，《咸寧學院學報》，第 27 卷第 4 期（2007 年 8 月）

三、博碩士論文（依姓氏筆劃排序）

朱靜如，《山中白雲詞箋注》，新北：輔仁大學中文研究所碩士論文，1973 年

李周龍，《山中白雲詞校訂箋注》，臺北：臺灣師範大學國文研究所碩士論文，1972 年

陳瑩淑，《張炎的「創傷與療癒」書寫研究》，高雄：高雄師範大學國文研究所碩士論文，2011 年

程磊，《遺民詩人仇遠心態研究》，武漢：華中科技大學中國古代文學碩士論文，2008 年

四、網頁

中央研究院臺灣史研究所製作，《數位方輿》，網址：https://digitalatlas.asdc.sinica.edu.tw

北京大學製作，「全宋詩分析系統」，網址：https://www.chinabooktrading.com/song

北京大學製作，「全唐詩分析系統」，網址：https://www.chinabooktrading.com/tang

廣州搜韻文化公司製作，「搜韻」，網址：https://sou-yun.cn

蘇州市地方志編纂委員會辦公室編，《蘇州志略》，網址：http://dfzb.suzhou.gov.cn/dfzb/jzyg/nav_list.shtml

蘇州圖譜資訊公司製作，「知識圖譜」，網址：https://cnkgraph.com/Book/Search?MetaDataKey

英・Donald Sturgeon 創辦，「中國哲學書電子化計畫」，網址：https://ctext.org/quantangshi/zh

國家圖書館出版品預行編目資料

詞與地方的抒情敘述——
以張炎、仇遠、趙孟頫、文徵明之詞爲探討核心

林佳蓉著. – 初版. – 臺北市：臺灣學生，2023.09
面；公分

ISBN 978-957-15-1918-0 (平裝)

1. 詞論　2. 詞史

823.88　　　　　　　　　　　　　112010244

詞與地方的抒情敘述——
以張炎、仇遠、趙孟頫、文徵明之詞爲探討核心

著　作　者　林佳蓉
出　版　者　臺灣學生書局有限公司
發　行　人　楊雲龍
發　行　所　臺灣學生書局有限公司
地　　　址　臺北市和平東路一段 75 巷 11 號
劃 撥 帳 號　00024668
電　　　話　(02)23928185
傳　　　眞　(02)23928105
E - m a i l　student.book@msa.hinet.net
網　　　址　www.studentbook.com.tw
登記證字號　行政院新聞局局版北市業字第玖捌壹號
定　　　價　新臺幣四〇〇元
出 版 日 期　二〇二三年九月初版
I　S　B　N　978-957-15-1918-0